Les Amoureux de Montmartre

Collection Hugo Poche dirigée par Arthur de Saint Vincent

34-36, rue La Pérouse
75116 Paris
www.hugopublishing.fr

Ouvrage dirigé par Luce Valli
Conception graphique : Camille Decoster
Images de couverture : © Shutterstock et © Getty Images / PEC Photo / svetikd

ISBN : 9782755664461
Dépôt légal : avril 2023
Imprimé en Espagne par CPI Black Print

LAURENCE CHEVALLIER

Les Amoureux de Montmartre

Hugo Poche

NEW ROMANCE®

AVANT-PROPOS

Les Amoureux de Montmartre est une New Romance destinée à un public majeur et averti. Elle comporte des scènes explicites et aborde des sujets sensibles.

Maintenant que vous êtes au fait de ces informations, je vous souhaite une agréable balade dans les rues de Montmartre en compagnie de ses amoureux…

À Paris,
Ma ville lumière, mon ancre,
mon inspiration…

CHAPITRE 1

ZOÉ

– Il faut tourner la page, Zoé.

Ce n'est pas un scoop. Charlotte m'observe en sirotant son thé glacé à la paille. Ses yeux verts pétillants se plissent sous un sourire espiègle.

– Il serait peut-être temps que tu te trouves un mec digne de ce nom, m'achève-t-elle.

Je soupire. M'a-t-elle bien regardée ? Je suis enceinte de sept mois. Une vraie baleine ! Qui voudrait d'une mère célibataire de trente-six ans, qui s'est fait larguer par le pire salopard que la Terre ait porté ?

– J'y travaille, figure-toi, j'ai même trouvé un appart dans le 18e.

Une lueur éclaire le visage de mon frère. Eliot, plus jeune que moi de cinq années, m'adresse une expression triomphante. Depuis le début de ma grossesse, je squatte chez lui. Tu m'étonnes qu'il soit impatient que je déménage !

Ma compagnie n'a pas été des plus joyeuses, voire difficilement supportable. Si je retrace l'historique, j'ai passé deux mois à pleurer, deux mois à pester, puis deux autres à ronchonner. Héberger une femme enceinte, c'est renoncer aux plaisirs d'une vie de célibat. Or, mon frère a de multiples conquêtes à satisfaire. Beaucoup d'entre elles ont déserté son lit à cause de moi. Le soulagement que je devine dans son regard me prouve qu'il est temps que je remédie à cette situation.

Je suis pathétique...

Je n'ai pas toujours été comme ça. La femme que je suis devenue est pleine de doutes et manque cruellement de confiance en elle. J'étais pourtant plutôt sûre de moi avant ma rencontre avec Adam.

Adam... Pas étonnant que le premier d'entre eux ait été expulsé du paradis. La pomme, il l'a croquée jusqu'au trognon, ce salaud. Huit ans de vie commune, puis il m'a quittée sans sommation, avec un simple texto :

Je ne peux pas.

Quatre mots et ma vie a basculé, me laissant désespérée et humiliée, quelques jours après qu'Adam a appris ma grossesse. C'est pourtant lui qui désirait le plus cet enfant...

À cette pensée, ma main se pose sur mon énorme ventre. Une secousse me rappelle à l'ordre.

Moi aussi, je t'ai ardemment désiré. J'aurais seulement aimé que ton papa ne nous abandonne pas.

– Quand a lieu le déménagement ? demande Eliot dont le sourire ne s'efface plus.

Je m'empare de mon sac à main et en extirpe des clés que j'agite devant ses yeux.

– Ton jour sera le mien.

– L'addition, s'il vous plaît ! s'écrie soudain mon frère, à l'attention du serveur qui passe.

Charlotte éclate de rire.

– On pourrait peut-être attendre le dessert, suggère ma meilleure amie.

Mes lèvres se courbent quand Eliot se renfrogne sur son siège. Eh bien, on peut dire qu'il est heureux de se débarrasser de moi, lui aussi !

Une heure plus tard, nous voilà au pied de mon immeuble, à Paris.

Le vieux bâtiment en pierres taillées de trois étages, dont la façade est recouverte de vigne vierge, est niché au milieu d'une des étroites ruelles de la butte Montmartre. Ce quartier est celui des artistes et la vue sur le Sacré-Cœur est sublime. J'ai eu une chance inouïe en dégotant ce logement. L'endroit pittoresque possède beaucoup de charme. Je n'ai pas hésité une seconde avant de signer le bail. Certes, les pièces ne sont pas grandes, mais le cachet est plus important à mes yeux. Je n'aime pas ce qui est moderne et aseptisé. Je préfère l'atypisme et l'originalité. C'est peut-être pour cette raison que j'ai si mauvais goût en matière d'hommes…

– Ne me dis pas que c'est au dernier étage, je n'y survivrai pas !

Mon attention se tourne vers Charlotte dont le visage est devenu rouge de sueur. On vient de se taper les cent soixante-seize marches d'escalier de la station de métro Abbesses. Même dans mon état, je n'ai pas eu trop de difficulté à les gravir. Des années à arpenter le monde en tant que photographe paysagiste pour le *Glob'Trotteur*, et des mois à monter les cinq étages qui mènent à l'appartement d'Eliot, ont rendu mes jambes puissantes et résistantes, contrairement à celle qui les porte. Mes lèvres se crispent sous le regard de ma meilleure amie qui pousse un soupir désabusé.

– Je vais crever, tu sais ça ? lâche-t-elle.

Je ris, pose ma main sur le creux de son dos et la dirige vers l'entrée, où je tape le code d'accès sur un boîtier métallique. La lourde porte s'ouvre dans un clic. Derrière elle, nous découvrons une cour pavée tout à fait charmante. Des petites tables de jardin sont dressées sous les quelques platanes qui doivent offrir une ombre bienvenue en plein été. Puis nous accédons à la cage d'escalier qui mène à mon *futur*. Les marches en colimaçon achèvent Charlotte, tandis que mon frère les grimpe au pas de course. Son impatience me fait sourire et me désespère en même temps.

Il n'y a que deux portes sur le palier du dernier étage. J'insère la clé dans celle de droite et enclenche la poignée. Je n'ai pas le temps de faire un pas à l'intérieur qu'Eliot me pousse pour regarder.

– C'est pas mal du tout !

– Ça pourrait être un taudis que tu le trouverais au top, lancé-je, pas dupe.

Il s'esclaffe et arpente le petit salon avec son coin cuisine ouvert. Il y a à peine la place pour installer un canapé, une télévision et une petite table basse, mais c'est une pièce lumineuse qui offre une vue imprenable sur le Sacré-Cœur. Comme je m'en doutais, Charlotte et mon frère la découvrent, subjugués.

– Tu seras très bien ici, affirme ma meilleure amie en allant visiter la chambre qui jouxte le salon.

La vue de cette pièce est la même que celle du séjour, bien que la fenêtre soit plus petite. Une salle d'eau est attenante. Eliot se pâme devant la mosaïque qui en recouvre les murs.

– C'est normal que ta douche soit aussi grande que ta chambre ? demande-t-il.

– C'est au moins ce qu'il me faut, vu mon envergure.

Il ricane et ferme la porte derrière lui.

La chambre du bébé mesure à peine neuf mètres carrés, mais elle est bien agencée. Je suis persuadée qu'elle sera mignonne et que l'espace sera suffisant pour accueillir un lit à barreaux et une table à langer. Mon frère partage mon avis et valide aussi la petite pièce d'appoint censée faire office de dressing. Charlotte s'extasie déjà et réfléchit à la déco. Satisfait par la visite, Eliot carre ses mains sur ses hanches et déclare :

– Je vais passer la semaine à repeindre tes murs en blanc. Charlotte et toi irez commander les meubles. Dans quinze jours, tu poses tes valises.

Je le regarde, éberluée. Mon frère n'est pas vraiment du genre à prendre les choses en main. Jusqu'à Adam, de nous deux, c'était plutôt moi qui jouais ce rôle. Un trait de caractère qui a disparu en même temps que ma dignité.

Une fois que chaque centimètre carré de l'appartement a été étudié par le futur chef de chantier, je propose que nous rentrions chez Eliot. Mes jambes sont si lourdes que je risque de m'enfoncer dans le parquet à chevrons. Je suis fatiguée et rêve d'un bon bain chaud. Il ne me reste plus que deux semaines pour disposer de la baignoire de mon frère et je compte bien en profiter.

– Partez devant, j'arrive, dis-je, tandis que je me tourne une dernière fois pour observer le lieu qui accueillera sous peu ma nouvelle vie.

Le trousseau possède quatre clés. Une pour l'appartement, une pour la porte d'entrée principale, au cas où le digicode serait en panne, une pour la boîte aux lettres et une pour la cave. J'en ai déjà inséré deux sans succès quand un bruit attire mon attention derrière moi. Je me retourne au son d'une porte qui claque et découvre un homme de dos, les manches de son tee-shirt retroussées sur des bras parsemés de tatouages. Il porte une casquette et un jean qui moule des fesses que je devine musclées et rebondies.

Je ne remarque pas immédiatement que je suis subjuguée par cette vue incomparable, jusqu'à ce que mon voisin pivote vers moi. Je fais aussitôt volte-face, maudissant mes hormones volatiles, et tente d'insérer la bonne clé dans cette maudite serrure.

– Bonjour, entends-je par-dessus mon épaule.

Cette voix grave et rauque me fait sursauter. Puis je trouve enfin la clé correcte et ferme la porte. Lorsque je me retourne pour répondre au salut de mon voisin, il n'est plus là. Mes yeux se baissent sur la cage de l'escalier qu'il dévale rapidement.

Notre rencontre sera pour une autre fois.

Et ce que j'ignore, c'est qu'elle me marquera…

À jamais.

CHAPITRE 2

KAËL

Je rejoins Matteo au Petit Montmartre. Ce troquet offre un coin agréable, avec sa charmante terrasse disposée sur les pavés de ce quartier mythique. Je consulte ma montre en prenant place, je n'ai plus que vingt minutes de libres, avant de me rendre à mon prochain tournage.

– Tu vas être déçu, annoncé-je à mon ami italien, avant d'interpeller la serveuse pour commander un café.

Cette dernière darde un regard curieux sur Matteo et moi, puis se décide à aller au bar pour honorer ma commande. Quand elle revient, tout sourire, je comprends qu'elle nous a reconnus. Il faudra que je dise à Axel, mon ami barman qui n'officie pas à cette heure-ci, de la briefer.

Dire que tout le monde pense que ce sont majoritairement les hommes qui matent du porno ! Mon expérience tend à démontrer que les statistiques sont erronées. Les femmes sont tout aussi enclines à occuper leur temps à ce qui apparaît pour beaucoup comme une perversion. Une perversion qui me fait vivre…

– Pourquoi serais-je déçu ? me relance mon ami.

– L'appart en face de chez moi a trouvé preneur.

– Putain, mais… il n'y a même pas eu d'annonces !

– La femme qui a emménagé doit connaître le proprio, supposé-je, après une gorgée de ma boisson.

– Fait chier !

Matteo a un mouvement de dépit, puis il se saisit de sa tasse de café et l'avale d'un trait. Ses longues mains à la peau mate se posent sur ses cuisses tandis qu'il réfléchit. C'est un tic récurrent chez lui.

– Tu sais ce que Micka nous prépare aujourd'hui ? demandé-je.

– Je ne sais jamais ce que cet empaffé nous réserve, grogne mon ami, dont l'humeur s'est assombrie.

Depuis que mon ancienne voisine – une vieille dame que l'escalier a fini de décourager – a déménagé, Matteo guette les annonces immobilières du quartier pour acquérir l'appartement face au mien. Il est même allé jusqu'à joindre le propriétaire, mais ce dernier est le dirigeant d'une grande entreprise et voyage beaucoup. Il n'a même pas réussi à décrocher un rendez-vous.

– Elle est comment ? s'enquiert mon pote.

– Qui ?

– Ta nouvelle voisine, pardi ! Si elle est vieille et souffreteuse, je peux peut-être espérer une mort imminente et m'emparer de cet appart.

Je laisse échapper un rire avant d'extirper une cigarette de mon paquet. Après avoir inhalé une bouffée, je lui réponds d'une voix nasale :

– Elle était de dos. Je ne l'ai pas vue.

– Son dos est courbé ?

– Non.

– Était-elle rachitique et tremblante ?

– Non plus.

– Donc elle est trop jeune pour mourir d'une crise cardiaque dans ce putain d'escalier. Merde !

Je m'esclaffe tandis que Matteo me pique une clope et se l'allume. Ce grand métis à l'accent prononcé expire la fumée par les narines et m'observe d'un œil curieux.

– Tu t'es battu ou tu t'es lancé dans le BDSM ?

Malgré le fond de teint étalé sur mon arcade, les stigmates de mon affrontement de la veille restent visibles. Ma main se porte inconsciemment sur l'hématome que je pensais mieux dissimuler sous la casquette qui me recouvre la tête.

– Un fan m'a alpagué à la sortie du métro, hier soir. Il était bourré, ça a dégénéré.

Je n'ai pas besoin de m'épancher plus avant sur le sujet. Matteo connaît bien le revers de la médaille. *Tous* les revers de la médaille. On se fait pas mal de fric avec notre activité. Un tournage me rapporte parfois le revenu mensuel d'un salarié. Bander sur commande, ça paie. Mais ça a aussi ses travers. Ils sont nombreux à vouloir toucher l'outil qui me vaut un tel succès : ma queue. Et comme je ne suis pas disposé à me laisser emmerder et que, malgré mon calme apparent, mon caractère est impulsif, il m'arrive assez souvent d'avoir à la préserver au prix de quelques coups.

– Un jour ce sera une femme qui te harcèlera et tu seras heureux qu'elle le fasse.

Je soupire. Ce n'est pas la première fois que mon ami me balance une ineptie pareille. Il est en couple depuis deux ans avec une nana du milieu, Suzie. Je ne l'envie pas. En dehors des tournages, je ne suis pas partageur. Je suis même un brin possessif. Et puis, quelle femme saine d'esprit accepterait que son homme se vautre dans la luxure à longueur de journée ? Ce serait pourtant la solution à tous mes problèmes. Les fans se montreraient moins intrusifs si j'exposais une relation.

Mon succès, je le dois à un seul film : *Les Dessous de la vertu*. Lorsque j'ai signé pour cette production, j'ignorais que ce porno intimiste ferait autant parler de lui. La réalisatrice, une jeune actrice du cinéma traditionnel, s'était mis en tête de réaliser un film de cul romantique. À ma grande surprise, j'ai reçu un prix pour ma prestation, et depuis, c'est la merde ! Je dois repousser certains admirateurs envahissants qui, désormais, suivent chacune de mes vidéos. Deux cents scènes après *Les Dessous de la vertu*, mon public s'est considérablement agrandi.

Nous terminons notre café, puis Matteo et moi nous engouffrons dans la bouche de métro d'Abbesses. Je prends bien soin d'enfoncer ma casquette sur ma tête et baisse les yeux sur chaque marche que je dois dévaler, puisque les quatre ascenseurs sont en travaux. Cela ne me dérange pas plus que ça. Je n'ai pas envie de prendre le funiculaire, toujours bondé de touristes, à cette heure, et l'exercice est indispensable lorsque l'on pratique une profession telle que la mienne.

Après trente minutes de trajet, nous parvenons au lieu de tournage. À peine suis-je arrivé que Micka, mon réalisateur fétiche, me saute dessus.

– Les nouvelles sont déjà prêtes.

Un sourire taquine le coin de mes lèvres.

– Que leur as-tu dit ?

– Juste que vous étiez les meilleurs acteurs de votre génération, répond-il en m'adressant un clin d'œil.

– Que leur as-tu *vraiment* dit ?

Il se bidonne sans répliquer et nous invite à entrer dans la pièce principale du studio. Micka a toujours tendance à nous présenter comme des dieux vivants aux jeunes actrices qui débutent. Ainsi, elles donnent tout ce qu'elles ont et ne rechignent sur aucune pose. Heureusement, Matteo et moi savons freiner les ardeurs du réalisateur lorsqu'il s'emballe un peu trop.

Un lit de forme ovale, couvert de draps blancs et cerné par des projecteurs, trône au centre du studio, et n'attend plus que le quatuor d'athlètes qui s'apprête à les froisser.

Car voilà comment je me considère : un putain d'athlète. Je peux baiser des heures sans trop me fatiguer. Une condition indispensable pour réussir dans ce métier. La plupart des positions sont démonstratives et très peu confortables. Ces techniques de travail n'ont pour but que de tourner de belles images. Le plaisir passe après. Parfois, il n'y en a même pas.

– Kaël, je te présente Carry et Lola.

Deux jeunes femmes splendides entrent dans la pièce, vêtues de dessous affriolants et juchées sur des talons vertigineux. Elles se tiennent la main et m'observent, les joues un peu rougies, avant de reporter leur attention sur Matteo qui les salue aimablement. Micka, les mains placées sur son ventre bedonnant, nous explique alors comment va se dérouler le scénario, et nous débattons de la meilleure manière d'utiliser le cadre pour cette scène. Quand le réalisateur élève la voix pour dire « Action ! », je ferme les yeux, inspire profondément et me caresse. Que le spectacle commence !

CHAPITRE 3

ZOÉ

Quinze jours plus tard

– Pose-le dans l'entrée ! crié-je à Eliot depuis la chambre.

– Y a plus de place dans l'entrée !

– Eh bien, mets-le dans le salon !

Un bruit de chute, un fracas et un juron s'élèvent dans l'appartement. Quand je passe le seuil de ma chambre, je découvre mon frère étalé sur le sol, le carton estampillé de la mention « Fragile » échoué à deux mètres devant lui. La porcelaine de mamie Jo n'aura pas survécu à ce déménagement. Je soupire et me pince l'arête du nez entre le pouce et l'index.

– Surtout, ne m'aide pas ! bougonne Eliot.

– Ta sœur est enceinte jusqu'aux yeux, lui rappelle Charlotte, tandis qu'elle dispose des livres sur des étagères.

– Tu les ranges par genre, hein ? m'assuré-je.

– Évidemment !

– Non, mais ça n'inquiète personne que je me sois foulé la cheville en portant ce fichu carton ! râle mon frère en se relevant.

Il serre les dents en faisant tourner son pied. Il ne souffre d'aucune foulure.

Cinq heures plus tard, nous en avons terminé. Le canapé du salon est disposé, les meubles sont montés. Il ne manque plus que ceux que je devrais bientôt recevoir pour la chambre du bébé, et quelques cartons à vider. Je débouche une bouteille de vin pour remercier Charlotte et mon frère pour leur aide, puis me sers un verre de jus d'orange. Nous trinquons à mon nouvel avenir.

Lorsqu'ils me quittent pour rentrer chez eux après cette journée harassante, je m'affale sans grâce sur le sofa, mon regard se perdant sur les murs de mon appartement. Mes pensées s'envolent. Je m'imagine en compagnie de mon enfant et réfléchis à la meilleure manière d'habiller ces murs. J'habite la butte Montmartre, il ne sera pas difficile de trouver des toiles d'artistes peintres pour égayer un peu cet endroit. Et pourquoi pas des photos ? *Non, pas de photos…*

La nuit tombe et mes yeux se détournent sur le toit du Sacré-Cœur. Les lumières qui le mettent en valeur éclairent le ciel drapé du voile du crépuscule. À cette vue, un sourire agréable se dessine sur mon visage quand, soudain, je pousse un hurlement qui déchire l'atmosphère. Mon ventre se crispe et se durcit sous mes doigts. La panique me saisit et m'enserre la gorge.

La main tremblante et la respiration haletante, je chope mon portable. J'appelle Eliot d'abord, puis Charlotte, mais je tombe sur leurs messageries. Je cherche à reprendre mon souffle, pensant qu'ils ont ramené le camion de déménagement et qu'ils doivent rentrer chez eux en métro, en ce moment même. Ça capte mal dans les souterrains, mais j'insiste, car un nouvel élan de douleur me vrille les entrailles. Mon cri se perd dans un silence accablant, alors que le sang a déserté mon visage. Mes doigts tressautent tandis que je m'apprête à composer le 15. Les larmes me baignent les yeux quand mon esprit me souffle que si Adam était là, je serais déjà sur le chemin de l'hôpital. Mais Adam n'est *pas* là…

Je suis prête à lancer l'appel lorsqu'on tambourine à ma porte. Obligée de m'aider de mes bras pour soulever mon corps du canapé trop confortable, je grimace à cet effort. D'autres coups résonnent juste avant que j'ouvre. À l'instant où mon regard percute mon visiteur, mon cœur rate un battement. Ma poitrine se comprime d'une émotion étrange.

Devant moi est planté un jeune homme qui ne doit pas avoir plus de vingt-cinq ans, d'une beauté si orageuse et saisissante que j'en déglutirais presque. Ses yeux bleus sont ornés de petites gouttes d'or. Ses cheveux châtain sombre sont ras sur les côtés, ébouriffés et plus épais au-dessus de son crâne. Ses épaules carrées et son tee-shirt près du corps révèlent un buste taillé dans le moule d'Apollon, sans doute tatoué comme le sont ses bras.

– J'ai entendu des cris, déclare-t-il d'une voix si sexy que j'hésite à lui demander de se répéter. Euh… je suis votre voisin. Vous allez bien… madame ?

Son regard pénétrant s'est baissé sur mon ventre.

– Vous êtes seule ? Je peux appeler votre mari si ça ne va pas.

Je m'apprête à répondre quand une nouvelle douleur me tord l'abdomen.

– Je… je dois me rendre à l'hôpital, réussis-je à articuler.

Il écarquille des yeux surpris, ne s'étant visiblement pas attendu à rencontrer une femme dans mon état.

– Vous possédez une voiture ?

Je fais non de la tête et crispe mes lèvres sous la souffrance qui me scinde en deux.

– OK, alors je vais vous trouver un taxi.

J'opine plusieurs fois du chef avant d'agripper mon sac à main. Lorsque je ferme la porte, la présence de mon voisin est écrasante derrière moi. En temps normal, je me serais liquéfiée devant un homme à l'air si ténébreux et bien trop beau pour être réel, mais aujourd'hui n'est pas un jour normal. Non, c'est le jour où j'ai déménagé.

Eliot avait raison, ce n'était pas judicieux de porter ces deux cartons. Des larmes de culpabilité cernent mes iris à cette pensée ; mon souffle s'accélère. Puis je me tourne et découvre mon voisin, paume vers le haut. Je ne comprends pas sa posture jusqu'à ce qu'il la glisse sous mon bras. À son contact, je tressaille, mais un nouvel assaut déchirant dans mon ventre me rappelle à l'ordre. Le soutien de cet inconnu m'est indispensable si je veux réussir à descendre les trois étages et la série de marches qui les parcourt, sans prendre de risque.

Une fois parvenu au rez-de-chaussée, il me fait asseoir sur le banc disposé dans la longueur du mur du fond de la cour. Puis il s'élance vers la rue et en revient, un sourire aux lèvres. *Seigneur, c'est possible d'avoir des dents aussi blanches ?* Les fossettes qui se creusent sur ses joues me laissent pantoise.

– Le taxi vous attend.

Je me saisis de ses doigts et me relève difficilement. Un borborygme disgracieux m'échappe lors d'un nouvel assaut de douleur. La honte ! Je serais prête à me gifler d'avoir rencontré mon voisin en pareille soirée. Pas que je souhaite le séduire ou que j'estime en être capable, mais je ne connais aucune femme qui apprécierait de faire la connaissance d'un mec aussi canon, à un moment où la respiration du petit chien s'impose ! Je suis vêtue d'un pantalon en pilou-pilou, engoncée dans un pull difforme, et j'ai les cheveux négligemment noués en queue-de-cheval. Mon ventre fait la taille du Montana et mes chevilles sont si gonflées qu'elles ne se démarquent plus de mes mollets.

Comme si les choses pouvaient être pires, je suis prise d'une nouvelle crise dès que le jeune homme m'ouvre la portière arrière du taxi qu'il a trouvé.

– Bordel… celle-ci était coton, lâché-je.

Nouveau cri ridicule. Nouvelle envie de fuir loin de mon sauveur. À croire que le ciel veut me rappeler à quel point je suis insignifiante, et à quel point je suis devenue vieille et trop enceinte.

– Je peux prévenir votre mari si…

– Je n'ai pas de mari. Et ça ira, ne vous en faites pas. Merci…

– Kaël.

Kaël… Hum… ça sonne bien. Ça lui va bien… aussi.

Nouvelle douleur de rappel à l'ordre. Je me crispe.

– OK, Kaël. Merci beaucoup.

Quand je me positionne à l'arrière de l'habitacle, je me penche pour fermer la portière, mais une main m'arrête. Puis c'est un corps massif qui se cale à mes côtés, sous mes yeux effarés.

– Que faites-vous ? demandé-je à mon voisin qui invite le chauffeur à nous conduire à l'hôpital le plus proche.

– Je vous accompagne.

Quoi ? Pourquoi ?

– Non, je vous assure que c'est…

Le taxi démarre et emporte mes derniers mots. Mon voisin observe avec dureté le conducteur, dont la tête dodeline au rythme de « Boogie Wonderland » de Earth, Wind and Fire. Ce dernier n'a visiblement pas pris la mesure de la situation et augmente un peu le volume de son autoradio.

Un élan de souffrance manque de me plier en deux. Je me tends subitement et saisis sans le vouloir la cuisse de Kaël, que je presse entre mes doigts, le temps que ça passe. Ce n'est que lorsque mon supplice arrive à son terme que je constate où se trouve ma main. Je la retire aussitôt, les joues en feu. Mon sauveur se frotte la jambe, les lèvres crispées avant qu'elles ne s'étirent dans un rictus amusé.

– Pardon, je… commencé-je.

– Pas de problème, me coupe-t-il en tournant le regard vers la vitre.

Puis nous n'échangeons plus un mot jusqu'à ce que nous parvenions aux Urgences, sur des airs de disco.

CHAPITRE 4

KAËL

– Non, je n'arriverai pas à temps. Commencez sans moi.

Matteo râle. J'écarte le smartphone de mon oreille pendant qu'il me gratifie de quelques noms d'oiseau en italien, et décale la tête pour observer ma voisine revenir avec le médecin qui l'a auscultée. Il a dû lui donner de quoi calmer ses crises, si j'en crois l'expression apaisée sur son visage.

– J'espère qu'elle en vaut la peine, au moins ! bougonne encore mon ami.

– C'est ma voisine de palier et je viens de la rencontrer.

– Et tu t'es dit : tiens, ce serait génial de passer ma soirée à l'hosto avec elle ! Ne me raconte pas de conneries, tu n'as jamais été un chevalier servant, Kaël. Elle est bonne, c'est ça ?

– Elle est enceinte !

– Et alors ?

Ce mec ne recule devant rien.

– Putain, Matteo, je l'ai entendue hurler de douleur à travers la cloison de ma chambre. Je n'allais pas la laisser comme ça !

– Son mec n'est pas là ?

– Non. C'est pourquoi je suis avec elle.

– Hum…

Le doute qu'exprime mon pote me sidère. J'observe la responsable de ma présence dans cet endroit que je déteste. Les hôpitaux me filent de l'urticaire. Elle est assise dans un fauteuil roulant, une perfusion plantée dans le bras. Ses longs cheveux blonds sont détachés et se déploient sur ses épaules couvertes d'un pull en laine qui a vécu. Son nez fin accentue un profil qui m'a tout l'air d'être celui d'une femme déterminée.

Du moins, c'est ce que je pourrais en conclure si je n'avais pas vu l'hésitation parcourir ses grands yeux chocolat lorsqu'une infirmière lui a suggéré des exercices respiratoires. Elle semblait paniquée et peu sûre d'elle. Au regard de l'état dans lequel je l'ai trouvée, on le serait pour moins que ça.

– Demande-lui si elle compte rester longtemps dans son appart ! ajoute Matteo.

Je souris, raccroche et m'approche de ma voisine.

– Ce ne sont que de petites contractions, lui révèle le docteur.

– Des petites contractions ?! s'exclame-t-elle, effarée. Mais ce sera quoi, les grosses ?!

Je devine que le médecin réprime son envie de lever les yeux au ciel.

– Vous n'allez pas accoucher ce soir ni dans les jours qui viennent, rassurez-vous. L'échographie a indiqué que tout est normal et cette perfusion soigne votre anémie. Le col ne montre aucun signe de dilatation. En bref, ce n'est qu'une fausse alerte, sans doute liée à votre état de fatigue. À votre âge, il est important de se ménager pour mener à terme une grossesse.

Elle se raidit à cette affirmation. Ses joues s'empourprent tandis qu'elle me jette un coup d'œil.

– Par précaution, poursuit-il, nous vous garderons en observation cette nuit. Une fois chez vous, je vous invite à ne pas vous épuiser et à rester le plus au calme possible.

Un long soupir s'échappe de la gorge de sa patiente, dont je ne connais toujours pas le prénom. Le docteur lui donne encore quelques consignes jusqu'à ce qu'une infirmière se pointe, s'apprêtant à l'emmener dans une chambre à l'étage.

– Quand elle rentrera chez vous, déclare le médecin en se tournant vers moi, faites en sorte qu'elle ne porte rien de lourd ou de…

– On n'est pas ensemble, le coupe la femme enceinte.

L'infirmière darde un regard interrogateur sur moi, si incisif que j'en suis presque gêné. *Euh*...

– Je veux dire que… reprend-elle, ce n'est pas le père du bébé.

– Oh !

Cette interjection sonne comme un soupir désolé. Décidé à quitter les lieux, je fais quelques pas vers la sortie lorsque ma voisine m'interpelle.

– Attendez !

Je me retourne. L'expression sur son visage révèle toute sa gratitude.

– Merci, Kaël.

– De rien, c'est normal.

– Non, ça ne l'est pas, dit-elle en fixant ses grands yeux sur moi.

Ses mains se portent sur son ventre. Ses doigts le caressent pendant qu'elle m'observe.

– Je suis Zoé.

– Enchanté, Zoé.

Ses lèvres se courbent, et tout le désarroi que j'ai cru discerner dans son regard des dernières heures semble s'être envolé.

Je pars de l'hôpital, satisfait et soulagé. Alors que je hèle un taxi pour rentrer, un sourire s'immisce sur mon visage. Je pense à celui de Zoé, cette voisine venue de nulle part.

CHAPITRE 5

KAËL

Il n'est pas dix-sept heures, le lendemain, lorsque l'on toque à ma porte. Quand je l'ouvre, je ne suis pas vraiment surpris de découvrir ma voisine dans l'embrasure. Quelque chose me disait que je ne tarderais pas à croiser de nouveau ce profond regard chocolat.

Elle se tient là, une bouteille de vin dans sa main suspendue devant son ventre proéminent. Ses cheveux dorés se déversent en de fines boucles sur ses épaules. Elle porte une robe pull sombre et des bottes plates couleur camel qui lui arrivent aux genoux. Une expression joyeuse pointe sur son visage quand elle me tend son présent.

– Afin de vous remercier, pour hier soir.

Je m'empare de la bouteille et la pose sur la console de l'entrée.

– Comment allez-vous ? demandé-je.

– Je vais nettement mieux, me rassure-t-elle. On peut se tutoyer ?

Un sourire se forme sur le coin de mes lèvres.

– On peut, ouais.

Nous restons là, l'espace de quelques secondes, à nous considérer l'un l'autre, jusqu'à ce qu'elle opère un demi-tour en me saluant d'un petit geste de la main.

– Attends !

C'est sorti sans que je le veuille vraiment. Peut-être que ce sont ses yeux qui m'ont charmé, ou la douceur de ses traits. Je ne sais pas. Mais à cet instant, je ressens de l'empathie pour cette femme en qui je discerne des marques de chagrin. À ses heures les plus sombres, ma mère disait qu'une âme bousillée peut en reconnaître une autre. Étrangement, c'est à cela que je pense tandis que Zoé se retourne, un air tendre glissant sur son joli minois.

– Ça te dirait d'aller boire un café ?

Le sourire qu'elle m'adresse répond pour elle. Je prends mes clés et l'invite à emprunter l'escalier. Dans son état, la descente est plus lente que d'habitude, mais je suis surpris de la voir si élancée alors que son ventre est énorme.

Nous nous rendons au Petit Montmartre et c'est Axel qui se charge de notre commande. Lorsqu'il me découvre en compagnie de la très enceinte Zoé, ses yeux manquent de sortir de leurs orbites. Je pouffe discrètement tandis qu'il nous indique notre table.

Zoé s'assied, le visage bien plus paisible que la veille. Avant que je m'installe, Axel me souffle à l'oreille :

– Je ne savais pas que… enfin, Kaël, je ne croyais pas que c'était possible que tu…

Le sang quitte mes joues. Va-t-il dire : « Je ne croyais pas que c'était possible que tu puisses engrosser une fille du porno » ?

– Je te présente Zoé, le coupé-je, ma voisine de palier. Zoé, voici Axel. Un ami de longue date.

Elle lui tend la main, ses traits témoignant d'une expression affable.

– C'est pour bientôt ? lui demande Axel.

– Un mois et demi. Du moins si le bébé ne me fait plus de frayeurs comme hier. Encore merci pour ton aide, Kaël.

Son regard s'est tourné vers moi. J'y lis toute sa reconnaissance. Un peu de curiosité aussi. Axel se racle la gorge et attire mon attention. Un rictus insolent déforme ses lèvres. Je lève les yeux au ciel et commande un café. Zoé opte pour du chocolat chaud. Je pousse presque un *ouf* de soulagement quand je vois mon ami s'éloigner. Je n'avais pas pensé une minute que me découvrir en la compagnie d'une femme enceinte serait si provocateur d'idées préconçues.

– OK, donc… Zoé.

– Oui, répond-elle de façon charmante.

– Nouvelle à Montmartre ?

– Comme tu le vois.

– Tu vis donc… seule ?

Je ne sais pas pourquoi il y a eu de l'hésitation dans ma voix. En réalité, je sais déjà qu'elle vit seule. Rien ne laissait supposer la présence d'un homme durant les quelques minutes que j'ai passées chez elle, la veille au soir. Je n'ai vu que quelques cartons pas encore déballés et des meubles fraîchement montés. Tout sentait le neuf à plein nez.

Des questions me brûlent : pourquoi une femme enceinte jusqu'aux yeux emménage-t-elle seule à la butte Montmartre ? Que lui est-il arrivé pour qu'elle se retrouve dans cette situation, et que fait-elle dans la vie pour prétendre à un appartement dans ce quartier ? Les loyers sont hors de prix. J'en sais quelque chose.

– Mon compagnon m'a quittée il y a six mois, déclare-t-elle sans détour.

Mon regard se fige dans le sien. Mon silence est plus évocateur que des mots tandis que le temps s'éternise. Quel enfoiré abandonne la femme qui porte son enfant ? Cette nouvelle question menace de franchir mes lèvres, mais l'arrivée d'Axel me retient de la poser. Zoé ne lui prête aucune attention et continue de m'observer attentivement.

– Tu as quel âge, Kaël ?

Je souris, également curieux de connaître le sien.

– Vingt-six ans, et toi ?

Je serre la mâchoire pour ne pas me marrer quand je la vois déglutir. Je crois deviner qu'elle regrette amèrement sa question.

– Je suis plus âgée que toi.

– De quoi, cinq, six ans ?

Ses épaules s'affaissent. Son visage se crispe. Avec la main, elle me fait signe d'élever les enchères.

– Huit ?

Elle secoue la tête.

– Neuf ?

Sa main frappe maintenant son front.

– Dix ?!

– Chut ! murmure-t-elle après un gloussement. Oui, dix ans, espèce de jeunot !

Cette fois, je ne peux réprimer mon amusement.

– Quoi ? demande-t-elle, interloquée.

– Tu as dit « jeunot ». Qui dit ça ?

Ses yeux s'écarquillent. Sa main gifle gentiment la mienne.

– Les femmes de mon âge disent ça !

– Les hommes de mon âge se moquent de ça !

Ma phrase n'a pas sonné comme je le souhaitais. Le regard amusé de Zoé se mue en surprise.

– Je veux dire que… tu ne fais pas ton âge. Mais tu fais très enceinte.

Ses iris s'orientent sur son ventre qu'elle caresse de ses doigts.

– C'est le cadeau que m'a laissé Adam. Je n'avais pas prévu que cela se passerait comme ça, pour ce bébé… et pour moi.

– C'est un garçon ou une fille ?

– Je ne sais pas.

– Tu n'as pas voulu le savoir ?

– J'aime assez l'idée de le découvrir à la naissance.

J'aime assez l'idée aussi.

– Tu fais quoi dans la vie, Zoé ? m'enquiers-je, après une nouvelle gorgée de café.

– Je… enfin… j'étais photographe. Photographe paysagiste.

– Pourquoi « étais » ?

– J'ai arrêté il y a deux ans. Adam estimait que… qu'il fallait que je cesse de voyager.

Je me tais en apprenant cet élément de sa vie privée. Elle n'a peut-être pas envie de s'épancher. Après tout, on se connaît à peine. Il n'empêche que mon opinion sur son ex se confirme. Je crois qu'elle est mieux seule qu'avec ce sale con.

– Pardon de me montrer si curieux. Je ne veux pas être intrusif.

– Ne t'excuse pas. Tu m'as porté secours hier soir. J'ai paniqué et ta présence m'a apaisée. Et puis… après avoir entendu mon médecin déclarer : « Le col ne montre aucun signe de dilatation », on peut considérer qu'on a passé un cap dans l'intimité, tu ne crois pas ?

J'éclate de rire et manque de cracher ma lampée de café. Son humour me plaît.

– Et toi, que fais-tu ?

Mon rire se dissipe aussitôt. En temps normal, je dis ce que je fais à mon entourage sans vraiment me poser de questions. Mes proches connaissent mes activités, comme la plupart de mes amis. Quant aux femmes… Cela fait si longtemps que je n'ai pas eu l'occasion de discuter avec une nana qui ne travaille pas dans le porno que je ne me souviens pas d'avoir un jour été gêné d'en parler. Pourtant, l'idée de dévoiler ma profession à Zoé a quelque chose de troublant. Je n'ai étrangement pas envie qu'elle me juge.

– Tu tues des gens ou quoi ? rigole-t-elle face à mon hésitation.

– Non.

J'expire un souffle, puis me lance.

– Je suis acteur de X.

Sa mâchoire va se décrocher. Sa respiration s'est bloquée. Ses yeux se sont écarquillés. On peut au moins lui reconnaître qu'elle ne s'embarrasse pas à dissimuler ses émotions. Son regard se plante dans le mien, puis s'attarde lentement sur mon torse et mes bras, avant de revenir sur mon visage.

– Sérieux ?

J'opine deux fois de la tête. Ses mains se portent à ses lèvres qui esquissent un grand sourire.

– Oh, la vache !

Un nouveau rire m'échappe. Sa réaction est rafraîchissante. Les filles prennent souvent peur quand je révèle mon boulot, ou alors elles me montrent un intérêt douteux. Je prends conscience que Zoé est plus mûre que celles que j'ai l'habitude de rencontrer.

– Wow ! Alors ça, c'est original comme métier, lance-t-elle.

– Photographe n'est pas très habituel non plus.

Elle glousse encore une fois, puis pince ses jolies lèvres.

– T'as tourné beaucoup de films ?

– Beaucoup.

– Et tu… es capable de tenir combien de temps, au max ?

Je pouffe, amusé par l'expression goguenarde qui accompagne cette question.

– Des heures.

– Seigneur, j'espère que nous ne coucherons jamais ensemble ! lâche-t-elle, effarée.

Ma surprise est totale. En général, c'est plutôt quelque chose qui impressionne et qui provoque la convoitise. La spontanéité de Zoé est singulière. À la tête qu'elle fait, je conclus qu'elle regrette soudain ce trait de caractère.

– Ne le prends pas mal, Kaël, tente-t-elle de se rattraper, les joues cramoisies, mais des heures à faire l'amour… Non… Non, vraiment pas.

Sa remarque me laisse coi. Puis je m'esclaffe à nouveau devant son air faussement blasé. Lorsque je me reprends, un sourire en coin s'imprime sur mes lèvres, et je dis :

– Peut-être est-ce parce que tu n'as jamais rencontré un homme qui sait s'y prendre avec toi ?

Cette fois, c'est elle qui en reste pantoise.

CHAPITRE 6

ZOÉ

Après avoir quitté Kaël, qui est resté en compagnie de son ami Axel, je retrouve Charlotte au pied de mon immeuble.

– C'est trop haut, ici, Zoé ! se plaint-elle.

Je souris face à ses yeux brillant d'un récent effort et à son visage écarlate. Elle me maudit quand nous atteignons enfin le palier de mon appartement. Je jette un coup d'œil sur la porte voisine avant d'ouvrir la mienne, la révélation de la profession de Kaël encore bien présente dans mon esprit.

– Tu m'attendais pour ranger tes derniers cartons ? déclare Charlotte après un soupir.

– Je n'ai pas eu le temps de le faire, dis-je en m'affalant sur le canapé. J'ai eu une fausse alerte hier soir et le médecin de l'hôpital estime qu'il ne me faut rien soulever.

– Merde, et ça va ?

– Oui, ce n'était rien mais j'ai paniqué. Mon voisin m'a accompagnée.

Charlotte marque un mouvement de recul et arrondit les yeux.

– Pourquoi tu ne m'as pas appelée ?

– Eliot et toi étiez injoignables.

L'air soudain contrit de mon amie laisse place à une expression intriguée.

– Ton… voisin ?

Je contiens mon amusement. Je la connais si bien.

– Oui, mon voisin, Charlotte.

– Et quel âge a-t-il, ton… voisin ?

– Il a vingt-six ans.

– Oh, Seigneur !

Ses mains se plaquent sur ses traits épanouis, avant qu'elle me lance dans une supplique :

– Dis-moi qu'il vit seul et qu'il est célibataire !

– Seul, je crois. Célibataire, je ne sais pas. Mais beaucoup de femmes s'occupent déjà de lui, désolée de te décevoir.

– Comment ça ?

Je me pince les lèvres, me demandant si c'est une bonne idée et si c'est moral de confier ce que m'a avoué Kaël. Puis je me rappelle qu'il en a parlé sans véritable gêne et cela me soulage, car ce n'est pas quelque chose que l'on cache à sa meilleure amie.

– Il est acteur porno.

Le « O » parfait qui se forme sur la bouche de Charlotte me provoque un éclat de rire.

– Bah, merde alors !

Elle n'en revient pas. Puis elle se reprend, dévorée de curiosité.

– Comment s'appelle-t-il ?

– Kaël.

– C'est son pseudo dans le milieu du X ou son vrai prénom ? me questionne-t-elle tout en s'emparant de son portable.

– J'en sais rien, moi ! On n'est pas entrés dans les détails.

– Ton voisin te dit qu'il est acteur porno et tu ne lui soutires pas tous les détails ? Mais qui es-tu ?!

Je glousse et me penche sur son épaule. Des articles défilent, mais aucune image ou mention de Kaël n'y apparaît. Sur la seconde page du moteur de recherche, Charlotte s'arrête sur un paragraphe de presse qui évoque ce nom.

« *Neil Jordan, de son vrai nom Kaël D., a remporté le prix du meilleur acteur de films X pour* Les Dessous de... »

Mais je n'ai pas le temps de lire le reste de ce passage que mon amie tape *Neil Jordan* et clique plus vite que son ombre.

– Ils sont quand même vachement gonflés de balancer sa véritable identité dans…

L'image figée que je découvre sur le smartphone de ma meilleure amie me coupe la respiration. Mon index se pose dessus et je m'écrie :

– C'est lui !

La photo le montre torse nu, la tête penchée sur la femme nichée entre ses jambes. Ses cheveux lui tombent sur le front et renforcent cet air ténébreux qui le caractérise. Découvrir ce cliché est un choc. Connaître la profession de Kaël est une chose, la constater en images en est une autre. Lorsque Charlotte lance la lecture de la vidéo, je ne dis rien tant je suis, à mon tour, dévorée de curiosité.

La femme se touche et c'est long. Mon amie fait glisser le curseur pour avancer. Quand le film reprend, l'image d'un homme nu, dont le corps a été créé par les dieux, s'imprime dans mes rétines.

– Oh, la vache !

Il faut que j'arrête avec cette expression, mais c'est la première qui me vienne à l'esprit, après que mes yeux ont découvert ceux, avides, de mon voisin, la bouche légèrement entrouverte tandis qu'il pénètre rudement celle de la jeune femme. Ses épaules sont carrées, sa peau luit d'une fine couche de sueur. Ses bras et son torse sont tatoués, comme ses abdominaux taillés dans l'acier. Un V se dessine sur ses hanches, ses jambes sont musclées. Il est d'une beauté incomparable, mais ma contemplation cesse au moment où un gros plan s'affiche sur les lèvres de la fille glissant sur le membre de Kaël. Je pose une main sur mon visage pour me cacher de cette vision.

– Tu rates le meilleur, commente mon amie.

Des gémissements étouffés s'élèvent dans la pièce. Charlotte a déclenché le son et éclate de rire devant son écran.

– Oh, putain, Zoé. Ton voisin est un dieu du sexe !

Je réprime l'envie de lui arracher le portable pour le constater. Une part de moi souhaite préserver ma relation naissante avec Kaël. Le voir dans le plus simple appareil, dans une posture plus que délicate, ne ferait que provoquer mon embarras quand je tomberai de nouveau sur lui. Je préfère donc m'abstenir et m'empare du smartphone de Charlotte. Après l'avoir éteint, je plante mon regard dans le sien.

– Kaël est sympa. C'est mon voisin. Pas question que tu lui parles de ça.

– Je n'allais pas lui en parler, rassure-toi. Mais avoue que ce n'est pas banal.

Un sourire coule sur mes lèvres.

– Non, en effet. Il n'est pas banal.

– Tu as l'air de l'apprécier.

– Disons que durant tout le temps que j'ai passé avec lui, je n'ai pas pensé à Adam et à ma vie qui s'effondre. C'était agréable. Et comme je vais sans doute être amenée à le croiser souvent, j'aimerais bien que Kaël devienne mon ami.

Et tandis que je révèle ces mots à Charlotte, mes pensées s'envolent et se figent sur deux grands yeux bleus aux éclats dorés, qu'il me tarde de rencontrer à nouveau.

CHAPITRE 7

KAËL

– Putain, pas question, Andrew ! vociféré-je, las qu'il me propose à nouveau de bosser pour Glox, un studio américain avec lequel je refuse de tourner.

– Si tu veux devenir célèbre à l'international, tu n'as pas le choix, assène-t-il de son accent à couper au couteau.

Ce n'est pas la première fois que j'ai cette discussion avec mon agent de la vallée de San Fernando, l'épicentre du porno californien. Je serre les poings pour me contenir, car j'ai une sainte horreur de me répéter.

– Je mets des capotes, point !

Je raccroche sans préavis et consulte l'horloge du Petit Montmartre. Le troquet ne va pas tarder à fermer, aussi, je ne suis pas surpris qu'Axel s'installe face à moi, un mojito à la main. C'est son petit plaisir de fin de service.

– Encore les Américains ?

– Mouais…

J'ai dû parler plus fort que je le pensais. Aux regards appuyés que me lancent les deux dernières clientes en sortant, cela se confirme.

– Il y a un truc que je ne comprends pas, déclare Axel. Comment as-tu pu engrosser une femme si tu portes systématiquement des préservatifs ?

Il rigole comme un con. Je me rembrunis.

– Tu fais chier, Axel. Ce n'est pas moi le père.

– C'est vrai qu'elle ne ressemble pas vraiment aux filles que tu te tapes dans tes films. Elle a passé l'âge, on va dire.

Je lève les yeux au ciel. Quand va-t-il me lâcher avec Zoé ?

– Tu bosses, demain ? me demande le barman.

Qu'il change de sujet me soulage.

– J'ai un tournage à Saint-Germain-des-Prés.

– Avec Micka ?

– Ouais. Un gang bang, putain.

– Tu m'emmènes ?

– Non.

Il glousse.

Je n'ai pas envie d'y aller, mais Matteo sera présent et pour ce genre de scène, je suis plus rassuré quand il est là. Je rends service à Micka sur ce coup, car dépassé quatre acteurs, je ne suis pas à l'aise. Depuis qu'un tournage a dérapé, il y a un an, je préfère m'abstenir de ces orgies dont les internautes sont friands. Au moins, avec Micka, on porte tous des capotes. Alors, ouais, je me ferais un max de fric et je serais célèbre si je décidais de me passer de latex, mais merde, pas moyen.

Depuis le prix que j'ai reçu pour *Les Dessous de la vertu*, je croule sous les propositions en tout genre. La plupart sont glauques, voire dangereuses. Mes pratiques sexuelles sont diversifiées, mais j'ai mes limites.

Je finis de siffler mon verre de whisky, encore agacé par cette conversation avec Andrew. Quand va-t-il comprendre que ce que j'ai me suffit ? Jamais, je suppose, car d'après lui, je cours à ma perte si je m'obstine sur mes principes. Comme si porter des capotes relevait du simple principe… Ça me gave !

– Salut !

Je lève mon regard vers la voix féminine qui m'a interpellé et tiré de mes sombres réflexions. Un sourire se dessine sur mon visage quand je découvre celui de Zoé.

– Salut, répété-je.

Je me redresse et vais pour lui faire la bise, mais au moment où je m'approche, je bute sur son ventre et manque sa joue. Elle tressaute et ma bouche atterrit sur ses lèvres dans un baiser furtif. Embarrassé par mon geste, je me recule et fais face à deux grands yeux chocolat écarquillés de stupeur. Des rougeurs attaquent les pommettes de Zoé, tandis qu'elle bégaie un son improbable. Je me gratte la tête, profondément gêné.

– Pardon… euh, désolé, balbutié-je.

Depuis quand je balbutie ?! Je baise des femmes à longueur de journée et un simple frôlement de lèvres me retourne le cerveau. Je me reprends sous les rires d'Axel.

– C'est… rien, répond Zoé, hésitante.

– Tu rentrais ? m'enquiers-je, désireux de mettre fin à ce moment de confusion.

Elle opine de la tête et s'apprête à partir. Je réfléchis au fait qu'elle va monter l'escalier seule. Après ce dont j'ai été témoin lors de cette « fausse » alerte, je préfère l'accompagner. Un sourire s'empare d'elle quand je me plante à sa hauteur. Elle a deviné mes pensées.

– Reste avec ton ami. Je vais bien.

– Je sais, mais…

– Je ne vais pas me reposer sur toi au quotidien, et je ne peux décemment pas demeurer enfermée toute la journée.

– Ouais, mais si ta crise se reproduit et que je ne suis pas là, comment vas-tu faire ?

– Mon frère et ma meilleure amie n'habitent pas loin. Ne t'inquiète pas.

Elle a raison, je ne devrais pas me faire du mouron. D'ailleurs, je ne sais pas vraiment pourquoi cela m'importe, mais j'aime bien cette fille. De toute façon, je dois rentrer. Il va me falloir dormir si je veux assurer demain.

Il nous reste quelques centaines de mètres avant d'arriver jusqu'à notre immeuble. L'air est frais et le silence qui règne dans les rues est agréable. J'apprécie davantage Montmartre la nuit que le jour. Seuls nos pas résonnent sur les pavés tandis que nous progressons. Une question brûle mes lèvres et je profite de la situation pour la poser.

– Le père de ton bébé, il… ne peut pas t'aider ?

Je regrette mes mots dès que je découvre le visage de Zoé se baisser vers le sol. Ses cheveux me cachent son profil alors qu'elle me répond :

– Je n'ai pas de nouvelles de lui depuis qu'il m'a quittée.

Un sentiment violent me traverse la poitrine. Mais quel enfoiré ! Je n'ai pas le temps de m'épancher sur tous les synonymes de cette insulte que je vois la tête de Zoé s'orienter sur moi. La douceur sur ses traits calme aussitôt la tempête dans mon esprit. Je ne suis pourtant pas du genre à m'emporter facilement, mais j'ai de la sympathie pour cette femme, et je suis suffisamment clairvoyant pour deviner qu'elle est loin de mériter ce qui lui arrive. Lorsqu'elle stoppe ses pas, je ne saisis pas tout de suite son expression embarrassée.

– Kaël, je… je dois t'avouer quelque chose.

J'ai soudain l'impression que ce qu'elle va me dire n'a aucun rapport avec le sujet précédent.

– C'est-à-dire que… reprend-elle après une courte hésitation, j'ai, par inadvertance, révélé ta profession à ma meilleure amie et… elle n'a pas pu s'empêcher de regarder une de tes vidéos.

Mes yeux se plissent, ne comprenant pas où elle veut en venir. Un tic sur son visage me dévoile que le mot « inadvertance » n'exprime pas l'entière vérité.

– Et ?

Elle se mord la lèvre inférieure, ce que je trouve charmant, puis plante son regard dans le mien.

– Je te promets que je n'ai rien vu de compromettant !

J'intègre sa phrase quelques secondes, avant de découvrir ses joues se colorer sous la lueur d'un réverbère. Un éclat de rire franchit ma gorge. Devant sa mine effarée, je peine à le calmer.

– T'es bien la première femme que je rencontre qui me dise une chose pareille ! lâché-je, sans me départir de mon amusement.

Elle se liquéfie.

– Les autres ne sont pas aussi voyeuses, c'est ça ? Oh, Kaël, pardonne-moi, j'aimerais vraiment qu'on soit amis, toi et moi… J'aurais dû lui dire de ne pas le faire, mais ton métier est si singulier que…

– Que… ?

– Que j'avoue avoir été curieuse. Mais quand la caméra a fait un gros plan sur ton pénis, je te jure que j'ai détourné les yeux.

Cette fois, je ne me retiens plus et m'esclaffe sans pouvoir m'arrêter. Une pensée me saisit soudainement : depuis quand n'ai-je pas ri aussi sincèrement ?

– Pas de panique, Zoé. Les filles regardent mes films dès qu'elles apprennent ce que je fais. C'est plutôt le contraire qui me surprend.

Oui, elle me surprend… et le soulagement que je lis sur son visage m'inspire une émotion plaisante. L'instant qui reste suspendu dans les airs après cet échange est rompu par le bruit d'une voiture qui surgit dans une rue adjacente. Tel un rappel à l'ordre, cette interruption nous pousse à reprendre notre chemin.

Alors que nous parvenons en bas des marches de notre immeuble, je me permets de glisser mes doigts sous son bras pour l'aider à monter. Quand Zoé comprend mon geste, ses iris chocolat se tournent vers mon visage, mais elle ne dit rien et l'accepte sans broncher. Arrivé sur le palier, je la libère de mon emprise et sors ma clé de ma poche de jean. Ma voisine a déjà la sienne dans les mains et lance un dernier regard vers moi avant d'enclencher la serrure. On s'observe quelques secondes.

– Merci de m'avoir accompagnée. Bonne nuit, Kaël.

– Bonne nuit, Zoé.

Je prends une douche, puis m'allume une clope en matant une série sur Netflix. Je n'arrive pas à suivre, étrangement distrait. Lorsque je me glisse dans mes draps et que je pose ma tête sur l'oreiller, je pense à Zoé dont la chambre n'est séparée de la mienne que par une fine cloison. Est-elle allongée dans la même position que moi ? S'est-elle endormie ?

Va-t-elle bien ? Je m'interroge sur ces questions qui s'infiltrent dans mon esprit sans que je puisse les retenir.

Je m'assoupis en songeant à sa révélation : elle n'a pas voulu me voir en pleine action. Un sourire glisse sur mes lèvres et se fige sur mes traits désormais apaisés par le sommeil.

***

Quelques jours plus tard, je gravis l'escalier de l'immeuble, l'humeur assombrie, après un tournage dont je suis sorti épuisé. Je cherche la clé de mon appartement dans ma poche lorsque j'entends des voix s'élever depuis mon étage. Je reconnais celle de Mme Bouillon, la proprio du deuxième, une veuve de soixante-dix ans qui vit à Montmartre depuis toujours.

– … Je vous aiderais bien à monter les cartons, dit-elle, mais mon dos ne me le permet pas.

– Je vais trouver une solution, répond Zoé, merci de m'avoir prévenue.

– Entre voisines, c'est normal, voyons !

Mme Bouillon tourne les talons et me découvre, grimpant les dernières marches.

– Oh, vous tombez bien, Kaël, lance-t-elle. Des livreurs ont déposé des meubles dans le hall et personne ne peut aider cette jeune femme à les porter jusque chez elle.

– Je ne savais pas que c'était pour toi, déclaré-je à Zoé. Je vais les chercher.

– Ne te donne pas cette peine, je vais appeler mon…

Je fais demi-tour, ce qui met fin aux protestations de ma voisine. Il me faut trois voyages avant de pouvoir tout placer dans la chambre prévue pour le bébé.

Zoé m'offre un verre tandis que mes yeux parcourent la petite pièce.

– Merci, dit-elle. Grâce à toi, je n'ai plus qu'à les monter.

Mon visage s'oriente vers le sien.

– Je ne crois pas, non.

Son air radieux se mue en surprise.

– Comment ça ?

– Ton médecin a dit qu'il fallait que tu te reposes.

– Ce sont des meubles en kit, c'est super simple à monter !

Je soupire d'amusement.

– Ça ne l'est pas du tout. Ils t'annoncent une heure, tu t'en tires avec quatre. Laisse-moi faire.

– Kaël, ce n'est pas la peine, je te jure que…

Elle se tait quand je déballe le premier carton.

– T'as une visseuse ? m'enquiers-je.

– Une quoi ?

Je souris.

Quelques minutes plus tard, chaque élément est minutieusement disposé sur le parquet. J'entends

Zoé glousser derrière moi. Quand je me tourne, elle reprend un air sérieux.

– Tu te moques de moi ?

– Non, je… Tu es très méticuleux, Kaël.

– Je suis un spécialiste en montage de meubles. Parfois, il te manque du matériel et c'est la merde. Là, tout est sous contrôle.

– Parfait, alors ! lance-t-elle en se mordant les lèvres pour ne pas rire.

Je m'attelle à la besogne, l'humeur bien plus joviale qu'à mon arrivée. Au bout d'une heure, le sommier du lit bébé est monté.

– Tournevis.

Zoé me tend l'outil depuis le siège sur lequel elle est installée.

– Marteau.

Ma main s'en empare tandis qu'elle réprime de nouveau son hilarité.

– On dirait un chirurgien et son infirmière, déclare-t-elle avant de clamer : « Scalpel », « Bistouri » !

Je pouffe tout en enfonçant un clou récalcitrant.

– T'as déjà fait une scène de sexe de ce type, genre « le chirurgien et son infirmière » ?

Mes yeux s'écarquillent avant de se relever sur elle. Zoé s'esclaffe.

– J'ai ma réponse !

– Détrompe-toi, je n'ai jamais tourné ce genre de scène. Et si un jour tu rencontres mon réalisateur, évite de lui soumettre ton idée, tu veux bien ?

– C'est dommage, lance-t-elle. C'est un fantasme reconnu chez beaucoup de femmes.

– Ce n'est pas le mien, répliqué-je, en retournant à ma tâche.

– À te voir faire, je suis sûre que tu ferais un merveilleux chirurgien.

Je secoue la tête, amusé. Une fois le premier meuble monté, je m'échine sur la table à langer, tandis que Zoé observe silencieusement le lit à barreaux.

– Ça va ?

– Oh oui, je… je suis juste un peu stressée à l'idée que, très bientôt, un petit être dormira ici.

Mon regard s'arrime au sien. J'imagine à peine ce qu'elle doit ressentir, alors je ne commente pas et l'écoute. Sa voix douce m'apaise. Son visage avenant est un vrai médicament contre la morosité. Malgré ses inquiétudes, il ne perd jamais de son aura lumineuse.

– Ton ex pourrait peut-être revenir te donner un coup de main, une fois qu'il sera né ?

Remarque idiote. Il n'est déjà pas là pour monter les meubles. Elle soupire.

– Non, il ne le fera pas.

Ses yeux s'égarent à nouveau sur le lit. Quand je termine de fixer le plateau de la table à langer, elle pose une main sur mon épaule.

– Merci.

Je me tourne vers elle. Un silence s'étire, puis je me rappelle mon rendez-vous avec Matteo et consulte ma montre. Je suis à la bourre.

– Je dois y aller.

Elle hoche la tête en me remerciant encore. Je lui adresse un clin d'œil en quittant son appart. Alors que je suis sur le chemin pour rejoindre mon ami, je me dis que je serais bien resté un peu plus avec elle, car j'ai une certitude désormais : j'aime la compagnie de Zoé.

CHAPITRE 8

ZOÉ

– T'as un concept particulier pour le rangement, déclaré-je à Eliot en constatant qu'il a placé mes documents fiscaux à côté de mes culottes.

– Je t'aide à vider tes cartons, tu ne vas pas te plaindre, quand même !

Je pouffe et lui lance un regard attendri. Mon frère est assez lunaire dans son genre, mais j'ai toujours pu compter sur lui. Aussi loin que ma mémoire se souvienne, nous avons sans cesse entretenu une relation fusionnelle. Bien sûr, nous nous sommes disputés comme chien et chat étant plus jeunes, si bien que nos parents s'arrachaient souvent les cheveux. Mais dès lors que l'un de nous faisait une bêtise, l'autre le couvrait. J'aurais toutefois préféré qu'il cesse de décapiter mes Barbie pour le seul plaisir de me voir jouer avec lui à ses maudites voitures. Une passion qui ne s'est pas tarie avec le temps, puisqu'il aime encore s'adonner à des courses en amateur, sur les plus grands circuits du pays.

– Comment se passe ton existence sans moi dans les pattes ? demandé-je en lui tendant une tasse de café.

– J'ai plus de place.

– T'es qu'un enfoiré.

Il me plante un baiser sur la joue et se marre en s'affalant sur le canapé.

– J'ai retrouvé une vie sexuelle, j'suis heureux !

– T'en as de la chance, commenté-je.

Ses yeux se jettent sur mon ventre, tandis que je m'installe à califourchon sur un pouf. Je soupire.

– Ça fait si longtemps que je n'ai pas fait l'am…

– On ne va pas parler de ça, me coupe-t-il.

– Mais c'est toi qui en as parlé en premier !

– Ouais, mais c'est bizarre. T'es ma sœur. Enceinte, de surcroît. Tu ne devrais même pas nourrir ce genre de pensées.

– Dis ça à mes hormones !

Il se gausse de mon air désespéré quand la sonnerie de l'appartement retentit dans le salon. Je lui tire la langue alors que je me lève pour ouvrir. Derrière la porte, je découvre Kaël qui se gratte la tête. Un sourire vient éclairer son visage dès qu'il m'aperçoit. Il attise le mien.

– Tu vas bien ? s'enquiert-il.

Sa sollicitude me touche. J'ai vraiment dû le faire flipper avec ma fausse alerte. J'opine du chef en détaillant ses traits. Il a l'air fatigué et ses yeux expriment une sorte de tristesse qui m'enveloppe d'une sensation oppressante. J'ouvre la porte et l'invite à entrer, oubliant qu'Eliot est assis sur le divan.

– Un café ?

Kaël acquiesce sans un mot, rencontrant du regard mon frère qui se lève pour le saluer.

– Je te présente mon voisin, Kaël, le présenté-je à Eliot.

– Merci d'avoir aidé Zoé pour la chambre du bébé, déclare ce dernier en plissant étrangement les paupières, tandis qu'il lui tend la main.

Kaël la lui serre vigoureusement. Ils se considèrent un instant. Mon frère lui sourit et ouvre la bouche avant de la refermer aussitôt. Ses yeux s'écarquillent subitement. Des rougeurs s'emparent de ses joues, puis son visage pivote lentement vers moi. Je le fixe, ne comprenant pas immédiatement ce qui lui prend, puis tout s'éclaire.

– T'as vu un de ses films ! m'exclamé-je, avant d'éclater de rire.

Il vire à l'écarlate. Kaël esquisse un petit rictus en coin, visiblement habitué à ce genre de réaction, et moi je peine à contenir mon hilarité. Ce n'est pas tous les jours que je découvre Eliot gêné. C'est presque jouissif de le voir en si fâcheuse posture. Il se détourne vers mon voisin d'un geste hésitant.

– Je... Pardon, je n'étais pas prêt à... cette rencontre.

Tu m'étonnes !

– C'est rien.

Les iris mordorés de Kaël se reportent sur moi.

– Je ne voulais pas te déranger, je vais vous laisser.

– Tu ne nous déranges pas. Mon frère et moi venions de nous poser, après avoir fini de ranger le reste de ce qui traînait dans mes cartons.

– Après que *j'ai* fini de ranger, tu veux dire, me corrige Eliot.

Je ne lui prête aucune attention.

– Tu avais besoin de quelque chose ? questionné-je mon voisin.

– Non, je… J'ai passé une sale journée et je me demandais si… enfin… Je n'ai pas envie de me faire à manger ce soir, et je voulais savoir si tu serais d'accord pour dîner avec moi au restaurant Chez Eugène, sur la place du Tertre.

Du coin de l'œil, je découvre qu'Eliot se tend à cette idée.

– Avec plaisir, réponds-je à cette invitation.

Des fossettes se dessinent sous le sourire que m'adresse Kaël.

– Je dois me lever tôt demain, dix-neuf heures, ça t'ira ?

– J'ai une meilleure idée, dis-je en consultant ma montre, on pourrait y aller maintenant.

Ses yeux s'arrondissent. Son estomac ne semble pas prêt à avaler quoi que ce soit pour l'instant et je me demande toujours pourquoi il paraît si las. Je n'aime pas voir cette expression sur son visage.

– J'ai besoin de décorer cet appart et j'aimerais trouver quelques toiles, expliqué-je. Tu m'accompagnerais visiter les galeries du coin avant d'y aller ?

Une lueur tendre vient éclairer son regard azur.

– Je prends une douche et on y va.

Lorsqu'il rentre chez lui, après avoir salué Eliot, un long silence s'étire dans mon appartement. Je reste plantée devant mon frère après avoir fermé la porte.

– Quoi ?

– Il est acteur porno, Zoé !

– Dis donc, je ne te savais pas si connaisseur dans le domaine.

– Ne me juge pas, lâche-t-il.

– Ne le juge pas non plus, alors. Il est très sympa, c'est un ami.

– Dans le porno, Zoé, répète-t-il.

– Et alors ?

– Je te connais, dit-il en se levant, prêt à prendre sa sacoche pour rentrer chez lui.

Il se poste face à moi et pointe un index sur mon visage.

– Ces yeux-là ne le regardent pas comme un ami.

– Il a dix ans de moins que moi, Eliot, et j'ai l'air d'un cachalot ! Quand bien même je serais charmée par Kaël, tu crois vraiment qu'un mec comme lui s'intéresserait à une femme dans mon état ?

– Ce type baise à longueur de journée ! Je ne suis pas certain que ça le fasse reculer, tu vois.

– Tu disais toi-même que ta vie sexuelle te rendait heureux !

– Je ne suis pas payé pour baiser, moi !

Il m'agace. Je plisse les paupières, et pointe à mon tour un index sur son buste.

– Je vais être une mère célibataire et je me sens seule, Eliot.

– Ce n'est pas une raison pour…

– Chut !

– Quoi, chut ?

– Tais-toi !

– Tu me dis de me taire ?

– Ouais.

– Zoé…

– Eliot ?

Il grogne et enfile sa veste. Je me renfrogne devant son air mécontent. Bon sang, il sait qu'Adam m'a fait du mal ! Que l'amertume me bouffe depuis de longs mois. Il m'a vue durant tout ce temps faire le deuil d'une vie que je croyais toute tracée. Kaël n'est qu'un ami, alors pourquoi il me prend la tête, là, maintenant ?! *Ce n'est qu'un dîner, merde !*

Avant de me quitter, il m'embrasse sur une joue et fixe son regard sur moi.

– Fais attention, hein.

– Ce n'est pas un meurtrier.

– Dans ton état, une levrette est si vite arrivée.

Je m'esclaffe, ne m'attendant pas à ce trait de dérision quelque peu… scabreux, mais c'est Eliot. Qu'il se détende avec une blague de son cru me fait plaisir. *Et puis, ce n'est qu'un dîner*...

CHAPITRE 9

KAËL

Je suis content que Zoé ait accepté. Après cette journée de merde, je n'ai pas envie d'être seul. Je crois qu'elle non plus. Un instant, je me suis demandé qui était ce mec dans son appartement. La ressemblance frappante entre eux m'a cependant vite rencardé sur leur lien familial. *Son frère...*

Je dois reconnaître qu'une part de moi a été soulagée de l'apprendre de la bouche même de Zoé. Pas que je convoite ma voisine, mais… je ne sais pas. C'est à elle que j'ai pensé en rentrant ce soir. Et hier soir aussi, quand j'ai entendu une mélodie s'élever de chez elle, depuis le palier. Elle poussait la chansonnette sur « Karma Police » de Radiohead. Au son de l'aspirateur qui l'accompagnait, j'ai conclu qu'elle aime faire son ménage en musique. Durant quelques secondes, j'ai hésité à toquer à sa porte pour la rejoindre et me déhancher au rythme langoureux de ce titre. Après mûre réflexion, je me suis dit qu'on ne se connaissait sans doute pas suffisamment et me suis étonné d'en éprouver le désir, moi qui ne danse jamais. Pas que je n'aime pas ça, mais les occasions me manquent.

Aujourd'hui, j'ai vu ma mère et j'ai le moral en berne. Après le tournage d'hier qui m'a gonflé, je crois que ce n'était pas le moment de lui rendre visite, mais je l'ai fait et quelque part, cela m'a donné le courage d'inviter Zoé. J'aurais pu demander à Matteo de m'accompagner Chez Eugène. En réalité, je n'y ai même pas pensé. En montant les marches de l'immeuble, j'ai juste ressenti l'envie soudaine d'y emmener Zoé. Est-ce en raison de sa présence rassurante ? De sa maturité ? Sa fraîcheur ? Son sourire solaire sur ce joli visage parfois tourmenté ? Là encore, je l'ignore. Mais ce que je sais, c'est que je suis impatient de vivre cette soirée avec elle, car je suis certain que nous passerons un bon moment. J'ai *besoin* d'un bon moment.

Zoé, sauras-tu me sortir mes ténèbres de l'esprit ? Hisse-moi vers la lumière, je t'en supplie.

La sonnette m'arrache à mes songes. Lorsque j'ouvre, je la découvre, vêtue d'une longue robe bohème et colorée. Ses cheveux, à la blondeur vénitienne, cascadent sur sa poitrine qu'un col en V met joliment en valeur. Le sourire sur son visage légèrement maquillé accueille le mien.

– T'es prêt ? demande-t-elle.

Je hoche la tête et m'empare de mes clés.

– Tu souhaites aller dans une galerie en particulier ? m'enquiers-je.

– Non, je ne connais pas vraiment le quartier.

– Le père d'Axel, le barman du Petit Montmartre, en tient une dans la rue du Mont-Cenis. On peut s'y rendre si tu veux.

– Avec plaisir !

Nous nous mettons en marche et ça grimpe un peu sur le parcours. Du coin de l'œil, je vérifie si Zoé n'a pas besoin d'aide, mais notre progression n'a pas l'air de trop la fatiguer. Qu'allais-je faire de toute façon ? Lui tenir la main ? Je prends conscience que l'idée ne me dérange pas. Tenir une main n'est-il pas un geste d'amitié ? *Bien sûr que non…*

L'idée me sort de l'esprit alors que nous parvenons à la galerie Prévost. Patrick, le père d'Axel, la possède depuis des lustres. C'est un héritage familial, mais je crois savoir qu'il éprouve quelques difficultés financières ces derniers temps. J'en fais part à Zoé.

Niché entre un café-restaurant et une cour privée, l'endroit ne paie pas de mine. Qui pourrait penser qu'ici ont été exposés Picasso et Lautrec en leur temps ? Patrick se plaît toujours à le rappeler, mais des artistes de cette trempe ne comptent plus sur les services d'une telle galerie, à présent.

Quand nous en passons le seuil, Pat – que je n'ai pas vu depuis un bail – nous accueille, une expression enjouée plaquée sur le visage. Lorsqu'il remarque enfin le ventre de Zoé, il tape dans ses mains et m'adresse une franche accolade.

– Oh que je suis content de te revoir, me lance-t-il avant de se tourner vers la femme qui m'accompagne. Je ne savais pas que tu allais avoir un enfant, Kaël !

– Euh… C'est-à-dire que…

Donnons-nous tant l'image d'un couple, elle et moi ?

– Ce n'est pas le père, lâche ma voisine avec un regard désolé.

La déception se lit sur le visage de Patrick qui se confond en excuses en lui serrant la main. Elle lui sourit de toutes ses dents, puis se pince les lèvres pour ne pas rire en me jetant un coup d'œil.

– Comment vas-tu, mon petit ?

– Bien, Pat. Merci.

– Tant mieux. Et tu es… toujours…

J'acquiesce avant même qu'il termine sa phrase. Je sais qu'il aimerait me voir changer de métier, mais comment faire, franchement ?

– Bon, très bien, lâche-t-il, un peu déçu. Que puis-je faire pour vous ?

– Je recherche une toile pour mon appartement, répond Zoé.

– Oh, quelle bonne idée ! s'exclame-t-il, enthousiaste. Suivez-moi, tous les deux.

Zoé et moi lui emboîtons le pas, amusés par sa bonhomie contagieuse. Patrick est un type génial et savoir qu'il galère me contrarie. Axel se saigne à la tâche pour lui donner un coup de main, or mon ami a déjà beaucoup à faire.

– Quel style aimeriez-vous ? demande Pat à Zoé. Abstrait ? Cubisme ? Expressionnisme ? Pop art ? J'ai de tout, mademoiselle.

– Comme c'est charmant de me nommer ainsi ! commente-t-elle en me lançant un regard. Toi, tu m'as appelée « madame » à notre première rencontre.

Je pouffe. Patrick en écarquille les yeux d'étonnement.

– Kaël, ne donne jamais du « madame » à une jeune femme si tu peux l'appeler « mademoiselle », tu es fou ou quoi ?!

– Rassurez-vous, lui dit Zoé, il a été un vrai gentleman après ça.

Je me mords la lèvre inférieure en découvrant le clin d'œil et la langue tirée qu'elle m'adresse.

– J'opterais bien pour de l'abstrait, choisit-elle en balayant du regard le coin de la salle où les toiles de ce style sont exposées.

C'est alors que Pat se lance dans des explications ennuyeuses sur ce genre artistique, puis parade en informant Zoé que son grand-père a exhibé les œuvres de Vassily Kandinsky en son temps. Ma voisine semble subjuguée. Lorsqu'il aborde Pablo Picasso, elle en porte sa main devant sa bouche tant elle est impressionnée.

– Malheureusement, reprend Patrick qui passe ses doigts dans ses longs cheveux parsemés de blanc, les artistes d'aujourd'hui ne sont pas ceux d'hier.

– J'ai cru comprendre que vous traversiez quelques difficultés, dernièrement, commente Zoé.

– Oui, mademoiselle. Je crains de mettre la clé sous la porte avant la fin de l'année si je ne trouve pas une solution.

– Sérieusement, Pat ? lâché-je, effaré, car j'étais loin de me douter que la situation était aussi désespérée.

Le regard affligé qu'il me lance répond pour lui.

Bien après que ce moment est passé, je n'arrive pas à me faire à cette idée. Zoé a choisi l'œuvre d'un artiste plus ou moins anonyme. Elle y discerne du génie, là où je vois des taches de peinture en patchwork.

Lorsque nous quittons Pat pour nous rendre à la place du Tertre, j'ai encore les mots du père de mon ami en tête.

– Tu aimerais l'aider, n'est-ce pas ? s'enquiert Zoé, qui a deviné où me menaient mes pensées.

– Je ne vois pas très bien ce que je pourrais faire pour lui, j'ai pas assez de fric.

– Il a peut-être besoin qu'on l'incite à se renouveler.

– Comment ça ?

– On ressent une telle passion dans ses mots que je crois qu'il ne changera jamais d'activité, mais…

Je suis suspendu à ses lèvres, quand soudain ses yeux s'illuminent.

– Imagine un peu qu'un événement attire du monde chez lui, poursuit-elle. Il pourrait faire de la pub sur les réseaux sociaux, faire du bruit autour de ça pour ramener des touristes et, pourquoi pas, des journalistes dans sa galerie.

Je m'esclaffe, bien que je sois attendri par son idée.

– Patrick n'a pas Instagram.

– Mais toi, tu l'as, non ?

J'acquiesce, ne comprenant toujours pas où elle veut en venir.

– Je ne vois pas en quoi un acteur porno pourrait lui amener du monde. Même si j'ai gagné un prix, je n'ameuterai pas les foules avec un simple post Instagram.

– C'est ça ! crie-t-elle soudain en stoppant sa marche.

– Quoi ? dis-je en l'imitant.

– Il faudrait que l'événement s'organise autour de toi.

– Moi ?

– Tu es connu dans ton milieu. Tu pourrais faire des photos et les exposer ici.

– Faire des photos ?

– Être le modèle !

Je hausse un sourcil, pas convaincu.

– Imagine les titres dans les journaux : « Une star du X s'essaie au mannequinat et pose comme modèle dans la galerie Prévost » ! Ça va attirer des curieux, c'est certain.

– Mouais… J'suis pas sûr que…

– Tu as combien de followers ?

– Cinquante mille.

– Cinquante mille ! La vache ! Bah, dis donc, tu dois être sacrément bon dans ton domaine.

Je ne lui dis pas que je n'ai jamais compris pourquoi mon prix m'a rapporté tant de fans, ni ce qui me vaut leur fidélité.

À peine ces mots ont-ils passé ses lèvres qu'elle rougit.

– Tu n'as toujours pas regardé mes films ?

Elle secoue la tête en riant.

– Non.

Je souris, et nous reprenons notre marche, tous deux pensifs.

Chez Eugène, ma table habituelle est préparée. J'aime ce bistrot, j'y viens souvent. Seul, la plupart du temps. Mais pas ce soir… Non, ce soir, il y a Zoé. Et j'ai besoin d'elle. De sa lumière pour m'y lover. Dès qu'elle s'installe, l'expression ébahie en découvrant les lieux, je me sens bien. Son engouement à l'idée d'aider Patrick renforce mes impressions sur elle. Mais derrière ses sourires, je sais qu'elle dissimule ses fêlures. Je les vois, je les sens. Me fera-t-elle assez confiance pour un jour me les confier ?

Nous commandons l'apéritif. Il n'est que dix-huit heures et je n'ai pas vraiment faim. Zoé opte pour un cocktail sans alcool, moi, pour un rhum. Il me faut au moins ça après cette rude journée. Je suis heureux de me dire qu'elle terminera mieux qu'elle n'a commencé. Mes pensées reviennent aux idées de ma voisine pour aider Patrick.

– Je suis d'accord, lancé-je en coulant mon regard dans le sien.

– Comment ça ?

– Je suis d'accord pour que tu me prennes en photo afin d'exposer chez Pat.

– Quoi ?! Ah non, non, pas moi.

– C'est ma condition.

– Quelle condition ?

– Si nous voulons aider Patrick, alors faisons-le ensemble.

– Mais je n'ai jamais parlé de…

– C'est toi qui as eu l'idée de faire des clichés de moi à poil dans une galerie.

– Je n'ai jamais dit à poil ! réplique-t-elle, effarée.

– Parce que tu crois que les gens qui vont venir ne voudront pas mater des photos de moi à poil ?

Elle se mord la lèvre, l'air ennuyé. Elle sait que j'ai raison. Je réprime un éclat de rire devant sa mine défaite.

– J'étais photographe paysagiste, pas photographe de mode.

– Et alors ? T'as tout le matos, non ?

Ses yeux roulent dans leurs globes. Ses joues s'empourprent et je ne peux plus retenir mon amusement face à son embarras.

– Bien. Ce n'est pas grave, fais-je semblant d'abdiquer en haussant les épaules. Je suis sûr qu'on trouvera un autre moyen d'aider Patrick. Dommage, je crois qu'il aurait adoré cette idée.

Elle me fusille du regard, mais un sourire gagne ses lèvres. Mes yeux se font taquins quand je comprends que j'ai bel et bien réussi à la piéger.

– Je… D'accord, cède-t-elle.

Le serveur nous apporte nos apéritifs et je lève mon verre.

– Ton jour sera le mien.

Elle hésite avant de trinquer, puis se lance. Je déclare :

– À notre future collaboration !

CHAPITRE 10

ZOÉ

Depuis quand n'ai-je pas passé de moment si agréable ? Je me le demande, tandis que j'écoute Kaël m'expliquer qu'il vit à Montmartre depuis trois ans.

– Et tu as commencé le X quand ? osé-je.

– Il y a cinq ans. Matteo et moi travaillions comme serveurs au Petit Montmartre, avec Axel.

– C'est une curieuse transition.

Une fossette se dessine sur son visage d'une beauté affolante.

En réalité, je mène la conversation, parce que je ne me remets toujours pas d'avoir accepté de le prendre en photo. Je repense à mon matériel entreposé dans la cave d'Eliot, et au fait que je n'ai pas touché un appareil depuis si longtemps que je crains d'avoir perdu mon talent. Car j'étais plutôt douée dans mon domaine, à l'époque où je travaillais pour le *Glob'Trotteur*.

Je ne m'en suis pas vantée devant Kaël, mais moi aussi, j'ai gagné un prix. On m'a alors contactée pour intégrer mes clichés dans divers magazines et j'ai empoché beaucoup d'argent. Économe, je n'ai quasiment rien dépensé durant ma relation avec Adam. Sa situation suffisait, disait-il. Finalement, je devrais le remercier d'avoir refusé mon fric, c'est grâce à lui que je peux me permettre de vivre à Montmartre, aujourd'hui.

Mais après la naissance du bébé… que vais-je faire ? J'évite d'y songer, car cela me donne le sentiment que la terre s'ouvre sous mes pieds. Le futur me paraît comme un abîme sans fond, et j'ai peur. Bon sang, oui, j'ai la trouille ! Comment se fait-il que j'aie perdu toute confiance en moi ? Kaël se fourvoie s'il pense que je vais assurer avec ces clichés pour l'expo. Un vrai photographe de mode ferait mieux l'affaire.

Je me promets de le convaincre de renoncer à cette idée, au moment où les plats sont servis. Une partie de moi doit aussi avouer que la perspective de le photographier nu m'étreint d'un sentiment étrange. Je n'ai jamais… Enfin, si… j'ai déjà peint des nus à l'époque de mes études, mais je ne les connaissais pas !

– Matteo et moi avions besoin de thunes, continue Kaël, loin de se douter où mes pensées m'emmènent. On vivait tous les deux en coloc durant un temps. Il aimait ramener beaucoup de filles, et…

– Et ?

– Il m'arrivait de profiter, tu vois.

Il se gratte la tête à cet aveu, et ébouriffe un peu plus sa crinière indisciplinée.

– Tu rougis ? remarqué-je, amusée.

– Pas du tout !

– Enfin, Kaël, tu avais vingt et un ans, c'était normal que tu profites de la vie. Ce serait normal que tu en profites toujours, d'ailleurs.

Son sourire charmant s'estompe lorsqu'il commence son plat.

– Et donc, poursuis-je, qu'est-ce qui vous a amenés à devenir acteurs ?

– Une des filles que Matteo a ramenées était danseuse de cabaret et la cousine de Micka, un réalisateur bien connu dans le milieu. Elle nous a dit avoir été impressionnée par nos prouesses et notre capacité à… bander longtemps.

Je manque de cracher mon morceau de bavette ! Je serre la mâchoire pour ne pas m'esclaffer. Kaël esquisse un nouveau sourire en coin et passe sa langue sur sa lèvre inférieure. J'ai constaté qu'il avait trop tendance à faire ce geste. A-t-il remarqué que j'ai dégluti ?

– Toujours aussi gênée par ce sujet ? dit-il.

– Je ne le suis pas !

– Cette fois, c'est toi qui rougis.

– On ne sort pas ensemble tous les deux, rétorqué-je, alors je ne vois pas pourquoi cela m'embarrasserait.

– Mon activité serait un problème si on sortait ensemble ?

Mes jambes se liquéfient sous la table. Pourquoi ai-je la sensation que cette question provoque une envolée de papillons dans mon ventre ? On est amis, bien que… *Il fait du hard, bordel, Zoé !*

Il est temps de me reprendre et de déclarer :

– Je ne me vois pas avec un homme qui couche avec d'autres femmes, quand bien même ce serait son métier.

Il penche la tête sur le côté, nullement vexé.

– Je suis heureux de l'entendre.

– Pour quelles raisons ?

– Je n'aimerais pas sortir avec une femme qui accepterait que je la partage avec d'autres, moi non plus.

C'est alors que je lève mon regard qui s'ancre au sien. Et le temps se suspend, comme les particules de poussière qui volent autour de nous, comme les mots que nous venons de prononcer. Et nous nous sourions…

***

– Allez, viens !

– Je préférerais faire ça quand j'aurai perdu mes quinze kilos de grossesse ! lâché-je, tandis que Kaël me tire par la main.

Mais c'est trop tard. Il a déjà approché un artiste assis sur un minuscule tabouret, en plein milieu de la place du Tertre. Les jours s'allongent en cette fin de mois de mai, le soleil n'a pas encore décliné.

– Asseyez-vous, nous recommande le dessinateur.

Mon regard parcourt la place, où beaucoup de ses semblables sont tout à leurs esquisses. Près de nous, un jeune homme chante un air d'Édith Piaf à la guitare, tandis que quelques touristes se massent pour l'écouter. Les pièces tombent en cliquetis dans le chapeau disposé devant lui.

Kaël me désigne un siège et je vérifie que c'est assez solide, avant qu'il prenne place à mes côtés. Le caricaturiste sourit devant le tableau que nous semblons offrir.

– J'ai toujours aimé dessiner les futurs parents, dit-il, leurs mines sont plus fatiguées après la naissance d'un bébé.

– Je ne suis pas le…

– J'ai hâte de voir ce que ça va donner ! coupé-je mon voisin en pinçant sa cuisse.

Son regard surpris se tourne vers moi. Je souris à l'attention de l'artiste et murmure sans trop desserrer les dents :

– On ne va pas non plus se justifier auprès des inconnus. Si on est amenés à se voir souvent, on n'est pas sortis des ronces !

Il pousse un soupir amusé et reporte son attention sur le caricaturiste.

– C'est pour bientôt ? demande ce dernier.

– Oui, pas longtemps, réponds-je.

– Monsieur doit être tout excité.

Kaël pouffe, et je serre les lèvres.

– Je le suis.

– Profitez de votre femme maintenant, lâche l'homme en levant le regard vers le ciel. Après la naissance, j'ai pas touché la mienne pendant des mois.

Je crois que je vais pleurer de rire.

– J'en profite, ne vous inquiétez pas, le rassure Kaël, d'une voix qui ne laisse aucunement paraître son mensonge éhonté.

Mes yeux se baignent de larmes tant je refoule mon fou rire.

– C'est bien, c'est bien, dit encore l'artiste tout en dessinant. Il faut entretenir la flamme.

– Ma femme me dit toujours que je suis en feu, justement.

Je me fige, éberluée. *Putain !* Ma tête pivote lentement vers Kaël qui se mord la lèvre inférieure pour ne pas trop sourire.

– Vous avez de la chance, madame, continue l'homme, tout à son ouvrage, c'est beau, un couple qui s'entretient.

Mon attention retourne à l'artiste qui ne semble pas un instant se douter de la mascarade, trop occupé à faire courir son fusain sur son bloc de papier.

Il lui faut une bonne demi-heure avant de terminer la caricature. Je pousse une exclamation enthousiaste en y découvrant Kaël et moi. Mon voisin a l'air d'un homme bodybuildé avec ses tatouages et sa petite tête. Quant à moi, je fais plus mince que je ne le suis en réalité, mon sourire largement étiré jusqu'aux oreilles, sous des yeux globuleux.

– Ça nous ressemble pas mal, finalement, commente Kaël en donnant l'argent qu'on doit à l'auteur de l'œuvre.

– Attends, je veux payer, moi auss…

Un geste de sa main me coupe en plein élan. Kaël me regarde et me tend le dessin désormais enroulé et enfermé dans un tube.

– Pour toi. Un cadeau de crémaillère, on va dire.

Ravie à l'idée de l'exposer chez moi, je le saisis sous son clin d'œil.

– Merci.

Il hoche la tête, pose ses doigts dans le creux de mes reins, et m'invite à le suivre. La nuit tombe sur Montmartre et nous rentrons dans le calme qu'elle offre, tous deux affichant une expression joyeuse après cette délicieuse soirée.

Sur le palier, toute trace de tristesse a déserté le visage de Kaël. C'est alors qu'il me prend la main, me tire un peu vers lui et plante un baiser sur ma joue. Une joue qui s'enflamme à son contact.

– À demain.

– Demain ? répété-je, tandis qu'il se recule.

– Eh bien, ouais. Il faut qu'on parle de cette séance photo pour Patrick.

– Oh… oui, bien sûr.

Un coin de sa lèvre se retrousse avant qu'il ne se retourne et entre dans son appartement. Je l'imite et ne résiste pas à jeter un nouveau coup d'œil sur notre caricature. Un voile de douceur envahit ma poitrine et je prends conscience…

… je prends conscience que je n'ai pas pensé une seconde à Adam, lors de cette soirée. Mon sourire renaît, aussi prononcé que celui de la femme dont les traits ont été dessinés. Elle semble heureuse, elle semble libérée !

CHAPITRE 11

KAËL

– Kaël, t'es avec nous ? me lance Micka.

Je m'extirpe de mes songes et tourne mon visage vers lui.

– Quoi ?

– Yvonne te suce depuis cinq minutes et tu sembles perdu dans tes pensées.

Mes yeux se baissent sur la fille qui y met pourtant tout son cœur.

– Pardon, Yvonne.

Elle hausse les épaules, n'ayant pas l'air vexée.

– Tu pourrais te concentrer un peu, fiston, me rabroue encore le réalisateur. C'est toi qui m'as demandé de te libérer plus tôt !

– Bordel, ça va Micka ! Je bande, non ? Alors t'as qu'à faire des gros plans sur ma queue !

Il soupire et je n'en ai rien à foutre.

– OK, t'éjacules et c'est bon pour aujourd'hui ! lâche-t-il, agacé.

Merci ! Avec la main, j'aide un peu Yvonne à me faire venir et me répands enfin sur ses seins rebondis. L'affaire terminée, je prends une douche dans le studio, puis me rhabille, désireux de m'entretenir rapidement avec Patrick à propos de ce projet d'exposition. Le savoir en si grande difficulté m'a ébranlé et je trouve l'idée de Zoé loin d'être insensée. Il n'a rien à perdre, après tout. Quand je lui annonce ce que nous envisageons pour l'aider, Pat en reste pantois.

– Tu veux que je… Que toi, tu…

– T'es pas obligé d'accepter, Patrick. Si ça te gêne, laisse tomber.

– Non, non, ce n'est pas ça. Mais tu vas vraiment t'essayer au mannequinat ?

– Euh… c'est pas tout à fait l'idée.

– Mais admettons qu'on arrive à attirer du monde, tu pourrais être remarqué, toi aussi. Ça te permettrait d'arrêter ce que tu fais.

Pat ne prononce jamais le mot « porno ». Il reste toujours évasif et cela me fait sourire.

– Je doute qu'un magazine sérieux s'intéresse à moi. Et de toute façon, ce n'est pas le but de cette expo. On veut juste faire de la pub pour ta galerie dans la presse.

– Tu crois que c'est possible ?

– Zoé a des relations dans le journalisme. Quant à moi, j'ai les moyens de faire un peu de bruit grâce à mes réseaux. Qu'est-ce que ça coûte d'essayer ?

Il gratte sa barbe de quelques jours et me fixe étrangement.

– Zoé, n'est-ce pas ?

– Hum.

– C'est une amie.

– En effet.

– Elle est jolie.

– Elle est enceinte.

– Ce n'est pas un état permanent, tu sais, Kaël.

Je secoue la tête.

– Alors, t'es OK pour tenter le coup, ou pas ?

– D'accord, acquiesce-t-il enfin. Je demanderai à Axel d'assurer le service avec un peu de personnel et vous laisserai l'usage de l'intégralité des murs.

– T'as conscience qu'on me verra à poil sur ces murs ?

– Connais-tu le nombre de nus qu'a peints Picasso ?

– Je préfère ne pas le savoir.

Pat se marre et plante une main sur mon épaule.

– Merci, mon garçon. Ce que tu fais avec Zoé est adorable. J'espère que ça nous permettra à tous les deux de nous sortir de…

– De quoi tu parles, Patrick ? Ma vie me convient très bien.

Il hoche la tête et soupire.

Même moi, je sais que mes mots sont creux. Mais à quoi bon espérer mener une autre existence ? Les rêves ne sont que pour les chanceux.

***

Je toque à la porte de Zoé.

– Oh, tu es là ! lance-t-elle. Tu veux bien m'aider ?

– Bien sûr.

Je constate qu'un nouveau déménagement a lieu chez elle. Le sang déserte mon visage.

– Tu t'en vas ?

– Mais non, rit-elle. Je sors tout ce qu'il y a dans le dressing pour le ranger ailleurs. Encore faut-il que je déniche de la place, mais je suis assez minimaliste, finalement. Je suis sûre que je vais trouver.

– Pourquoi le vides-tu ?

– Pour en faire ma chambre noire.

– Ta quoi ?

– C'est pour développer mes photos. J'ai contacté Eliot ce matin, il va passer m'apporter mon matériel, tout à l'heure.

Je souris à cette nouvelle, heureux de savoir que la perspective de récupérer son appareil la séduit.

– Rassure-moi, tu connais le numérique ? me moqué-je.

Elle m'adresse un visage choqué.

– Même pas en rêve ! L'argentique ou rien.

Mon sourire s'élargit.

– Ce n'est pas grand, mais ça devrait faire l'affaire, clame-t-elle encore, en observant le dressing à présent vide.

– Tu aurais dû m'attendre pour faire ça.

Elle se crispe et se plante devant moi.

– Je sais, admet-elle. Mais cette idée d'expo pour Patrick m'a tourmentée toute la nuit. Il fallait que je le fasse, voilà.

– OK, mais laisse-moi ranger ce que tu as sorti.

Elle abdique sans sourciller, mais il n'y a pas assez de place dans l'armoire de sa chambre pour contenir tous les vêtements de son dressing. Je lui propose de prendre ses manteaux d'hiver et de les suspendre dans la mienne. Elle accepte non sans me demander si je suis certain que cela ne m'incommode pas. Au regard de ce qu'elle est prête à faire pour Pat, je lui affirme que c'est la moindre des choses. Ce que je ne lui dis pas, en revanche, c'est que je suis ravi qu'elle reprenne la photo. Son ex l'a convaincue d'arrêter ce métier passion, alors je me promets de tout faire pour qu'elle y revienne, quand bien même je devrais me foutre à poil pour ça. C'est pas comme si je ne le faisais pas en permanence, après tout !

– Quand souhaites-tu que nous fassions cette séance photo ? l'interrogé-je, une fois que toutes ses affaires sont rangées.

– Je suis libre tous les jours de la semaine, Kaël. C'est plutôt à toi qu'il faut demander ça.

– Vendredi, je ne travaille pas.

Zoé s'empare de son smartphone pour consulter la météo. Puis elle relève le visage vers moi et me déclare :

– Il fera beau. Parfait pour vendredi !

Mon cœur se met à palpiter à l'idée de passer cette journée avec elle, et je ne comprends pas vraiment ce qui m'arrive.

Je me mens à moi-même… Bien sûr que je le sais ! Zoé me fait du bien. Depuis que je l'ai rencontrée, mes pensées douloureuses s'estompent chaque jour un peu plus. Je n'aurais pas misé sur une femme enceinte de trente-six ans pour ça, mais c'est elle qu'il me fallait pour retrouver ce sourire innocent que j'ai perdu depuis tant d'années. Désormais, je suis impatient que la semaine se termine. Je dirais même que le mot « impatient » n'est pas assez fort. Il faut me rendre à l'évidence, je trépigne littéralement.

CHAPITRE 12

KAËL

Vendredi est enfin là, et j'attends Zoé qui doit venir à quatorze heures. Je tente d'arranger mes cheveux devant le miroir quand on sonne à la porte. Je consulte ma montre, il est un peu plus tôt que le rendez-vous convenu. Lorsque j'ouvre, je tombe sur une jeune femme rousse, à la peau de craie et aux courbes généreuses. De charmantes éphélides parent ses joues un peu rosies. Ses yeux verts en amande se plantent dans les miens, avant de parcourir mon corps de haut en bas.

– Kaël ! lance-t-elle enfin, avec un grand sourire.

– Euh, oui.

– Je suis Charlotte, se présente-t-elle en me tendant la main.

Je la salue, désarçonné. Elle rit.

– Je sors de chez Zoé. C'est ma meilleure amie.

– Oh !

Je repense à l'aveu de ma voisine et me souviens que cette fille n'a pas hésité à mater un de mes films. Je saisis mieux son regard scrutateur.

– Elle m'a beaucoup parlé de toi, dit-elle.

– J'ai cru comprendre, ouais.

Son expression amusée attise la mienne.

– J'organise une sorte de *baby shower* avec son frère et je me demandais si tu serais d'accord pour venir. C'est demain soir.

– Demain soir ? Hum… Écoute, je ne suis pas très *baby shower* et…

– On aurait aimé le faire avant, me coupe-t-elle, mais elle déprimait à cause de son connard d'ex. Il a dressé tant de murs autour d'elle qu'à part ses parents, Eliot et moi, Zoé n'a personne. Tu peux convier un ami, si tu veux ! Ou une amie. À toi de voir.

L'attention pénétrante de Charlotte et ses derniers mots me convainquent d'accepter. Je serais un enfoiré si je refusais l'invitation après ce qu'elle vient de me confier. J'acquiesce donc.

– Super ! s'exclame-t-elle en me tendant une carte. Voici l'adresse où nous retrouver. Le rendez-vous est à vingt heures. À demain !

Et elle se tire, tout sourire. Je referme derrière elle en observant la carte que je pose sur ma console. Quelques minutes plus tard, c'est Zoé qui se présente à ma porte.

– Prêt ?

Un clin d'œil répond à sa question. Lorsque j'insère la clé dans la serrure, je sens le poids du regard de ma voisine derrière moi. Quand je me retourne, elle lève soudain les yeux. Matait-elle mon cul ?

Trois heures plus tard, Zoé n'en a pas fini avec moi. Je ne me doutais pas que je prendrais tant de plaisir à poser. Au début, cela m'a embarrassé de le faire devant quelques touristes. Je n'ai pas non plus manqué certains regards qui ont dardé longtemps sur moi. Des gens m'ont reconnu, épié, mais personne n'est venu nous déranger. Sans doute est-ce en raison de l'attirail de ma voisine, que je porte depuis que nous avons quitté son appartement. Ses parapluies d'éclairage pèsent une tonne. Je ne comprends pas vraiment pourquoi on s'en sert au regard de la lumière du soleil qui nous gratifie de sa chaleur, mais Zoé dit que c'est indispensable. Vu le temps qu'elle passe à les placer dans chaque endroit où nous nous installons, je lui fais confiance et ne me plains pas.

Après quelques photos dans les ruelles aux façades parsemées de vignes, sur l'escalier du Mont-Cenis et, plus tard, dans le village Montmartre, nous voici sur les marches qui se déploient face au monument du Sacré-Cœur. Un type joue de l'accordéon un peu plus loin, et moi, j'allume une clope devant l'appareil qui ne cesse de me mitrailler. J'ai opté pour une chemise blanche, largement ouverte au col, et un jean en denim clair. Ma voisine semble charmée par mon allure et m'ordonne de prendre des poses sans jamais m'indiquer quelle expression adopter. Je la laisse faire. Je *me* laisse faire…

– Très bien, dit-elle, assieds-toi là, s'il te plaît.

Elle me désigne des marches dans un coin, près d'une rambarde qui supporte une quantité astronomique de cadenas. Les amoureux de Montmartre ont l'habitude de laisser une trace de leur adoration face au paysage grandiose qu'exhibe l'horizon. Paris est sublime, j'expire une volute de fumée bleue en admirant la vue.

– Pourrais-tu pencher la tête sur le côté ? demande Zoé.

Je m'exécute sans broncher, perdu dans mes pensées. À sa merci, je souris et entends l'obturateur qui se déclenche plusieurs fois. Quand le bruit cesse un peu trop longtemps, mon regard surpris rencontre son visage légèrement empourpré.

– Quoi ?

Elle lève les yeux vers le ciel, puis les pose de nouveau sur moi.

– À cette heure-ci, la lumière qui se diffuse dans mon appartement est magnifique. Si nous voulons prendre… d'autres photos, je crois que c'est le moment.

Je pince les lèvres, car je comprends ce qui la chiffonne. Elle redoute l'idée que je sois nu devant elle et je trouve ça adorable. Sans vraiment me l'expliquer, une soudaine agitation secoue mes membres. Serais-je stressé ?

Lorsque nous parvenons chez Zoé, je vois à son visage qu'elle est fatiguée. Je m'empresse de lui dire que nous pouvons remettre ça, mais elle refuse en me proposant un thé glacé.

– Maintenant que je suis chez moi, ça va aller, veut-elle me rassurer. Il n'y en a plus pour longtemps.

J'accepte le verre qu'elle me tend et nous restons quelques instants à nous observer. On sait tous les deux ce qu'il va se passer : je vais devoir me mettre à poil, et elle – qui n'a jamais vu un de mes films – va devoir me regarder. Et là, maintenant, j'ai terriblement envie qu'elle le fasse. Mais pas comme les autres. Pas comme toutes ces filles qui veulent me voir baiser. Je veux qu'elle me découvre, moi, Kaël. Sans artifice. Sans scénario. Que moi, et ma putain de solitude, ma putain d'envie d'être enfin un homme qui se respecte. Sous ses yeux couleur chocolat, c'est ainsi que je me vois. Je le comprends à l'instant : Zoé n'a jamais vu l'acteur porno, elle m'a vu, *moi*.

Je l'aide à installer les éclairages et ouvre la fenêtre. La rambarde en fer forgé soutient mes mains alors que j'y prends appui, face à elle. *Clic, clic, clic*... Elle est partout, recule et s'approche, prend des photos à la chaîne, puis penche la tête quand elle réfléchit à la meilleure posture à adopter.

Lorsque je la vois déglutir, je sais que le moment a sonné.

– Tu… tu veux bien enlever ta chemise ? demande-t-elle, hésitante.

Je souris et porte mes mains tatouées sur mon col ouvert. *C'est parti…*

CHAPITRE 13

ZOÉ

Suis-je prête pour ça ? Je ne sais pas, mais je n'ai plus le choix. Mon cœur s'affole et je suis obligée de me mettre dos à Kaël pour me masser la poitrine et tenter de le calmer. Je clos les paupières, inspire, puis les rouvre. L'appareil dans une main, j'attrape mon pouf de l'autre et m'assieds face à lui. Quand mon regard se relève, j'en déglutis. Ses doigts retirent un à un les boutons de sa chemise, découvrant dans un long effeuillage son torse tatoué et sa musculature fine et prononcée. Le hâle de sa peau contraste agréablement avec le blanc pur de sa chemise.

Un à un, chaque bouton.

Le temps poursuit sa course au-dehors, mais pas ici, car chacun de ses gestes me paraît si lent que j'en oublie de respirer, suspendue à ses mains qui le déshabillent, comme mes yeux le font. Lorsqu'il ôte enfin sa chemise, je remarque un éclat brillant.

Quelque chose que je n'avais pas perçu sur l'image figée découverte sur le smartphone de Charlotte. La lumière scintille sur le piercing de son téton droit, et moi, je refoule l'envie de me lever pour le toucher. *Le toucher... Putain, Zoé !* Saletés d'hormones de grossesse, elles me rendent dingue !

Je secoue la tête et me reprends, tentant vainement de faire disparaître de mon esprit la magie voluptueuse de cet instant. Je crois que mes joues sont écarlates, alors je m'empare de mon appareil pour cacher mon visage. Au sourire en coin que m'adresse Kaël, j'imagine qu'il a deviné mon trouble.

– Peux-tu te mettre de dos ? demandé-je. Oui, voilà. Pose les coudes sur la rambarde et tourne la tête sur le côté. C'est ça…

Je m'approche et capture son image. Sait-il à quel point il est doué ? Certes, je ne suis pas experte dans ce style de photos, mais je peux reconnaître les âmes qui embrassent la lumière. Kaël rayonne tant que ça m'en brûle les rétines.

Je me recule et m'agenouille à deux mètres derrière lui. Il est pieds nus, son jean élimé tombant sur ses hanches étroites et musclées. Le tatouage de la gueule d'un dragon remonte sa colonne, au milieu de diverses œuvres gravées à l'encre indélébile. Le toit du Sacré-Cœur le domine et la lumière est parfaite. Je sais que cette photo sera incroyable. Aussi incroyable que ses fesses délicieusement moulées dans son jean. *Zoé !*

– Je peux m'allumer une clope si je fume à la fenêtre ? s'enquiert-il.

Je hoche la tête. En temps normal, j'aurais dit non, mais son âme tourmentée se révèle à moi dans chaque cliché que je prends. Lorsqu'il fume et que son visage se pare du soulagement d'une dose de nicotine, son être exprime une sorte de tristesse qu'il m'est difficile d'ignorer, mais si belle à contempler. *Oui, je le contemple…* Je dois arrêter de me fourvoyer.

– Très bien, dis-je. On devrait… enfin, tu devrais…

Je n'ai pas le temps de terminer ma phrase que Kaël porte les doigts à la taille de son jean. Je me retourne, mal à l'aise. *Bordel, qu'est-ce que je fais ?!*

– Zoé, si tu ne veux pas, je…

Inspire. Expire.

– Si, je… me prépare, c'est tout. Laisse-moi une minute.

J'entends le froissement de son pantalon qu'il retire, un bruit qui m'indique qu'il l'a jeté quelque part. Je m'apprête à lui faire face.

Inspire. Expire.

Au moment où mon regard percute le sien, mon cœur tressaute. Je n'ai pas encore exploré son corps des yeux, mais ce que je lis dans les siens me coupe le souffle. Mon palpitant me martèle les côtes tandis que nous restons là, l'un en face de l'autre. Puis je prends une grande inspiration, et détaille son anatomie de mes pupilles sans doute dilatées tant le désir me consume. *Car c'est du désir...*

Je le ressens dans mes entrailles qui se tordent, dans mes mains qui tremblent alors que j'admire sa plastique irréprochable. Ses tatouages remontent le long de ses bras, parcourent ses clavicules et son buste, se déploient sur ses flancs et se concluent au niveau de ses hanches. Une mince couche de poils sombres recouvre son torse et se termine en une ligne fine qui me mène à… *bon sang*… son sexe au repos est d'une taille imposante. Ses jambes sont sculptées et vierges de dessins jusqu'aux mollets. Une cicatrice s'étire au-dessus de son genou gauche. Mon regard remonte lentement son corps et coule dans le sien. C'est à peine si je respire.

– Tu es magnifique.

Un sourire s'immisce sur son visage. Ses dents blanches éclairent ses traits d'une lueur si sincère que je prends immédiatement mon appareil pour saisir ce moment. Une fois cette première photo capturée, je décide de me montrer plus professionnelle et laisse mes émois de côté. Les clichés s'enchaînent. « Mets-toi, ainsi. Non, plutôt comme ça. » Il rit, sourit, baisse les yeux, les relève. L'instant est chargé d'une tension inexplicable, en particulier quand je lui demande de poser dans mon lit.

– Pourrais-tu lever le drap et couvrir ta…

Je n'arrive même pas à terminer cette phrase. Je m'échauffe. L'idée de prendre un cliché de lui, dans *mon* lit, nonchalamment adossé sur un coussin m'a paru bonne, sur le moment. *Dans mon lit...*

– Laisse ta hanche nue, déclaré-je encore. Enfin… cache juste ton…

Il éclate de rire en se passant la main dans les cheveux. J'emprisonne cette image parfaite, m'en abreuve derrière mon objectif, jusqu'à ce que je prenne conscience que j'en ai pris tant que je vais mettre des heures à choisir lesquelles développer.

La pellicule est terminée. La séance aussi. Un long silence s'abat dans mon appartement.

– C'est fini ? demande Kaël.

Je hoche la tête, car une part de moi est déçue que les minutes se soient égrenées si vite. Je n'ai pas le temps de m'attarder sur cette pensée qu'il me prend l'appareil des mains. Un nouveau sourire étire ses lèvres, avant que ses yeux d'un bleu captivant viennent se glisser dans les miens.

– Tu m'autorises à te prendre en photo, Zoé ?

Hein ?

– Non !

– Allez, s'il te plaît. Tu as passé l'après-midi à me mater, tu pourrais…

– Je ne te matais pas !

Il s'esclaffe.

– Un peu quand même.

Mes joues virent au cramoisi, puis j'abdique. Je l'ai tellement maté !

– Peut-être un peu.

– Donc tu me dois bien quelques clichés, termine-t-il.

– Tu ne serais pas en train de me manipuler pour que je cède ?

– Je suis totalement en train de faire ça, ouais.

Je ris et insère une nouvelle pellicule dans mon appareil argentique. Le numérique ne me plaît pas, la qualité ne sera jamais la même. Aujourd'hui je ne regrette pas mon choix. Kaël mérite le sublime, le formidable, le parfait. Je le lui tends et prends la pose.

– Non, pas comme ça, déclare-t-il.

– Comment, alors ?

– Je voudrais immortaliser ton ventre nu.

– Quoi ?! Ah, non, non, non.

– Ton ventre, Zoé. Uniquement ton ventre.

– Pourquoi veux-tu prendre mon énorme bide en photo ?

– Je trouve ça beau.

J'en reste pantoise.

– Et ça te fera un joli souvenir de ta grossesse, tu ne crois pas ?

C'est pas faux, mais...

– OK, laisse-moi me préparer, cédé-je en pensant avec émotion qu'un jour je montrerai ces clichés à mon bébé.

Kaël se lève et quitte ma chambre, me laissant tout le loisir de laisser traîner mon regard sur la courbe de ses reins et de ses fesses nues. *Respire...* Quand je me reprends, je suis écarlate. Le désir s'est logé dans mon bas-ventre et je maudis mes hormones de me faire dérailler ainsi. J'ai envie de sexe. Ouais, c'est ça. Ou alors j'ai envie de lui. Bien sûr que j'ai envie de lui ! Qui n'aurait pas envie de lui, franchement ?

J'opte pour un pantalon souple de couleur noire et une brassière assortie. Puis j'entre dans le salon, pieds nus, et trouve Kaël assis sur le canapé, qui pianote sur son smartphone, vêtu uniquement de son jean. Soudain, quelques notes résonnent dans le salon.

– J'ai pris la liberté de me connecter à ton enceinte, dit-il sans lever les yeux. Je crois que tu te détendras mieux en musique.

Et il a raison. « Everything Matters » d'Aurora et Pomme s'élève sur un rythme languide. Puis c'est le regard de Kaël qui vient se poser sur moi. Les fossettes qui se dessinent sur ses joues, quand mon ventre nu se révèle à lui, provoquent mon embarras. Je me tortille presque sous son attention pénétrante.

– Ne regarde pas mes orteils, on dirait des Knacki !

Il s'esclaffe tout en poursuivant son inspection. Même si seuls mon ventre, mes épaules, mes bras et mes pieds sont nus, je me sens exposée comme jamais je ne l'ai été. Mon souffle s'accélère.

– Tu es belle.

Quoi ? Non. Je ne le suis pas… mais la musique, la musique… Elle glisse sur moi, m'invite à onduler doucement des hanches.

– Danse, me prie Kaël.

Je suis gênée, je n'y arrive pas. Pourtant, chaque soir, je mets un titre et me dandine pour évacuer, pour me libérer de la solitude, et souvent je souris. M'en souvenant, je bouge, en rythme. Lent. Suffocant. Car il m'observe et que je suis…

Je suis très mal à l'aise.

– On peut arrêter ? lâché-je.

Kaël baisse l'objectif et plante son regard dans le mien.

– Bien sûr.

– Désolée, mais je n'aime pas être prise en photo. Seule, c'est pire.

– Pose avec moi, alors.

– Euh…

– Ça fera des clichés intéressants, ajoute-t-il. Tu pourrais t'allonger sur le divan, je m'installerais contre toi et poserais la main sur ton ventre, si tu m'y autorises. Le contraste de mes tatouages avec ta peau de lait serait saisissant.

Je vois l'image dans ma tête et j'aime déjà cette photo. Mais ça veut dire que l'on va se toucher. Je me mords les lèvres. Kaël n'en a cure et se lève, allant chercher mon trépied. Je règle le retardateur à vingt secondes, fais pivoter mes réflecteurs pour ajuster l'éclairage, puis reste plantée là, au milieu de la pièce, pensant que cela fait longtemps que je n'ai pas touché un autre homme qu'Adam.

– Je ne vais pas te manger, me rassure-t-il.

– Je sais. Pardon… Punaise, je n'ai jamais été aussi… bégayé-je, désolée… Je manque un peu de confiance, tu vois.

– Tu n'es pas obligée, Zoé. Mais si tu le souhaites, je suis là, dit-il en tendant le bras.

Je l'observe une seconde et m'en saisis. Il m'aide à m'allonger sur le divan. Kaël me contourne et vient se placer sur le flanc, dos à l'assise. Dès que la peau de son torse rencontre la mienne, mon cœur s'emballe. Chaque centimètre de mon épiderme contre lui me brûle. Je frissonne. J'ai chaud. J'ai froid. Je… Un souffle torride caresse mon échine.

– Ça va comme ça ? Je peux me rapprocher ?

– Pourquoi, il y a encore de l'espace ? m'étonné-je en revenant à la réalité du moment.

Il rit et enchevêtre nos jambes.

– Lève le regard vers le plafond.

Je m'exécute.

– Très bien. Mets le bras gauche derrière ta nuque. Voilà.

L'obturateur se déclenche. Les photos vont s'enchaîner. Ma poitrine se soulève au rythme de ma respiration soutenue, bientôt malmenée quand mon voisin pose la tête entre mon cou et mes seins, son attention braquée sur l'appareil.

– Regarde l'objectif.

Je le fais. *Clic... Clic... Clic...*

– Regarde-moi, maintenant.

Cette phrase me désarçonne, j'obéis lentement. Je découvre le visage de Kaël suspendu au-dessus du mien. Ses iris mordorés se figent dans mes prunelles. Son souffle se répand sur ma peau. Je déglutis, et je crois remarquer que lui aussi.

Clic... Clic... Clic...

– Ferme les yeux.

Je clos les paupières, haletante. Hoquetante. Impatiente.

– Me fais-tu confiance, Zoé ?

– Oui, je chuchote.

Sa main glisse lentement sur ma clavicule, avant de se réfugier sous ma nuque. Son front se pose doucement contre le mien.

Clic...

Clic...

Clic...

Contre mon sein, je sens son cœur battre vite et fort. Sa respiration est rapide. La mienne devient erratique.

– Zoé…

Je ne dis rien. Je garde les yeux fermés. Le feu court dans mes veines. Mon ventre palpite. La mélodie me berce…

Embrasse-moi, Kaël, je t'en prie.

Un vœu prononcé en pensée peut-il se réaliser ?

Quand le velours de ses lèvres se pose doucement sur les miennes, je suis exaucée.

Un baiser léger comme une plume.

Un baiser.

Puis un autre.

Mon cœur s'affole. Encore. J'entrouvre la bouche, *espérant*. Espérant que sa langue s'y invitera, et c'est ce qu'elle fait, s'enlaçant à la mienne, et je m'envole. M'imprégnant de la chaleur de ses lèvres, de ce goût de menthe et de citron, qui se mêle à un léger soupçon de tabac. De ce feu qui se déploie dans ma gorge et qui court, et qui court à travers mon corps. M'enflamme. M'électrise. Me brise un peu.

Alors, sans que je bouge, laissant ma bouche à la merci de la sienne qui me dévore, je me perds dans la sensualité de cet instant, au son des dernières paroles lentes et langoureuses.

Et ça dure, et ça dure…

Et je tremble, et je tremble…

Quelque part avant l'aube
Quand la lumière veut nous voir
Quelque part dans le monde
Un oiseau s'endort sans bruit
Toi et moi
Dans la nuit on trouvera
Quelque part où déposer
Les fleurs qu'on a cueillies
Pars avant l'aube
Quand la lumière veut nous voir
Quelque part dans le monde
Un oiseau s'endort sans bruit
Toi et moi[1]…

1. Chanson « Everything Matters », Aurora et Pomme, 2022.

La musique s'achève, emportant notre étreinte et les flammes qui me consument. Lorsque j'ouvre les yeux, ils s'ancrent à ceux de Kaël et au sourire scintillant qu'il m'adresse. Le temps s'étire… Le silence aussi…

– J'ai hâte de voir ces clichés, murmure-t-il d'une voix rauque.

Les lèvres gonflées de ce baiser, je le dévisage, mon regard le couvant de tout mon désir.

CHAPITRE 14

KAËL

Qu'est-ce que j'ai foutu, putain ?!

Je me pose encore la question en passant nerveusement la main dans mes cheveux, tandis que j'attends Matteo près de la station de métro Place de Clichy. Je me remémore ce baiser.

Ce baiser...

Mes doigts se reportent sur mes lèvres à ce souvenir. Un sourire s'y dessine. La bouche de Zoé qui s'entrouvre légèrement pour autoriser le passage de ma langue. Sa poitrine contre la mienne. Son souffle haletant se répandant sur mon visage. Et le feu… Le feu qui se diffuse dans ma gorge, m'embrase et s'empare de moi tout entier. C'était bon, doux, chaud et délicieux. *Je veux recommencer.*

Il faut me rendre à l'évidence, j'ai tout fait pour que nous finissions par nous embrasser. Je crois que je n'en avais pas conscience sur le moment, mais dès lors que ma peau est entrée en contact avec la sienne, je n'ai pas pu résister. Je la revois, allongée contre moi, mon bras enroulé autour de son ventre, son visage tout près du mien. Mon cœur battait si fort que j'ai eu peur qu'il s'arrête. Et son regard sur moi… Et ses lèvres sur moi… *et ses lèvres*... Elles appelaient les miennes, magnétiques et sensuelles. Comment lutter ? Zoé me captive, et ça ne date pas d'hier. Avec elle, je suis moi, sans défense, au naturel. Elle m'envoûte, mais je ne l'ai vraiment compris qu'hier.

Dois-je m'en vouloir d'avoir cédé à la volupté du moment ? Dois-je regretter d'avoir posé ma bouche sur la sienne ? Je risque de mettre un terme à une belle amitié naissante avec mes conneries. Puis je me souviens encore de ce baiser, et je ferme les yeux. Revis cet instant où nos langues s'entremêlent. Où le désir d'elle s'est emparé de moi. Plus fort. Plus vite. Plus dévastateur… Non je ne regrette pas. Pire, je veux que ça se reproduise encore et encore.

Mais je ne dois pas le faire. Je ne *peux* pas le faire. Je sais que Zoé n'acceptera jamais ma profession et sa réaction après cette étreinte me l'a confirmé. Lorsque nos lèvres se sont quittées, j'ai lu dans la profondeur de ses pupilles dilatées ce qu'elle éprouvait. Elles m'ont saisi de tout son désir, je ne l'ai pas inventé. J'aurais aimé me fondre en elle. J'aurais voulu la faire mienne. Mais lorsqu'elle a pris conscience de ce que nous venions de commettre, ses joues déjà empourprées sont devenues écarlates, et la gêne s'est invitée. Elle s'est levée et le silence s'est installé.

– C'était… c'était une très belle séance photo, a-t-elle dit d'une voix tremblante.

Et j'ai compris. Je m'en remettais à peine, mais j'ai pris sur moi et me suis redressé, cachant le début d'érection que m'a valu ce baiser. C'est dans le calme de la pièce que je me suis habillé et que nous nous sommes quittés, tous deux chamboulés par ce qu'il venait de se passer. Et j'y repense… Chaque seconde de ces dernières vingt-quatre heures, je n'ai fait que repasser ce moment dans ma tête. C'est à peine si j'ai dormi.

– Une *baby shower* ? Vraiment ? me lance Matteo qui vient d'arriver. Peux-tu me dire ce que je vais foutre à une *baby shower*, franchement ?

Je lève les yeux et salue mon ami. Mon esprit revenant à la réalité, je lui souris.

– Tu ne pouvais pas me laisser y aller seul, répliqué-je, amusé.

– Je t'accompagne uniquement pour rencontrer cette fameuse voisine qui t'a retourné le cerveau.

– Comment ça ? Qu'est-ce que tu sais de…

– Depuis qu'elle a emménagé à Montmartre, tu as changé, je le vois, p'tit con.

Son accent italien est particulièrement prononcé quand il me balance des insultes et ça me fait rire.

– Bon, on fait quoi ? demande-t-il.

– On ne va pas arriver les mains vides, alors je te propose d'aller dans cette boutique pour bébés, là-bas ?

Le regard blasé de Matteo se tourne vers le magasin en question. Il soupire et nous nous y rendons.

– Tu devrais lui prendre ça, lance-t-il, alors que nous parcourons les rayons.

Mes yeux se baissent sur la boîte qu'il tient. Mes sourcils se froncent.

– Un tire-lait ? Vraiment ?

– C'est le cadeau le plus utile que je connaisse, affirme Matteo avec un grand sourire.

– Je ne vais pas lui prendre un tire-lait !

– Tu devrais. Bientôt, tu me remercieras.

Mon regard interloqué lui provoque un rire. Puis il m'explique :

– J'ai cinq sœurs, mec. Je sais de quoi je parle. Quand une femme a les seins engorgés, c'est impossible de les toucher. Si elle tire son lait, la voie est libre.

Je me mords la lèvre pour ne pas exploser de rire et le laisse continuer.

– Par contre, Kaël, il y a une règle majeure à respecter : ne JAMAIS rester dans la même pièce qu'une nana qui tire son lait. Crois-moi, ça te passera l'envie de la baiser.

Qu'il est con !

– Je ne vais pas prendre un tire-lait, répété-je, encore plus décidé.

– Très bien, cède-t-il après un soupir. Moi, je le prends. C'est pour ton bien, mon frère.

Je secoue la tête et porte mon choix sur un ensemble blanc. Puisque Zoé ne connaît pas le sexe du bébé, cette couleur me paraît tout à fait adaptée.

Quand nous arrivons à la caisse, la vendeuse prend nos articles en levant les yeux sur nous. Je comprends qu'elle nous a reconnus au moment où sa respiration se bloque et où ses joues deviennent cramoisies.

– Oh, je… Oh, vous êtes…

Je lève les yeux au ciel. Matteo, qui doit la trouver charmante, se penche sur le plateau de la caisse et lui sourit.

– Je vois qu'on aime se divertir, déclare-t-il d'une voix suave.

Le cœur de la fille va s'arrêter. Matteo est un véritable enfoiré. À chaque fois que des filles le reconnaissent, il joue de son charme pour amplifier leur embarras, n'hésitant pas à forcer son accent italien. Pour définitivement marquer les esprits, dit-il, pensant que ça les rend fidèles et que ça les amène à guetter chacune de ses vidéos. Au regard de son succès grandissant, ça doit forcément y contribuer, même si la principale raison de ce succès se trouve ailleurs…

***

Quand je m'apprête à toquer à la porte du frère de Zoé – un appartement au cinquième étage, situé dans le 9e –, mon cœur me martèle les côtes. *Je vais la revoir.* Les réminiscences de notre baiser assaillent mon esprit. *Ce baiser...*

– T'attends quoi ? demande Matteo qui s'en charge à ma place.

Eliot nous ouvre et arrondit ses grands yeux marron en découvrant Matteo à mes côtés. Ce mec a décidément un goût prononcé pour le porno.

– Bonsoir, lâche-t-il après un raclement de gorge viril.

Il se présente à mon ami, puis nous invite à entrer. Nous traversons un couloir qui nous mène dans le salon où j'entends des éclats de rire féminins. Des ballons rose et bleu sont suspendus à un fil, des gâteaux dans les mêmes tons sont disposés sur une table recouverte d'une nappe assortie.

Ma respiration s'accélère et j'inspire profondément. Un silence soudain s'abat sur la pièce quand nous y pénétrons. Mes yeux rencontrent d'abord ceux de Charlotte qui nous détaillent scrupuleusement, avant de glisser dans ceux de Zoé. Le temps se suspend à cet instant. Elle m'observe, sans prêter attention à mon ami. Sous son regard, j'ai le sentiment qu'il n'y a que moi, ici. Une émotion puissante me traverse la poitrine et je lutte pour ne pas la rejoindre et de nouveau l'embrasser. Mes iris plongent sur ses lèvres que je rêve de dévorer. Quand un sourire s'y immisce, je sais que je suis foutu.

Elle m'envoûte et c'est un supplice pour moi d'avoir à lui taper la bise, mais je fais cet effort. On est censés être des amis. D'abord une sur sa joue, puis la deuxième… La deuxième se perd à un millimètre de ses lèvres et mon cœur cogne plus fort. J'entends Eliot se racler à nouveau la gorge derrière moi et Matteo glousser comme un con. Zoé s'écarte, des rougeurs parant ses joues, et accueille mon pote en lui souriant. Charlotte se lève du canapé, me salue et s'approche de Matteo pour lui faire la bise à son tour. Elle est si petite face au grand métis que mon ami est obligé de baisser la tête pour se confronter à son regard. Il lui adresse un sourire en coin, mais elle ne se laisse pas impressionner et le considère sans jamais ciller.

– Toi aussi, tu es…

– Acteur de charme ? termine Matteo en lui souriant. Ouais.

– Charme ? répète Charlotte en haussant un sourcil.

– Si tu savais.

Eliot va s'étouffer si j'en crois le bruit étrange qui s'échappe subitement de sa gorge. Zoé en éclate de rire.

– Merci d'être venus, il ne fallait pas, dit-elle.

Son frère lève les yeux au ciel, puis nous invite à prendre place sur deux chaises disposées autour de la table basse, après avoir récupéré les paquets contenant nos cadeaux. Il nous sert deux bières bien fraîches et se rassied, l'air un peu sombre.

– C'est quoi ton problème, Eliot ? demande Charlotte. T'as peur de souffrir de la comparaison ?

Zoé glousse, son frère la torpille du regard.

– Je ne vois pas du tout de quoi tu parles.

Je serre les lèvres pour ne pas ricaner. Matteo ne s'embarrasse pas de cet effort et observe la scène. Du coin de l'œil, je sens l'attention de Zoé s'attarder sur moi, mais je n'ose pas la regarder, de peur de ne plus pouvoir m'en détacher.

– Oh ne t'inquiète pas, Eliot, poursuit son amie, t'es vraiment un super coup !

Ce dernier gonfle la poitrine avant d'écarquiller les yeux, et de tourner son visage soudain livide vers sa sœur. Le choc se lit sur celui de cette dernière.

– Que ? Quoi ? balbutie-t-elle en pivotant vers Charlotte. Vous avez…

– On avait trop bu. C'était après ton anniversaire, l'an dernier.

Zoé a la mâchoire qui va se décrocher. Cette fois je me mords les lèvres pour ne pas m'esclaffer, une délicatesse dont ne s'encombre pas Matteo.

– On peut toujours compter sur ta discrétion, Charlotte ! s'emporte Eliot.

– Oh, ça va ! lâche-t-elle en reportant son attention sur Matteo. C'est quoi ton surnom dans le porno ? s'enquiert-elle, sans ambages.

Si elle pensait que mon pote allait se démonter à cette question, elle ne sait pas à qui elle a affaire, et je me délecte déjà de voir la réaction de la jolie rousse à cette révélation. Un sourire se dessine lentement sur le visage de Matteo avant qu'il réponde :

– Francesco Duro.

Zoé en crache son jus d'orange. Eliot se tape la main contre le front et moi je prends un pied d'enfer en observant la bouche de Charlotte en tomber. Puis elle se reprend, toujours un peu décontenancée, et plante ses iris d'un vert jade dans ceux de mon ami.

– C'est… c'est intéressant.

Je n'ai aucun doute sur le fait que la première chose qu'elle fera en rentrant sera de mater Matteo en action. Elle ne va pas être déçue du voyage.

La suite du repas se passe dans une ambiance festive. J'apprends que les parents de Zoé ont eu un empêchement de dernière minute, ce qui explique leur absence. Ils vivent en Normandie, ce n'est pas la porte à côté. Eliot s'est détendu et parle course de voitures. Je l'écoute avec admiration. Les gens passionnés provoquent toujours ma fascination. J'aurais tant aimé couver une passion quelconque, mais je ne suis pas de ceux-là. Je suis de ceux qui avancent dans la vie au gré de ce qu'elle peut leur offrir. À ce jour, elle n'a pas été très généreuse avec moi.

Jusqu'à Zoé…

CHAPITRE 15

ZOÉ

J'aimerais pouvoir dire que je ne suis pas distraite, mais ce n'est pas la vérité. Mes yeux sont irrémédiablement attirés par Kaël. Mes pensées sont tournées vers lui depuis ce fameux baiser. Il me suffit de clore les paupières pour revivre cet instant et je m'en délecte.

Cette nuit, je n'ai pas beaucoup dormi. Nos appartements sont jumeaux. Je l'ai imaginé dans le sien, juste derrière cette cloison qui le sépare de ma chambre, m'interrogeant sans cesse sur ce qu'il pouvait ressentir. Puis j'ai humé mes draps, qui embaument l'odeur qu'il a laissée lors de la séance photo. Je m'en suis abreuvée et j'ai souri. J'ai même éclaté de rire, je crois, car j'étais heureuse. *Si heureuse*...

Jamais je n'ai vécu un baiser si sensuel, si torride et si envoûtant. Jamais je n'ai éprouvé ce que Kaël a provoqué en moi. Ces palpitations, cette agitation, ce désir insoutenable… J'en sais pourtant si peu sur lui. Moi qui ressentais le vide m'engloutir après des mois de solitude, voilà qu'il envahit chacun de mes songes. Il prend toute la place, et je la lui offre volontiers. Lors de ce baiser, seules nos lèvres se sont touchées. Il ne s'est pas rué sur mes seins, comme l'avait fait Adam, durant notre première étreinte. Il n'a pas eu de gestes déplacés. *Seulement ce baiser…*

Mais à chaque fois que je m'imagine recommencer, je me rappelle son métier. Et je m'en veux, car c'est aussi la première pensée qui m'a assaillie quand j'ai repris mes esprits, après qu'il m'a embrassée. Au souvenir immédiat de ses lèvres sur les miennes, mon cœur s'est serré à l'idée que bientôt il les poserait sur d'autres. Un nœud s'est formé dans ma gorge, et j'ai mis fin à la magie de cet instant de volupté.

Je le regrette… Ou peut-être pas. Je sais que c'est le mieux, pour moi et sans doute pour lui.

À présent que je le contemple, je me demande si…

– T'es avec nous, Zoé ? m'interpelle Charlotte.

Je reprends mes esprits sous le regard curieux de Kaël. C'est alors que je me rends à l'évidence. À ses yeux, ce n'était sans doute qu'une photo. *Arrête de te faire des films, Zoé !*

Des sacs sont posés sur la table, Eliot me tend le sien.

– Merci, mon frère.

Il me plante un baiser sur la joue. Le paquet en contient d'autres. J'ouvre les premiers et m'extasie devant un doudou, une gigoteuse et un babyphone. Je le remercie en le serrant dans mes bras. C'est au tour de Matteo qui me lance un grand sourire en me présentant un sac contenant… un tire-lait. Mes yeux décontenancés se lèvent sur l'ami de Kaël dont le sourire s'élargit.

– Merci… euh… c'est une gentille attention.

– Je t'en prie, déclare-t-il en m'adressant un énigmatique clin d'œil.

Kaël attrape un paquet et me le tend à son tour. Quand je pose ma main sur l'anse pour m'en saisir, mes doigts frôlent les siens. Ce contact me fait aussitôt réagir, un frisson exquis parcourt mon bras. Mon regard se lève sur lui et se soude au sien.

Je suis suspendue à ce moment jusqu'à ce qu'Eliot se racle à nouveau la gorge. Mon visage s'oriente vers mon frère qui me fait les gros yeux. Je réprime un soupir avant de plonger la main dans le sac et d'en sortir un pyjama de bébé blanc, sur lequel est écrit « Ma maman est la meilleure ». Je souris et relève le regard vers le voisin le plus sexy de l'univers. Ce dernier m'imite et se mord la lèvre.

– À mon tour ! s'exclame Charlotte, qui met fin à mon envoûtement.

Un jeu de lumière *pour que le bébé dorme*. Une peluche qui restitue les bruits de l'intérieur du ventre durant la grossesse *pour que le bébé dorme*. Un mobile musical *pour que le bébé dorme*.

Soit toute la panoplie pour que mes nuits soient les plus calmes possible. J'ai dans l'idée que Charlotte a quelque chose derrière la tête quand j'ouvre le dernier paquet et que je découvre un… tire-lait. J'en reste pantoise. Décidément, c'est le cadeau en vogue. Puis j'entends le rire de Kaël et je vois les yeux taquins de Matteo qui se dirigent vers ma meilleure amie.

– Il faut croire qu'on a eu la même idée, dit-elle dans une œillade complice.

– Il faut croire, ouais.

Je ne comprends rien. Mon frère se lève soudainement et part dans la cuisine. Je laisse Charlotte à ce curieux échange oculaire avec Matteo et le rejoins.

– Je peux t'aider ? m'enquiers-je.

– Non, ça ira.

Il reste étrangement silencieux et je ne saisis pas pourquoi.

– J'ai fait quelque chose qui t'a agacé ? demandé-je.

Eliot pose les mains sur le plan de travail, prend une profonde inspiration et se tourne enfin vers moi. Le sérieux que je distingue sur son visage ne présage rien de bon.

– Je… je me fais du souci, avoue-t-il.

– Pour quelles raisons ?

– À ton avis, Zoé ? J'ai deux acteurs pornos dans mon salon, dont l'un semble…

– Qu'est-ce que tu racontes ? le coupé-je, étonnée. Je ne te pensais pas si rétrograde !

– Tu ne vois pas comment Kaël te regarde ?

Si je le vois. Mais je ne le dis pas et me tais, car jusque-là, je pensais fabuler. Mon cœur s'emballe aux paroles de mon frère. Eliot s'approche et pose les mains sur mes épaules.

– Tu sais, je suis heureux d'observer ce grand sourire sur ton visage, comme je suis heureux de ne plus y découvrir les larmes et cette amertume des derniers mois.

– Mais ?

– Mais j'aurais aimé que tu rencontres quelqu'un de… je sais pas, un banquier ou un pharmacien !

Je pouffe.

– OK, ce n'est pas très sexy comme profession, mais c'est respectable.

– Kaël est respectable, rétorqué-je, désarçonnée par sa remarque.

– Kaël vit du sexe, Zoé. Pardonne-moi si j'aurais préféré qu'il tombe amoureux d'une autre fille que ma sœur.

– Tu te trompes, il n'est pas amoureux, nous sommes amis. Il m'aime bien, c'est tout.

Eliot me dévisage, puis me prend dans ses bras, obligé de se courber en raison du volume de mon ventre. Il pose sa tête sur la mienne et soupire.

– Promets-moi de te préserver. T'as déjà assez souffert avec ton ex gros connard manipulateur.

– Je le ferai.

– Tes goûts en matière d'hommes m'exaspèrent, lâche-t-il avec un petit rire.

– C'est un peu l'hôpital qui se fout de la charité, rétorqué-je. On en parle, de la psychopathe que tu as ramenée à Noël dernier, et qui travaillait dans un cirque ?

– Cette fille est contorsionniste, Zoé. Elle est souple. Vraiment très souple.

Je souris.

– Et t'as couché avec ma meilleure amie. N'est-ce pas interdit par une quelconque loi fraternelle, ça ?

– J'étais bourré, j'ai de quoi défendre mon dossier.

Cette fois, je ris. Puis, lovée dans les bras de mon frère, je déclare timidement :

– Il me rend heureuse, Eliot. Peu importe ce qu'il fait dans la vie, c'est un ami et je… je me sens bien avec lui.

Mon frère prend une grande inspiration, comme si ce bol d'oxygène allait l'aider à accepter cette étrange relation qui se tisse entre mon voisin et moi.

– Je t'aime, ma sœur, dit-il.

– Je t'aime aussi.

Et nous restons là encore quelques instants, dans les bras l'un de l'autre, mon esprit me ramenant à ses propos au sujet de Kaël.

« J'aurais préféré qu'il tombe amoureux d'une autre fille que ma sœur. »

Je ne le dis pas à Eliot, mais cette remarque a provoqué une envolée de papillons dans ma poitrine. Puis je reviens sur la terre ferme.

Comment un homme si jeune et si sexy pourrait tomber amoureux de moi ?

Qui suis-je, à part une femme délaissée et banale ?

Qui suis-je, à part une future mère célibataire qui est morte de trouille à l'idée d'élever seule un bébé ?

Qui suis-je, à part une femme qui tombe sous le charme d'un homme dont le métier est d'en satisfaire d'autres ?

Mes pensées m'affligent, mais lorsque je recule et prends le visage de mon frère entre mes mains, je lui adresse un sourire rassurant.

Quand la soirée se termine, Charlotte et Matteo décident de prendre le métro pour rentrer. Tous deux ont découvert qu'ils habitaient sur la même ligne, à trois stations d'écart. Mon frère se propose de me ramener, mais Kaël l'interrompt.

– Je vais commander un Uber, lance-t-il. Tu viens avec moi, Zoé ?

J'acquiesce devant son regard pénétrant, mon cœur bat un peu plus vite. C'est la première fois que je me retrouverai seule avec lui depuis le baiser. Eliot me considère un moment, puis hoche la tête en guise d'assentiment. Je lui souris et le quitte en le remerciant pour l'organisation de cette soirée. Quand Kaël lui serre la main, mon frère la retient un instant.

– Je compte sur toi pour… la ramener.

– C'est l'idée, rétorque Kaël.

– Pour certains, les idées, c'est comme les filles. Ça va, ça vient.

Je soupire. Kaël ne répond rien et l'observe. Eliot relâche ses doigts et dépose un baiser sur ma joue.

– Rentre bien.

CHAPITRE 16

KAËL

Nous sommes sur le trottoir en attendant l'arrivée du chauffeur. Je porte les sacs remplis des cadeaux de Zoé. Nous n'avons pas encore échangé un mot et mes pensées se bousculent. Ressent-elle comme nos corps sont attirés l'un par l'autre ? Le mien lutte pour ne pas la toucher, pour ne pas la prendre dans mes bras et à nouveau l'embrasser.

Le silence perdure. J'ai la douloureuse impression que mes paroles seront pathétiques à côté de celles que j'aimerais déclarer. Je secoue la tête, me demandant comment tout cela est arrivé.

Cela s'est passé si vite. Quelques semaines après notre rencontre et ce baiser, je n'ai plus qu'elle à l'esprit. Son visage se tourne vers moi, elle me sourit. Éprouve-t-elle cette pudeur qui m'étreint avec tant de force ? Quand ses iris chocolat se baissent timidement sur le bitume, j'ai ma réponse.

La voiture se gare devant nous et je me charge de lui ouvrir la porte. Elle me remercie en m'adressant une œillade attendrie.

Lorsque je me place à côté d'elle, un nouveau silence gêné s'établit dans l'habitacle. Mes yeux vrillent sur le côté et la main qu'a nonchalamment posée Zoé entre nous. Son regard est perdu sur les rues de Paris qui défilent à vive allure. Le mien ne peut quitter cette main. Sur une impulsion, je pose mes doigts tout près des siens. Ils se frôlent, et bien que le bras de Zoé exprime un léger tressautement, son attention demeure rivée à la vitre. Je sais qu'elle me ressent, mais sa main reste là, près de la mienne, alors doucement je laisse glisser mes doigts entre les siens, ma paume se réchauffant à son contact. Ma voisine tourne la tête, son regard surpris accroche le mien, et je lutte… Je lutte pour ne pas la tirer légèrement par le bras et fondre sur ses lèvres. *Sait-elle que je ne pense plus qu'à ça ?*

L'Uber nous dépose. Le calme de la nuit a envahi Montmartre. Tous deux plantés devant la porte principale de notre immeuble, nous nous dévisageons. La chaleur de ses doigts me manque. Je suis prêt à les retrouver, mais Zoé prend une grande inspiration et coupe mon élan.

– J'ai aimé que tu m'embrasses, avoue-t-elle, hésitante.

Un sourire ourle mes lèvres. Mon cœur bat plus vite.

– J'ai aimé, aussi.

Je suis à sa merci. La timidité de cet échange m'enveloppe d'un voile de douceur. C'est agréable. *C'est Zoé.*

Je suis prêt à lui confier mes pensées la concernant, mais je me tais au moment où je distingue du désarroi envahir son regard. Cette fois, mon cœur se serre, car je devine ce que cache ce trouble qu'elle ne semble pas encore en mesure d'exprimer, et je refuse de la bousculer. Si nous ne devons échanger que ces quelques mots, alors soit, je l'accepte. J'ai conscience du problème que pose mon métier.

En montant l'escalier, mon esprit s'envole sur ce qu'elle vient de me révéler, comme si je n'en prenais conscience qu'à l'instant. *Elle a aimé ce baiser...*

Quand nous parvenons sur le palier de notre étage, il n'y a que nos yeux pour témoigner de ce qui nous lie et de ce qui nous sépare. Et je reste là, face à elle, avec la douloureuse envie de poser mes lèvres sur les siennes.

Comment puis-je feindre une amitié qui n'en est plus une ? Comment puis-je refouler ce que son visage m'inspire ? Elle est là, tout près, et je ne sais pas quoi faire. Je crois qu'elle non plus.

– On se voit bientôt ? demande-t-elle.

– J'y compte bien.

Lorsqu'elle se retourne pour ouvrir sa porte, je l'observe sans bouger. Zoé me lance un dernier regard avant d'entrer chez elle. Le silence soudain qui s'abat dans la cage d'escalier m'étouffe.

Une fois chez moi, je me sens abattu. Pour la première fois, je songe à arrêter le porno. Cette pensée m'accable un peu plus, car je ne peux pas le faire. J'ai besoin de ce fric qui m'aide à prendre soin de ma mère.

Au moment où je me glisse dans mes draps, j'ai presque envie de chialer.

***

Micka a choisi Carry et Lola pour ce trio. Obligé de chasser mes pensées pour ma voisine, je tente de me concentrer sur la scène que nous sommes en train de tourner. Je dois me montrer professionnel, mais mon esprit est ailleurs et c'est une lutte constante que de revenir à la réalité.

Je suis sur le dos, mes yeux se baissent sur les deux jeunes femmes qui s'embrassent goulûment entre mes jambes. Puis Lola serpente vers mon ventre qu'elle lèche, déposant ensuite des petits baisers sur mon aine. Elle remonte ma verge avec sa langue, avant de faire glisser ses lèvres autour de mon gland. Mes doigts se serrent sur les draps, ma tête se jette en arrière. Je clos les paupières, tentant de me laisser aller à cette pipe et à la luxure de l'instant. Je fais le vide dans mon esprit. Je fais le vide en moi. Je ne suis pas Kaël aujourd'hui, mais Neil Jordan, l'acteur. Puis c'est l'heure de passer aux choses sérieuses. Carry se met à genoux. Je me positionne derrière elle, enfile un préservatif et la pénètre. Alors que je commence à la pilonner, Lola se rapproche de moi et s'apprête à m'embrasser. C'est à cet instant précis que, subitement, je recule, assailli par les souvenirs de la bouche de Zoé sur la mienne, par la volupté sensuelle de notre baiser.

– Y a un problème, Neil ? demande l'actrice en me jetant un regard perplexe.

Je secoue la tête, m'attendant aux réprimandes de Micka qui ne tardent pas.

– Putain, Kaël, qu'est-ce qui t'arrive en ce moment ?

En temps normal, je l'enverrais chier, mais là je ne pense qu'à une chose : il n'est pas question que la bouche de cette nana touche mes lèvres qui n'appartiennent qu'à Zoé. Mais bien que je me sente submergé par cette réflexion, je dois terminer cette putain de scène.

Et je me perds… Je me perds à coups de reins, dans les mouvements de mes va-et-vient. Je n'ai soudain plus aucune envie d'être là, et quand c'est au tour de Lola, je suis obligé de plonger le visage dans sa nuque. Je plisse les yeux, car je sens les larmes me monter. Je la martèle avec mon bassin, car je ne suis capable que de ça, tandis que sa langue tourmente l'intimité de Carry. Ça ne m'excite pas. Je sais déjà que je n'arriverai pas à éjaculer.

Quand la scène se termine et que Micka est obligé d'utiliser un médicament en forme de gel pour remplacer mon sperme, et de faire un gros plan uniquement sur les filles afin que le subterfuge fonctionne, je sens l'agacement du réalisateur. Je ne suis donc pas surpris qu'il me convoque après ma douche.

Dans son bureau, je m'installe sur une chaise. Micka pianote sur son ordinateur avant de river son attention sur moi.

– T'es à la masse en ce moment, Kaël, ça ne va pas du tout.

Malgré la fermeté de sa phrase, je discerne le ton paternaliste de Micka. Depuis qu'on se connaît, il adopte avec moi une attitude proche de l'affection, et ce n'est pas en raison du nombre de vues de mes vidéos. Il m'apprécie et mon bien-être lui a toujours tenu à cœur, du moins tant que je ne faisais pas capoter ses projets. C'est d'ailleurs à cause de cette affection que ma véritable identité a fuité auprès des journalistes de la profession. Il n'a jamais su m'appeler Neil, et comme il est bavard quand on lui prête de l'attention, il a laissé échapper mon prénom lors d'une interview. La presse du milieu du X n'a pas mis longtemps à débusquer mon patronyme après ça.

– J'ai jamais rien eu à dire sur toi, enchaîne-t-il. T'es un putain d'acteur et les filles prennent leur pied avec toi. Elles en redemandent. J'ai déjà cédé à pas mal de tes caprices, Kaël, mais…

– Ce n'est pas un caprice de refuser de gifler des nanas.

– Tu sais que certaines aiment ça.

– Grand bien leur fasse, c'est pas mon truc.

Il se pince l'arête du nez, avant de planter son regard dans le mien.

– Fiston, on va avoir un problème si tu n'y mets pas du tien.

– Je fais ce que je peux, Micka.

– Non, ce n'est pas vrai et tu le sais autant que moi. Je ne comprends pas ce qui te tourmente, mais fais en sorte d'y mettre un terme. Tes scènes ne sont plus ce qu'elles étaient. Si tu lisais les commentaires sur la dernière vidéo que j'ai postée sur le Net, tu le verrais.

À cet instant, je réalise que mes sentiments pour Zoé ne datent pas de ce baiser que nous avons échangé. Ils sont nés depuis plus longtemps, sans que j'en aie eu vraiment conscience.

– T'es en train de me dire quoi, là ?

– Je suis en train de t'avertir que des acteurs, je peux en avoir à la pelle, réplique le réalisateur. Aussi bons que toi en temps normal, certainement pas, mais ces derniers temps…

Ma gorge s'assèche. Micka est en train de laisser entendre qu'il va limiter mes contrats. Je… je ne peux pas me passer de ces contrats, putain !

Je soupire, saisi par l'amertume à l'idée de déclarer mes prochains mots.

– Je vais me reprendre, je te le promets.

Micka se carre dans son fauteuil et me toise. Puis son visage s'adoucit et il hoche la tête.

– Prends quand même quelques jours de congé, m'achève-t-il. Je dirai à Matteo de te remplacer sur tes scènes prévues cette semaine.

Ce n'est pas l'ami qui me parle, mais un réalisateur qui a un business à faire tourner. Je ne peux pas vraiment le lui reprocher, même si la colère monte en moi.

– On se revoit bientôt, mon grand, dit-il en reportant son regard sur son ordinateur.

Je hausse les épaules, l'esprit abattu. Alors que je suis sur le point d'ouvrir la porte de son bureau, une idée me vient. Je me retourne vers Micka.

– Il y a peut-être une solution pour que je sois plus efficace.

– Une solution qui implique que tu arrives à baiser sans t'envoler vers la lune ?

– Elle n'est pas idéale, mais…

– Je t'écoute.

Non seulement Micka m'écoute, mais il finit par accepter. Lorsque les mots « D'accord, Kaël » sortent de sa bouche, je ne masque pas mon soulagement.

En début de soirée, je frappe à la porte de Zoé. Mon cœur bat à tout rompre, mes pensées s'entrechoquent. J'ai la trouille de lui parler, mais je dois le faire. Peut-être sera-t-elle en mesure de me comprendre ? Peut-être même qu'elle voudra…

– Bonsoir, Kaël.

Un sourire naît sur mon visage à la seconde où elle apparaît. Le sien est plus timide, mais aux rougeurs que je discerne sur ses joues, je crois savoir que je lui fais toujours de l'effet. Sa peau pâle ne lui permet pas de dissimuler son émoi, et bon sang que j'aime ça !

– Je peux entrer ?

Elle m'ouvre et je la suis dans le salon.

– Tu veux boire quelque chose ? s'enquiert-elle.

– Euh, non. Disons que… je suis venu te parler.

Une lueur soucieuse traverse son visage. Je prends une profonde inspiration et me lance. Mes mains sont moites, alors je serre les poings pour contenir ma crainte d'avoir à lui révéler ce que je suis venu lui dire.

– Voilà, je… je n'arrête pas de penser à ce qu'il s'est passé entre nous.

Son regard arrimé au mien, elle ne dit rien. Sa poitrine se soulève sous sa respiration qui semble se hâter.

– Je n'ai pas oublié ce que tu m'as dit, la dernière fois au restaurant. Tu n'accepteras pas mon métier, et ça me convient, car je ne veux pas non plus que tu l'acceptes.

– Kaël, je…

– Laisse-moi terminer, s'il te plaît, la supplié-je tant il m'est difficile de continuer.

Elle acquiesce et j'inspire.

– J'ai besoin de ce job. Du moins, j'ai besoin de l'argent de ce job, précisé-je. Ma mère est… malade. Le fric que le porno me rapporte m'offre la possibilité de prendre soin d'elle, tu vois.

Le choc se lit sur son visage.

– Je… je suis désolée, Kaël.

Et elle l'est vraiment, car à mes mots, dits avec une tristesse que je suis incapable de réprimer, ses yeux s'emplissent de larmes. Je m'approche d'elle et essuie celles qui débordent sur ses joues.

– J'ai pas envie de parler de ça, mais je pense que tu mérites ces quelques explications. J'ai conscience qu'à cause de mon travail, il ne se passera rien entre nous.

Ses iris se figent à nouveau dans les miens. Aurais-je aimé qu'elle me dise : « Je suis prête à accepter ce que tu fais, maintenant que je connais la vérité » ? Bien sûr que je l'espérais ! Mais ce n'est pas n'importe quelle femme que j'ai en face de moi.

Elle est plus mature que celles que je côtoie au quotidien, elle a plus d'expérience de la vie. Une vie qui l'a abîmée, elle aussi. Même si je n'en connais pas tous les détails, je n'ai pas manqué de les deviner derrière quelques phrases échappées, ici et là. Son ex lui a fait du mal. Son emprise l'a laissée dénuée de confiance en elle, et cet enfoiré l'a larguée, alors qu'elle s'apprête à donner la vie.

Dans un élan inconscient, je m'empare de ses mains qui se réchauffent dans les miennes, et dis :

– Si je le pouvais, là, maintenant, je laisserais tout tomber pour t'embrasser à nouveau.

Le silence. Son regard chocolat qui me contemple, malgré la vacillation que j'y lis. Pense-t-elle que ce baiser n'était qu'un accident ? Que j'ai posé mes lèvres sur les siennes uniquement pour capturer une jolie photo pour l'expo ? Au doute qui m'assaille, je me dois d'aller plus loin.

– Je… j'ai parlé à mon réalisateur, aujourd'hui.

Inspire…

– Je lui ai dit que je n'embrasserai plus aucune de mes partenaires. Alors, si toutefois tu es d'accord pour…

Mes mots m'éclatent au visage. Je baisse la tête. Comment puis-je seulement exiger une chose pareille de Zoé ? Je me tais.

– Si toutefois, je, quoi, Kaël ?

Je relève les yeux sur elle. Est-ce de l'espoir que je lis dans les siens ?

– Je veux dire que… Je te réserve ma bouche, Zoé.

La sienne s'entrouvre, l'étonnement marque ses jolis traits.

– J'ai conscience que je suis un putain d'égoïste de te demander ça, mais si tu veux… si tu souhaites…

Je n'arrive pas à le dire, bordel !

– Je ne veux pas que notre histoire s'arrête là, murmuré-je.

– Tu me demandes si je serais en mesure de me contenter de tes baisers ? C'est bien ça ?

Ces mots me glacent, pourtant ils ne sonnent pas comme un reproche. Envisage-t-elle sérieusement ce que je lui propose ? Mes doigts se resserrent sur les siens.

– Écoute, tu me plais, avoué-je, et si je n'exerçais pas ce métier, je te demanderais à l'instant de vivre une véritable histoire avec moi. Celle que tu mérites. Celle que je voudrais tant t'offrir. Je sais que je n'ai pas le droit d'exiger autre chose de toi, mais…

– Embrasse-moi.

Mon sourire renvoie à l'émotion considérable qui se répand en moi. Je n'hésite pas une seconde de plus et prends son visage en coupe entre mes mains, avant que mes lèvres retrouvent enfin les siennes. Là où est ma place, là où je me sens vivant. Ses doigts libérés glissent vers ma nuque. Nos langues se rencontrent à nouveau. Sous le regard du Sacré-Cœur, le temps se suspend à ce baiser. À cette étreinte. À ce couple atypique que nous formons. Et je suis heureux, putain. C'est tellement fort que mes jambes me portent à peine. Ce n'est pas un sentiment que j'ai l'habitude d'éprouver.

Si je suis si comblé en cet instant, c'est grâce à Zoé.

CHAPITRE 17

ZOÉ

– Il te réserve sa bouche ? répète Charlotte, à qui je viens de tout raconter.

Un sourire fleurit sur mes lèvres qui, la veille, ont pris tant de plaisir à retrouver celles de Kaël.

– Et ça te convient ? demande-t-elle, perplexe.

Nous sommes à la terrasse du café-restaurant La Bonne Franquette, à l'angle de la rue des Saules. Mes yeux se perdent sur les quelques touristes qui se baladent, avant de se reporter sur Charlotte.

– Si je n'ai que ses baisers, alors je m'en contenterai.

– Une relation platonique, Zoé, vraiment ?

– Mon expérience m'a révélé que ce n'est pas le sexe qui rend heureux, mais la personne avec qui on partage sa vie. Et… je me sens bien avec Kaël.

L'expression de Charlotte reste dubitative. Je n'en suis pas étonnée. Si je prends un peu de recul, je sais que la relation que me promet Kaël est singulière.

Peu m'importe si je dois sacrifier mes désirs de femme, pour l'instant. Je n'ai pas envie d'y réfléchir, je veux seulement être avec lui. Même si je ne le connais pas depuis longtemps, j'ai conscience que ce que j'éprouve est bien plus fort que tout le reste. Il est sincère, attentionné, et n'hésite pas à dévoiler ce qu'il ressent. Il aurait pu continuer le porno sans avoir à négocier avec son réalisateur le fait de ne plus embrasser ses partenaires. D'ailleurs, je redoute que cette décision porte atteinte à son succès. Un succès qui lui permet de prendre soin de sa mère.

– Tu sais de quoi elle souffre ? s'enquiert Charlotte, à qui j'ai déjà confié cette terrible nouvelle.

– Il n'est pas rentré dans les détails.

Ma meilleure amie boit une gorgée de café en m'observant. Je ne lui demande pas de comprendre et elle le sait, comme je sais aussi qu'elle ne me jugera jamais.

– En tout cas, Matteo ne fait pas du porno pour les mêmes motifs, c'est le moins qu'on puisse dire ! lâche-t-elle.

Elle éveille mon intérêt.

– Je vois que vous avez tous deux eu l'occasion de discuter après la *baby shower*.

Elle sourit et m'adresse un regard taquin.

– Il me tardait de rentrer pour le mater en vidéo.

– Et alors ?

– Il ne se surnomme pas Francesco Duro pour rien !

J'éclate de rire. *Ce pseudo, sérieusement…*

– Tu savais qu'il a un bac + 5 en architecture ? ajoute-t-elle. Il a financé ses études grâce à des petits boulots, puis plus tard à ses tournages.

– Je ne le savais pas du tout, réponds-je, étonnée.

– J'ai lu ça sur le Net. Il possède même sa propre boîte. J'en suis restée bouche bée.

– Alors pourquoi fait-il du porno ?

– Il est addict au sexe.

– Oh.

Charlotte s'envoie une autre gorgée comme si cette révélation était tout ce qu'il y a de plus banal, avant d'interpeller le serveur pour commander un jus de fruits. Quand elle se tourne à nouveau vers moi, le sujet de Matteo revient sur la table. Je réprime mon sourire.

– Si tu le voyais en action, tu comprendrais qu'il serait dommage qu'il ne s'emploie pas à répandre du plaisir sur le monde entier. Quand j'ai regardé sa vidéo…

– « Sa » vidéo ?

– Ses vidéos, corrige-t-elle, démasquée. Je me suis dit qu'il était fait pour ça.

Je ris.

– Et c'est tout ? déclaré-je.

– Oui, c'est tout.

– Vous êtes rentrés et c'est tout ?

– Je n'allais pas lui sauter dessus dans le métro !

– Je t'ai connue plus aventurière.

Elle s'esclaffe, puis se mord les lèvres.

– Avant de me quitter, il m'a dit avoir toujours été séduit par les femmes bien en chair.

Mes yeux se baissent sur mon amie aux courbes généreuses. Sa poitrine est opulente, ses bras, un peu potelés, son visage est d'une beauté saisissante sous sa chevelure rousse qui sublime son profond regard vert. Charlotte n'a jamais éprouvé le moindre complexe. Bien au contraire, elle a toujours assumé ses formes et n'a pas fait un seul régime de sa vie. Son charme n'appartient qu'à elle. J'admire la confiance qu'elle possède et qui me fait si cruellement défaut.

– Matteo semble avoir attiré ton attention, remarqué-je.

– Pfff… Pas du tout.

Je m'esclaffe devant ce mensonge éhonté.

– Je lui ai expliqué qu'il ne serait jamais plus le même s'il frayait avec une fille comme moi, et que je lui rendais service en refusant ses tentatives de séduction. Non, mais cet homme se croit si sexy que…

– Il l'est, Charlotte.

– Évidemment qu'il l'est, mais c'est pas demain la veille que je vais le lui avouer !

– Parce que tu comptes le revoir ?

– Eh bien, oui ! Jeudi, c'est l'anniversaire de Kaël. Chaque année, ils le fêtent ensemble et se soûlent pour l'occasion.

– Jeudi, c'est l'anniversaire de Kaël ?

– Ouais, ses vingt-six ans.

Alors il ne les avait pas tout à fait quand il m'a révélé son âge...

– Bref, reprend Charlotte. On a rendez-vous chez lui, jeudi soir.

– Et il est au courant ?

– Je ne crois pas.

***

Il m'a fallu des heures pour choisir les négatifs que je souhaite développer. Plongée dans l'obscurité de mon dressing, que seule la lueur rouge de la lampe inactinique vient troubler, je suis prête à me lancer dans le développement des photos que nous avons prises en vue de l'exposition prochaine à la galerie.

Tout est en place. L'agrandisseur est disposé sur une large étagère qui se trouve à ma hauteur. J'ai dû en retirer certaines qui se trouvaient au-dessus pour travailler correctement. Je n'ai pas beaucoup d'espace, mais le margeur, le révélateur, la loupe de mise au point, le papier et le pinceau soufflant sont à ma portée. Je choisis le temps d'exposition selon chaque cliché, afin de déterminer la clarté de l'image. Pour certaines, je penche pour du plus sombre et opte pour le masquage lorsque je souhaite sous-exposer ou surexposer certaines parties des photos.

Une fois cette première opération effectuée, je passe chacune d'elles dans le révélateur, puis les plonge quelques secondes dans le bain d'arrêt, avant l'étape du fixage. Après le lavage final et l'essorage, je suspends les clichés aux multiples fils étendus au-dessus de ma tête. Les images sont si grandes que je ne pourrai pas développer toutes celles que j'ai choisies en une fois. Je suis bonne pour recommencer demain, et cela m'enchante. Retrouver le bonheur d'exercer ce métier que j'ai tant aimé est salvateur.

Je repense à Adam qui ne supportait pas mon activité. Inutile selon lui, comme je l'étais, disait-il parfois. À bien y songer, je me demande comment il a réussi à me faire autant douter. À me rabaisser tant que je me suis oubliée, que j'ai abdiqué. Aujourd'hui, je comprends à quel point la photo me manquait.

Quand les premières images ont révélé le corps nu de Kaël, j'ai été subjuguée. Lorsque j'ai découvert celles qui ont capturé notre baiser, un souffle chaud a grimpé le long de mon échine et mon sourire ne m'a plus quittée.

Les clichés sont saisissants, sensuels et magnifiques. Mes pensées reviennent au jour où nous les avons pris, et à l'émotion qu'ils m'inspirent. Je réprime l'envie de caresser des doigts les courbes somptueuses de cet homme qui obsède mon esprit. Mes yeux se posent sur son corps parsemé de tatouages, sur l'éclat de son piercing, puis sur son sexe et je rougis.

Après que j'ai fini de fantasmer sur Kaël, mes jambes me rappellent mon état. Elles sont lourdes d'être restées debout si longtemps, et le jour commence à décliner. Comme chaque soir, avant de m'étaler sur le canapé, je connecte mon smartphone à mon enceinte et la musique s'élève. « Nightcall » de Kavinsky résonne dans mon salon et me fait onduler. Je chantonne et vagabonde dans la pièce en remuant les hanches, tout en me laissant emporter. La mélodie coule en moi. Mes pensées s'envolent à nouveau sur ce baiser. Je ferme les yeux, comme si, de cette manière, je pouvais parfaitement me le remémorer.

Soudain, on sonne à la porte et je pars ouvrir. Mon regard s'éclaire dès qu'il rencontre celui de Kaël. Lui me sourit sans dire un mot, glisse ses doigts dans les miens, puis entre en esquissant un mouvement langoureux du bassin. J'éclate de rire et l'imite. La musique nous emporte. Il me fait tourner sur moi-même, ses mains parcourent mes bras dans une infinie caresse. La pulpe de ses phalanges remonte sur mes épaules, puis sur mon cou. D'un geste subtil, il me fait pivoter et se plaque contre mon dos. Ses doigts se réfugient lentement sous mon ventre, son visage, dans ma nuque sur laquelle il dépose des baisers.

Nous ondulons l'un contre l'autre, sous le regard du Sacré-Cœur, et je danse, et je danse…

CHAPITRE 18

KAËL

Comme j'étais bien tout contre Zoé, à danser, à l'enlacer, à l'embrasser. J'ai tant besoin de me remémorer ces moments alors que je suis là, à arpenter les couloirs lugubres de la maison médicalisée où est internée ma mère. Je parviens jusqu'à sa chambre et inspire profondément, car je sais déjà ce que va provoquer en moi cette visite. J'en ressortirai mélancolique, triste et désemparé. *Comme à chaque fois*...

« Dégénérescence fronto-temporale », ont annoncé les médecins, il y a sept ans, quand sa maladie a été diagnostiquée. Une sorte d'Alzheimer. Une maladie dégénérative découverte après trois ans de dépression. Ça commence toujours comme ça, d'après eux.

Chaque fois que je viens la voir, j'angoisse à l'idée qu'elle ne me reconnaisse pas. La maladie affecte le langage, le comportement, la pensée abstraite et la capacité de mouvement. Les neurones de ma mère meurent les uns après les autres, et l'enferment dans une sorte de démence. Je me demande souvent si elle se rend compte de ce que ce putain de mal a fait d'elle. À l'aube de mes seize ans, elle était une femme élégante, apportant toujours du soin à ses tenues, à ses ongles, à son maquillage et à mon éducation. Elle avait aussi le don de calmer le tempérament orageux de mon père. Elle aimait danser dans notre salon, au rythme des chansons de Jean-Jacques Goldman, son chanteur préféré, et je riais chaque fois qu'elle me suppliait de me lever pour l'accompagner. C'est un peu ce que j'ai éprouvé quand j'ai dansé avant-hier, avec Zoé.

Puis le cauchemar a commencé, et ni moi ni mon père ne nous en sommes jamais relevés.

Elle est dans son lit, les yeux perdus sur la fenêtre. Elle tient fermement sa peluche qu'elle a nommée J-J. Personne ne peut lui enlever J-J, et je jure que j'éclaterai le premier qui voudra l'en séparer, car c'est sa compagne de tous les jours. Celle qui la rassure dans son océan de solitude.

Elle se tourne vers moi. Une lueur dans son regard me fait comprendre qu'elle me voit. Mon cœur se gonfle.

– Bonjour, Maman.

– Kaël, j'ai eu un yaourt au déjeuner, lâche-t-elle d'une voix trop rapide.

– Seulement un yaourt ?

Elle hausse ses épaules frêles. Je m'assieds sur son lit. Elle resserre ses mains sur sa peluche, de peur que je lui prenne. Cette fois, mon cœur se comprime.

– Tu en as encore sur le coin de la bouche, déclaré-je en m'emparant d'un mouchoir pour lui essuyer.

Elle ne dit rien et me laisse faire. Je lui souris et la regarde.

– J'ai rencontré quelqu'un, Maman.

– Jean-Jacques Goldman ?

Si elle oublie beaucoup de choses, elle s'est toujours remémoré ce chanteur. Je sais d'ailleurs que les psys s'emploient à stimuler les bribes de souvenirs auxquelles elle s'accroche.

– Non, pas Jean-Jacques. C'est une femme, elle s'appelle Zoé.

– Comme la voiture ?

Comment sait-elle ça ? Parfois je suis surpris de ce qu'elle peut exprimer. Elle a dû saisir cette information à la télévision qui est constamment allumée dans le hall déprimant de cet établissement.

– Oui, comme la voiture, déclaré-je, après avoir pouffé.

Mes yeux se baissent, un sourire gagne mes lèvres. À elle, je peux tout dire.

– Je crois que je tombe amoureux, Maman.

Quand la main de ma mère se pose sur ma joue et que son regard rencontre le mien, je sais qu'elle est là, avec moi. Jusqu'à ce que la brume revienne envahir ses prunelles et que ces dernières se rivent de nouveau à la fenêtre.

Lessivé, comme à chaque fois que je rends visite à ma mère, je rejoins Matteo à la terrasse du Petit Montmartre. Je ne rechigne pas à m'installer à l'ombre en sa compagnie. Les manches de mon tee-shirt sont retroussées sur mes épaules, je crève de chaud. Matteo a sorti les lunettes aviateur et observe les touristes arpenter les pavés du quartier. Quand son attention revient à moi, il me sourit, car il a deviné que j'ai besoin qu'il le fasse. Il le devine toujours. Lorsqu'il tend son index dans ma direction, en revanche, je ne comprends pas vraiment ce qu'il me veut.

– On peut savoir pourquoi Micka me demande de lécher tous les minous des actrices qui sont censées bosser avec toi, cette semaine ?

Mon ami a toujours eu le don de m'extirper de mes pensées obscures. C'est pour cette raison qu'il m'est si cher. Il n'ignore rien de ma situation, il est mon plus précieux soutien.

Je crispe les lèvres. J'aurais dû lui parler de mon accord avec Micka.

– Je ne veux plus avoir à le faire.

Je n'ai aucun mal à deviner qu'il écarquille les yeux derrière la monture de ses lunettes tendance.

– Tu… quoi ?

– Je veux réserver ma bouche à Zoé.

La mâchoire lui en tombe.

– Sérieusement ?

Mon expression est tout à fait sérieuse, justement. Matteo se recule sur sa chaise et pose les mains sur ses cuisses puissantes. Il n'en revient pas.

– Je pensais qu'elle avait accepté que tu…

– Elle n'accepte pas le porno, non. Et je ne souhaite pas qu'elle le fasse. Lors de mon dernier tournage, j'ai déraillé. J'ai pas pu… J'étais…

Je n'arrive pas à le dire. D'ailleurs je préfère ne pas me souvenir de ce moment où mes sentiments m'ont éclaté au visage. Avant Zoé, j'étais sans attaches. Je tournais sans me poser de questions, c'est différent aujourd'hui. Ma décision m'aidera à compartimenter mes émotions et à rester professionnel quand il s'agira de baiser mes partenaires. Mais plus question que ma bouche touche qui que ce soit d'autre que Zoé. Cette partie-là est à elle.

– Eh bien, je vais devoir en lécher des minous, dis-moi ! s'exclame Matteo qui ne s'en remet toujours pas.

– Comme si ça te dérangeait, répliqué-je.

Des fossettes se dessinent sur les joues de mon ami et valident ma remarque.

– Au fait, t'as des nouvelles de la petite rousse ? s'enquiert-il.

– Qui ?

– Charlotte, voyons !

Je hausse les sourcils. *Tiens, tiens*...

– Je ne savais pas que son bien-être te tenait tellement à cœur.

– N'importe quoi ! se renfrogne-t-il.

Je réprime le sourire qui me gagne.

– Je n'ai pas eu de ses nouvelles, non.

Axel vient me saluer. Je l'invite à la soirée entre hommes que j'ai prévue avec Matteo. Ça fait des années qu'on fête mon anniversaire dans mon appartement à coups de Get 27 et de Menthe-Pastille, une liqueur que je me fais spécialement livrer du Maine-et-Loire, puisqu'elle reste introuvable dans la région. Mais Axel doit bosser au bar. Je lui lance un regard déçu.

– Pas grave, mec. Une autre fois.

Il acquiesce, puis me dit :

– Je voudrais te remercier pour mon père et cette expo que tu prévois avec Zoé.

– C'est rien.

– Si, c'est beaucoup, Kaël, tient-il à rectifier.

– Vous avez déjà pris les photos ? demande Matteo.

– Ouais.

– Et ?

– Et quoi ?

– Zoé t'a vu à poil ?

– À ton avis ?

Axel glousse. Matteo me fixe sans rien lâcher.

– Putain, vous êtes particuliers, tous les deux.

– Comment ça ?

– Bah, je sais pas. T'arrêtes de lécher des chattes, tu te fous à poil devant ta voisine, tu te lances dans une relation platonique avec elle… Où est passé mon pote ?

– Devant toi.

Il sourit, et je sais à ce sourire qu'il est heureux pour moi.

CHAPITRE 19

ZOÉ

Kaël, qui n'est manifestement pas informé que sa soirée d'anniversaire ne se fera pas qu'entre hommes, affiche un visage surpris quand Matteo nous fait entrer dans son appartement. Après l'étonnement, il se lève, claque la bise à Charlotte, avant de se tourner vers moi, d'esquisser un sourire et de m'embrasser devant le regard appuyé de nos amis. Ses lèvres se détachent lentement de ma bouche, ses yeux peinent à me quitter. Une question s'immisce soudain dans mon esprit : *Pourquoi moi ?*

– J'imagine que tu ne bois pas de Get 27, me lance Matteo, après m'avoir saluée.

– Non, en effet, déclaré-je en riant, effaçant ainsi le doute qui m'a assaillie.

Kaël nous invite à nous asseoir sur son canapé en cuir, recouvert d'un large plaid. Je prends alors conscience que je ne suis jamais entrée chez lui.

Mon regard parcourt le salon dans lequel nous sommes installés. C'est la réplique du mien, à ceci près qu'il est plus encombré. Au sol traînent des haltères, une corde à sauter et divers accessoires de musculation. Dans l'angle, le manche de son tapis de course supporte des chemises tout juste repassées. Un meuble étagère est rempli de films et de livres. Si j'en crois leurs titres, je suppose que mon voisin apprécie particulièrement les thrillers et le genre fantastique. Une rangée de DVD est disposée au-dessus d'un nombre conséquent de romans de Stephen King.

Le locataire des lieux me sert un jus de fruits et pose deux verres sur la table basse. Je remarque que Charlotte et Matteo ne se sont étrangement pas encore dit un mot. Kaël s'assied sur une chaise et le silence perdure.

– Je pensais que tu avais été mis au courant de notre arrivée, lui dis-je en adressant un coup d'œil à Charlotte, qui elle-même en lance un à Matteo.

– C'est une belle surprise, mais je ne le savais pas, non, réplique Kaël en tournant ses yeux vers son ami.

– Sur le moment, j'ai pensé que c'était une bonne idée, se justifie ce dernier.

– Parce que maintenant, tu penses qu'elle est mauvaise ? déclare Charlotte.

Matteo oriente lentement son visage vers elle, ses yeux brillent.

– Je dirais plutôt que c'est la meilleure que j'ai eue depuis longtemps.

Charlotte, pas tout à fait préparée au jeu de charme que déploie Matteo, en a les joues qui se colorent. Ce dernier élargit un peu plus son sourire avant de lui lancer :

– As-tu aimé mes vidéos ?

– Je ne les ai pas regardées.

Je ne peux m'empêcher de pouffer. Kaël me dévisage et parvient à se retenir. Charlotte préfère s'enfiler son verre de Get 27 cul sec, pensant certainement que c'est la meilleure manière d'échapper aux provocations manifestes du bel Italien à l'accent de velours.

Je profite de cette accalmie dans leurs échanges pour tendre mon cadeau à Kaël. Il l'accueille en me remerciant, et fait exprès de laisser glisser ses doigts sur les miens. Le contact est électrisant.

– Un week-end à deux dans une thalasso, relève-t-il.

– Un peu de détente ne fait jamais de mal.

– Tu viendras avec moi ?

– Si tu veux, réponds-je, non sans réprimer l'expression joyeuse que me provoque cette invitation.

– T'es trop forte, Zoé ! s'exclame Charlotte. T'as le chic pour trouver des cadeaux qui te permettront d'en profiter toi aussi.

– Je ne crois pas avoir profité de la petite nuisette noire que je t'ai offerte à Noël.

– Si c'est que ça, s'immisce Matteo, je peux te remplacer.

Charlotte plisse les lèvres pour ne pas éclater de rire, puis lui rétorque :

– Tu ne saurais pas quoi faire de ma petite nuisette noire. Elle ne t'irait pas du tout.

– Mais je saurais quoi faire une fois que je te l'aurais enlevée, glisse-t-il sans se démonter.

OK…

La soirée se passe dans cette ambiance amicale, bien que le mot « amical » ne soit sans doute pas adapté. La tension sexuelle entre Charlotte et Matteo est palpable et devient même embarrassante une fois que la bouteille de Get 27 est vidée. Kaël sort la Menthe-Pastille et c'est le début de la fin. Charlotte avale certains mots et se perd dans ses phrases, Matteo rit plus fort et ne fait aucun effort pour que ma copine cesse de tergiverser.

– Et c'est comme ça que j'ai rencontré Zoé, termine-t-elle.

– J'ai rien capté, commente Kaël que l'alcool commence à griser.

– T'as pas bien écouté, mon pote, lui balance Matteo.

– Je crois que dans votre état, vous êtes les seuls à vous comprendre.

Charlotte glousse, je me pince les lèvres.

Il commence à se faire tard. Je suis fatiguée et mon ventre semble peser une tonne. Je grimace alors que je m'extirpe du canapé. Kaël se lève pour m'aider.

– Tu rentres ?

– Je suis K.-O., je vais me coucher.

Ses yeux pétillent à cause de l'alcool. Ses mains se plaquent sur mon visage, ses lèvres au goût de menthe se posent sur les miennes. Une chaleur soudaine s'empare de mes joues. Mais notre étreinte est trop vite interrompue par Matteo.

– Je ne suis pas en mesure de rentrer chez moi, mon pote.

– Moi non plus, remarque Charlotte.

C'est à cet instant que tout s'accélère sans que je le voie venir. Ma meilleure amie attrape mes clés et agrippe la main de Matteo. Le grand métis se lève, l'expression étonnée, vite effacée par le sourire qui vient éclairer son visage. Je n'ai pas le temps de dire *ouf* qu'ils partent tous les deux en direction de mon appartement.

– Je… Non, non, non !

Je les chope sur le palier. Le corps de Matteo est collé au dos de Charlotte qui cherche la bonne clé.

– Pas question que vous alliez chez moi ! tonné-je, effarée.

Tous deux se retournent en même temps, me toisent et reviennent sur leurs pas.

– Très bien, lâche Charlotte, avant de s'adresser à Kaël. C'est vraiment sympa de nous laisser dormir chez toi.

– Dormir ? répète-t-il, ahuri.

Ma meilleure amie ne répond pas et nous pousse vers la sortie, avant de me rendre mes clés et de fermer la porte. Kaël et moi restons comme deux idiots sur le palier. Puis on se regarde et on éclate de rire.

CHAPITRE 20

KAËL

Pourquoi ne suis-je pas étonné de la tournure qu'a prise cette soirée ? Ce n'est pas comme si je n'avais pas détecté les regards lascifs que se lançaient Charlotte et Matteo. On pouvait difficilement faire plus explicite. Si mon attention n'avait pas été essentiellement tournée vers Zoé, j'aurais pu deviner comment tout ça allait finir. Je n'en reviens pas d'avoir été viré de mon appart, putain !

Zoé prend une douche et moi je patiente sur son lit, guettant le moment où elle réapparaîtra dans la chambre. C'est la première fois que l'on va dormir ensemble, et j'admets que je n'y suis pas préparé, d'autant que j'ai l'esprit embrumé par les quelques verres d'alcool que j'ai avalés. Je sais qu'il ne se passera rien, mais mon cœur tambourine à l'idée de m'étendre à côté d'elle.

Quand enfin elle se glisse sous les draps, vêtue d'une chemise de nuit qui marque joliment les courbes de son ventre, je note immédiatement que ses yeux consultent ce que je porte. Pas grand-chose, à vrai dire, vu que j'ai été foutu dehors sans sommation. Cela dit, je ne possède aucun pyjama et dors toujours en boxer. Cette nuit ne fera pas exception.

Zoé se positionne sur le flanc et je l'imite.

– As-tu passé une bonne soirée ? demande-t-elle.

– Disons que ça me change de mes derniers anniversaires.

Elle sourit.

– Charlotte a de la suite dans les idées.

– Elle et Matteo étaient faits pour s'entendre, commenté-je.

On rit et mon regard se perd dans ses prunelles. Je lève la main et replace une mèche rebelle de ses cheveux détachés derrière son oreille. *Elle est si belle.*

Mes doigts parcourent son cou, remontent jusqu'à ses joues et sinuent doucement sur le haut de sa poitrine, avant de dessiner des cercles sur son épaule.

Nos yeux sont soudés.

Nos âmes sont liées.

Je m'approche pour l'embrasser, mais au moment où ma bouche s'apprête à rencontrer la sienne, un long gémissement nous parvient de derrière la cloison. C'est ce que je redoutais !

– Prêt pour une chevauchée, Francesco Duro ? entends-je nettement la voix de Charlotte.

Zoé écarquille les yeux.

– Fais de moi ton étalon, jolie rousse !

Et c'est là que ça se complique.

J'ai toujours su que Matteo exprimait son plaisir sans contrainte. Que Charlotte en fasse autant, je ne m'y attendais pas, en revanche. Des feulements, des grincements de mon lit malmené, et des cris commencent à s'élever, ça devient franchement gênant. Zoé pleure doucement de rire. Puis un fracas fait résonner le mur. Putain, mais ils vont péter mon pieu !

– T'aimes qu'on te prenne par-derrière, petite cochonne !

Sérieusement, Matteo...

– Oh la vache ! lâche Zoé qui repart dans un fou rire.

Charlotte glousse avant de gémir très longuement et de beugler :

– Plus fort !

– Fallait pas me dire ça, bébé !

Cette fois, je ne tiens plus, et je crains que Zoé se pisse dessus. Je tape sur la cloison.

– Bordel, mec, sois plus discret ! crié-je.

Il me hurle, tout guilleret :

– Kaël, je suis baisé par le feu !

Je me plaque sur le dos et décide que c'en est trop. J'ai pourtant l'habitude d'entendre Matteo prendre son pied, mais là, alors qu'il m'est impossible de l'imiter avec Zoé, ça me fout en rogne. C'est mon anniversaire, merde !

Pris d'une impulsion, je me redresse et m'assieds, tentant d'échapper aux remarques salaces que se balancent nos amis. Je me tourne vers Zoé.

– On va faire un tour ?

– Avec plaisir !

Ni une ni deux, on enfile des fringues et on se tire de là. Je peste encore contre mon meilleur pote, tandis que nous parvenons sur le trottoir devant l'immeuble. La situation est surréaliste. Putain d'enfoiré d'Italien !

– Une marche vivifiante ne te fera pas de mal, me lance Zoé.

– J'suis déjà dégrisé à cause de ce mec, là-haut.

– Il n'est pas tout seul. Tu sous-estimes la détermination de Charlotte !

– On y réfléchira à deux fois la prochaine fois qu'on les invitera.

– Peut-être qu'un jour, on se vengera !

Je pouffe, avant de comprendre ce qu'elle me dit. Si un jour, j'arrête le porno pour n'être qu'à Zoé, je promets que Matteo s'en mordra les doigts. Puis je chasse cette pensée et m'imagine faire l'amour avec elle. Dans mon esprit, il n'est pas question que qui que ce soit nous entende. Notre relation sera notre bulle, notre jardin secret, notre paradis au milieu des ruelles de Montmartre.

Comme si elle partageait mes réflexions, elle plante un regard attendri dans le mien, et se met sur la pointe des pieds pour venir m'embrasser.

Nos langues se retrouvent, des flammes se répandent dans ma gorge. Je la serre contre moi.

– J'ai hâte que ce jour arrive, dis-je tout contre ses lèvres.

– Hâte d'exercer ta vengeance, tu veux dire ?

– Hâte de me fondre en toi, Zoé.

Elle marque un hoquet de surprise et j'en souris.

Ma main glisse dans la sienne.

Nous amorçons notre marche à la lumière des réverbères. Quelques bruits nous parviennent ici et là, mais la nuit nous berce enfin de son calme apaisant.

– Tu voudrais partir où en week-end ? m'enquiers-je en repensant à ce qu'elle m'a offert plus tôt.

– C'est un cadeau, Kaël, c'est à toi de choisir. D'ailleurs rien ne t'oblige à y aller avec moi.

Je me tourne vers elle, et tire un peu sur son bras, avant de me pencher sur son oreille.

– Je n'irai avec personne d'autre que toi.

Ses yeux se figent sur mes lèvres, puis se relèvent pour s'ancrer aux miens. Quand soudain ils s'écarquillent et que je discerne de la crainte les traverser, je ne comprends pas ce qu'il se passe. Zoé baisse la tête en direction de ses jambes. Mon regard perplexe suit le sien, se pose sur le bas de sa salopette en jean, et remarque que le tissu s'assombrit lentement. Mon front se plisse. Lorsque je reporte mon attention sur le visage de Zoé, elle peine à respirer.

– Bordel, je perds les eaux !

Mes mots se bloquent dans ma gorge. Si j'avais un doute, il y a cinq minutes, maintenant je suis certain que cet anniversaire restera à tout jamais gravé dans ma mémoire !

CHAPITRE 21

KAËL

Me voici à patienter dans le 19e, à l'hôpital Robert-Debré. Je suis seul dans la salle d'attente du service obstétrique, à espérer des nouvelles de Zoé depuis près d'une heure. Dès qu'elle a perdu les eaux, j'ai appelé un Uber. Quand nous avons été déposés à bon port, le chauffeur a râlé que son siège arrière était foutu. Apparemment, une fois qu'une femme perd les eaux, ça ne s'arrête plus. J'ai halluciné de constater tout le liquide que peut contenir le ventre d'une femme enceinte. Zoé lui a flingué sa voiture en une seule course. J'ai dû donner un pourboire conséquent au chauffeur pour qu'il cesse de me casser les couilles. Ne voyait-il pas que j'avais la trouille ? Mais la mienne était loin d'être aussi valable que celle de Zoé.

– J'ai peur, Kaël ! a-t-elle crié dans l'habitacle quand la première contraction lui a arraché un hurlement.

Je me suis empressé de joindre son frère, puis j'ai contacté Charlotte. Cette dernière ne m'a pas répondu, sans doute trop occupée à satisfaire Matteo. Il a fallu du temps avant qu'elle me rappelle. Elle ne devrait pas tarder à se pointer. Au loin, j'entends des cris de femme, et à chacun d'eux, je blêmis. Zoé est seule à vivre son accouchement, puisque le père du bébé a déserté. La frayeur que j'ai lue dans son regard lorsqu'elle a été emmenée m'a brisé le cœur.

– Comment va-t-elle ? me demande Eliot, qui me rejoint dans la salle d'attente.

Je me lève, le salue, et remarque qu'il est essoufflé. Il porte un sac, celui contenant les affaires de Zoé.

– J'ai pas de nouvelles depuis qu'elle est partie en salle d'accouchement.

Un hurlement lointain attire notre attention. Eliot pâlit.

– On a de la chance d'être des mecs, putain.

– Je ne te le fais pas dire, conviens-je.

À cause de la maladie de ma mère, je me suis promis de ne jamais avoir d'enfant. Le risque d'hérédité est trop élevé, et je ne supporterais pas que le fruit de ma chair ait à subir ce qu'elle vit. À présent que je suis dans cette salle d'attente, au bout du couloir d'une maternité, où quelques femmes s'apprêtent à donner la vie dans la douleur, je suis définitivement convaincu que ma décision est la bonne.

Eliot semble fatigué. Les cernes sous ses yeux ravagent ses traits. Le mec n'était clairement pas prêt à être réveillé en pleine nuit. Il s'affale sur le siège à côté de moi, pose ses coudes sur ses genoux et plonge la tête dans ses mains.

– Un café ? demandé-je.

Son visage se tourne vers moi.

– Carrément.

Nous partons en direction de l'étage où plusieurs distributeurs de boissons et de bouffe se succèdent. Eliot siffle son café à la vitesse de l'éclair.

– Merci de t'être occupé d'elle, dit-il.

– Je n'ai fait que l'amener ici.

– Mais elle n'était pas seule quand c'est arrivé, et ça compte, tu vois.

Je devine ce qu'il veut vraiment exprimer. Elle a déjà vécu sa grossesse dans la solitude, et je n'ai aucun mal à me souvenir de la panique qu'elle a éprouvée lors de notre rencontre et de cette fausse alerte. Cette fois, c'est la bonne. Zoé va accoucher.

– T'as conscience que les prochains mois vont être compliqués pour elle ? déclare Eliot.

– Je te mentirais si je te disais oui. Je n'ai aucune idée de ce que la naissance d'un bébé implique, si ce n'est que les parents sont en général fatigués, les premiers temps.

– Elle sera seule pour…

– Elle ne le sera pas, affirmé-je.

Eliot plante son regard dans le mien. Il me sonde, j'en suis certain.

– Je vois bien que tu tiens à elle, dit-il enfin, mais je ne sais pas si c'est le moment pour elle de vivre une histoire avec…

– Un acteur porno.

– Un homme, corrige-t-il. Et ouais, ta profession n'est pas vraiment idéale à mes yeux. Mais elle…

Il se tait, et je sens que c'est l'heure des confidences. Eliot veut lâcher ce qu'il a sur le cœur et je le comprends. Si j'avais eu une sœur, je serais aussi inquiet que lui.

– Je ne lui ferai aucun mal, tenté-je de le rassurer, voyant qu'il peine à trouver ses mots.

– T'as intérêt ou je te coupe les couilles, or je crois savoir que tu en as besoin.

Je souris.

– Ouais, elles me sont utiles.

– Comme à nous tous, mec.

L'ambiance s'est légèrement détendue après cet échange et nous regagnons la salle d'attente, plus apaisés. Lorsqu'on y entre, un couple dans la soixantaine se lève aussitôt et vient enlacer Eliot.

– Oh chéri, c'est pour cette nuit ! s'exclame joyeusement la femme, dont la ressemblance avec Zoé et son frère est manifeste.

– Oui, Maman. Elle doit avoir besoin de toi.

– J'ai prévenu une infirmière dès mon arrivée. On devrait bientôt venir me chercher pour assister à l'accouchement.

J'éprouve du soulagement à cette révélation. Zoé ne sera pas seule dans ce moment unique et effrayant, aussi beau qu'angoissant. Je n'imagine que trop la crainte qu'elle doit ressentir. Quant à la souffrance que je discerne dans les cris qui s'élèvent dans le couloir, elle ne fait que renforcer mon admiration pour les femmes. *Pour Zoé.*

– T'as l'air froissé, lance son père à Eliot.

– T'as pas l'air beaucoup mieux, Papa.

Il sourit.

– La dernière fois que j'ai pris la route depuis la Normandie en pleine nuit, c'était pour venir te chercher à quatre heures du matin devant une boîte de strip-tease, parce que tu avais trop bu.

– Je regrette tellement de n'avoir aucun souvenir de cette soirée.

Son père se marre, puis il s'oriente vers moi, lui-même rapidement imité par son épouse. Je le vois soudain plisser les yeux, sa femme forme un « O » parfait avec sa bouche. *Merde*...

Un silence gênant s'installe, jusqu'à ce qu'il soit rompu par Eliot.

– Sérieusement ? lâche-t-il. Putain, mais vous êtes dégueu !

Sa mère ne s'en remet pas. Son père se racle la gorge.

– C'est Kaël, le voisin de Zoé, me présente le frère de cette dernière.

– K... Kaël.

– C'est lui qui l'a amenée ici, dès qu'elle a perdu les eaux.

– Oh.

L'embarras général n'a toujours pas disparu. La mère de Zoé semble muette.

– Merci, Kaël, déclare son père en me tendant la main.

– De rien, monsieur…

– Alain, et voici ma femme, Marie.

– De rien, Alain, terminé-je en le saluant.

– Madame ? demande une infirmière, qui vient d'entrer dans la salle d'attente.

La mère de Zoé se reprend et se rue vers elle.

– Comment va ma fille ? s'enquiert-elle, aussitôt.

– Elle est dilatée à six centimètres et ne va pas tarder à recevoir sa péridurale. Je vais vous accompagner auprès d'elle.

Elles quittent immédiatement les lieux et nous laissent dans un silence pesant. Je retrouve ma place sur mon siège. Eliot et Alain s'installent en face de moi. Je ne suis qu'à quelques mètres et j'ai l'ouïe fine. Leurs murmures ne m'échappent pas, contrairement à ce qu'ils croient.

– J'en reviens pas que tu regardes des films de cul avec Maman, chuchote Eliot.

– Mon garçon, quand tu auras mon âge, tu comprendras qu'il faut parfois innover.

Son fils roule des yeux et soupire.

– Dégueu, répète-t-il.

– Il est qui, pour Zoé ?

J'hésite à me lever et à quitter la pièce.

– C'est le mec dont ta fille est tombée amoureuse, annonce Eliot.

Mon cœur se gonfle. Que le propre frère de Zoé évoque ses sentiments – sentiments qu'elle n'a jamais exprimés – le fait pulser plus vite.

– Mais il… il fait du X, murmure son père.

– C'est compliqué, Papa. Pense pas à ça pour l'instant.

Cette fois, je me redresse, prétextant vouloir me restaurer un peu. Au moment où je les quitte, je croise Charlotte qui court vers la salle d'attente, ses cheveux emmêlés forment un nid d'oiseau au-dessus de son crâne. Je me retiens de glousser. Elle m'adresse un clin d'œil, avant de rejoindre la famille de Zoé.

Maintenant que je suis seul à déambuler dans le couloir, je respire et repense aux paroles d'Eliot.

« Le mec dont ta fille est tombée amoureuse… »

CHAPITRE 22

ZOÉ

– Je vois la tête, poussez Zoé ! m'ordonne la sage-femme.

Ma mère me serre la main et je m'exécute encore, mais je suis si fatiguée que je n'y arrive plus. C'est alors qu'une infirmière se positionne pour placer le dos de ses avant-bras au-dessus de mon ventre.

– On va aider ce bébé fainéant à sortir.

Je ne sais pas qui est le plus fainéant, du bébé ou de moi. Je n'en peux plus. Ces dernières heures m'ont vidée de toute énergie. Jamais je n'ai autant souffert. Jamais je n'ai éprouvé tant de haine contre Adam, qui m'a laissée seule affronter ce moment. C'est lui qui devrait être ici à tenir ma main, à guetter impatiemment la naissance de notre enfant. C'est lui qui devrait me soutenir et me rassurer, alors que je vis l'instant le plus effrayant de mon existence de femme. Le plus merveilleux aussi, car bientôt, je serai maman.

Mes sentiments me submergent sans que je puisse l'empêcher. C'est à peine si j'arrive à penser.

J'ai pleuré. J'ai hurlé. J'ai peur. Et je suis épuisée.

Tout à l'heure, j'ai failli embrasser sur la bouche l'anesthésiste manifestement très proche de la retraite, après qu'il m'a injecté la péridurale. Depuis, je n'ai plus mal, mais je n'ai plus la force… non je n'ai plus la force.

– Poussez !

Je pousse, putain !

– Courage, ma chérie, me souffle ma mère.

J'aimerais dire que ses paroles m'encouragent, mais ce n'est pas le cas. Je suis tellement lasse. Mais je dois le faire, alors je serre les poings, broyant ses doigts au passage, et mets tout ce qu'il me reste d'énergie dans l'effort.

Puis un cri retentit dans la salle d'accouchement. Non, pas un cri. Des pleurs. Des pleurs de bébé… Mon cœur tressaute. Mon visage se tourne vers le nourrisson que la sage-femme tient dans les mains. Elle l'a aussitôt emmitouflé et je ne peux pas voir son sexe. Je veux savoir !

– Un bébé bien en chair et en bonne santé, me rassure l'infirmière, avant de l'amener près de moi.

Mes yeux se rivent sur mon enfant. Mes larmes débordent, de fatigue, de fascination et de joie. Et soudain le miracle se produit : toutes les douleurs sont oubliées, les longs mois de ma grossesse, évaporés. *Mon bébé*...

– Oh, Zoé, s'émeut ma mère.

Mais je n'y prête pas attention, tant je suis subjuguée d'avoir mis ce petit être au monde. Il est parfait. Pas très propre, mais parfait.

– C'est une jolie petite fille, Zoé.

J'éclate en sanglots en tendant les mains. L'infirmière la pose sur ma poitrine en la couvrant d'un drap. Mes doigts caressent les joues de ma fille, puis s'attardent avec douceur sur sa petite touffe de cheveux noirs. *Ma fille…* Comme c'est étrange. Comme c'est magnifique…

– Lilou.

Je n'avais pas véritablement choisi de prénom, pourtant j'ai perdu des heures à parcourir les sites qui en proposaient. À cet instant, il me vient naturellement.

– C'est vrai qu'elle se porte bien, déclare ma mère, la voix tremblante d'émotion.

Des petits bras potelés. Un visage poupon. Elle est parfaite !

– Nous allons devoir vous la prendre et faire les premiers soins, m'explique la sage-femme.

Je hoche la tête pendant qu'elle demande à ma mère de couper le cordon. J'ai la douloureuse impression qu'on m'ampute d'un membre quand l'infirmière se saisit de Lilou.

Pendant qu'elle nettoie ma fille, la sage-femme s'occupe de me faire quelques points à un endroit où je suis heureuse de ne plus rien ressentir.

– Je n'en ai fait que cinq, dit-elle, ce n'est qu'une petite déchirure.

Je pense que ça se discute, mais je me tais, mon attention toujours fixée sur l'infirmière et sur Lilou qui pleure à chaudes larmes.

Puis vient le moment où elle a terminé et revient vers moi.

– Si vous souhaitez l'allaiter, il serait bien de commencer maintenant.

À vrai dire, je n'ai pas encore pris ma décision, ce que je n'ai pas osé affirmer à Charlotte et Matteo lorsqu'ils m'ont offert ces fameux tire-lait. Je m'étais dit que je verrais comment cela se passerait le jour J. Quand l'infirmière place ma fille sur mon ventre et que cette dernière recherche activement mon sein, je redoute un peu. Au moment où elle s'empare de mon mamelon et tète goulûment, l'émotion dans ma poitrine est si puissante que mon choix n'est pas difficile à prendre. Je le ressens ainsi, et ne me pose pas de questions, tant je suis subjuguée.

***

– Nom de Dieu, mais c'est quoi ces obus ? s'exclame Eliot en entrant dans ma chambre, en compagnie de mon père.

Ce dernier se racle la gorge.

– C'est la montée de lait, idiot ! s'insurge ma mère en lui tapant sur l'épaule.

Mon père et mon frère se penchent sur le berceau en plexiglas dans lequel sommeille Lilou. Cela fait deux jours que j'ai accouché et je suis encore alitée. Pour l'instant, je n'ai pas à me plaindre, elle dort la plupart du temps, et quand elle se met à pleurer, c'est pour assouvir sa faim.

– Elle est magnifique, déclare mon père.

– Elle va ouvrir les yeux à un moment ? demande Eliot. Non, parce qu'à chaque fois que je viens, elle pionce.

– Quand elle va les ouvrir et qu'elle braillera, tu regretteras ce que tu viens de dire, réplique Maman.

Mon frère me plante un baiser sur la joue.

– Elle est merveilleuse, dit-il.

Je souris, puis n'y tenant plus, je pose la question qui me taraude depuis la veille.

– Où est Kaël ?

Eliot consulte rapidement Papa des yeux, puis revient à moi.

– Il est resté toute la nuit de ton accouchement.

– Oh.

– Il est aussi venu hier prendre de tes nouvelles. Je crois qu'il a cru bon de te laisser en famille le temps que tu te reposes un peu.

Je trouve ça touchant, mais je me sens étrangement abattue. De plus, j'ai le sentiment qu'Eliot ne me dit pas tout au moment où il jette un nouveau coup d'œil sur mon père.

– Je suis certain qu'il viendra aujourd'hui, poursuit mon frère.

Je n'ose pas dire que je l'espère.

– Cet homme est… intéressant, déclare Papa, tandis que son front se plisse.

À la gêne manifeste qui se lit sur son visage, je devine qu'il est au courant du métier singulier qu'exerce Kaël. Ça, je ne l'ai pas vu venir…

– Il l'est, Papa.

– J'en suis sûre ma chérie, commente ma mère.

– Il est plus jeune que toi, n'est-ce pas ? continue mon père, qui s'aventure sur un chemin glissant.

– En effet.

– Et il est…

– … génial, alors arrête avec tes remarques blessantes.

– Oh, mais… je ne voulais pas te blesser, ma puce.

Je vois à son regard que ce n'est pas son intention, mais ce qu'il a dit me reste en travers. Je comprends qu'il s'inquiète. Eliot a fait pareil. Mais j'ai passé l'âge de recevoir des leçons. Même si je peux comprendre leurs griefs quant à la situation de Kaël, je garde en tête que tous deux ne savent rien de lui. Puis je me rappelle que mon père n'a jamais été fan des tatouages. Qu'il n'a jamais apprécié Adam, pourtant vierge de tout dessin sur son corps, et cela même avant que sa véritable personnalité se révèle. En réalité, aucun des hommes que j'ai fréquentés n'a eu grâce à ses yeux. Mais Kaël n'est pas comme les autres. Ce que j'éprouve pour lui, je ne l'ai jamais ressenti. Je m'apprête à prendre sa défense quand on frappe à la porte de ma chambre. *Et c'est lui…*

Il porte un bouquet de fleurs et un ballon de baudruche sur lequel est inscrit « Félicitations ! ». Mes lèvres se courbent à cette attention. Mon cœur s'emballe de le revoir enfin et mes yeux pétillent de quelques larmes que j'ai du mal à retenir. Depuis l'accouchement, je ne fais que pleurer, et je ne sais pas toujours pourquoi. L'infirmière dit que c'est à cause de la chute d'hormones. *Formidable...*

Kaël pose le bouquet sur la desserte près de la porte et y attache le ballon. Puis il s'approche doucement. Je ne sais pas s'il a remarqué que ma famille se tenait le long du mur de ma chambre, puisqu'il n'a toujours pas détourné les yeux de moi. Ce n'est que lorsqu'il perçoit le berceau dans son champ de vision que son attention se détourne. Il s'incline au-dessus. Le sourire scintillant qui flotte alors sur ses lèvres m'envoie tout droit au paradis. Son regard azur se relève sur moi, chargé d'un air fasciné qui me touche tant que, cette fois, mes larmes débordent.

– Elle est parfaite, dit-il, tandis que ses doigts se portent sur mon visage pour les essuyer.

Ma poitrine se gonfle à ces mots.

Quand il se penche sur moi et que sa bouche s'approche enfin de la mienne, un raclement de gorge retentit derrière lui. *Eliot...*

– Salut, Kaël.

Ses yeux s'écarquillent. Je devine qu'il prend enfin conscience de la situation. Il se redresse et secoue la tête, avant d'aller serrer la main à mon frère et à mes parents.

– Pardon, je…

– Vous étiez dans la lune, mon garçon, lance ma mère en souriant.

– Oui, je… j'avais hâte de voir comment vous vous portiez toutes les deux, déclare-t-il à mon intention.

– À part que je pleure pour un oui ou pour un non, tout va bien, le rassuré-je.

– Tu as l'air si fatiguée…

– À son âge, on récupère moins vite, lâche mon père.

Je le fusille du regard. Oh, je sais ce qu'il fait. Il s'inquiète pour moi et rappelle à Kaël tout ce qui nous sépare. Cette fois, je lui en veux, et à sa mine désormais embarrassée, je crois qu'il a compris que son attitude n'est non seulement pas digne de lui, mais qu'en plus elle m'a blessée.

– Ce qui fait que j'admire tant votre fille, rétorque Kaël, du ton de celui qui ne se laissera pas décontenancer.

– C'est si mignon ! s'emporte soudain Maman, dans le but évident de détendre l'atmosphère.

Je m'amuse de son timbre jovial, avant de m'interroger sur sa manière de l'observer. Est-ce possible qu'elle ait aussi vu un de ses films ? *Seigneur...* Puis je me dis que peu importe, car à son expression, je vois qu'elle est tombée sous le charme de mon voisin. Comment ne pas y succomber de toute façon ?

– Je propose qu'on aille boire un café, suggère Eliot à mes parents.

Et c'est soulagée que je les vois quitter ma chambre, me laissant seule avec Kaël, et ma fille.

Un petit silence s'installe tandis que ce dernier observe la porte qui vient de se fermer. Puis il se retourne, ses fossettes marquant agréablement ses traits.

– Je peux t'embrasser, maintenant ?

Mon sourire lui adresse ma réponse. Il se penche et pose un baiser sur ma bouche, puis un autre et encore un autre.

– Tu m'as manqué, murmure-t-il contre mes lèvres.

– J'ai eu peur que tu ne reviennes jamais, après…

Il se recule, interloqué.

– … après que j'ai hurlé à la mort dans la voiture et que j'ai mouillé mon pantalon, terminé-je.

Il s'esclaffe et me prend la main.

– Je ne m'y attendais pas, mais je suis heureux d'avoir été là.

Son regard se tourne vers mon bébé et se pose sur l'étiquette qui mentionne son prénom, sa taille à la naissance et son poids.

– Lilou, souffle-t-il.

À croire qu'il fallait qu'il l'appelle pour que ma beauté se décide à se réveiller. D'abord un œil, puis deux. Elle cligne un peu des paupières et se met à s'agiter.

– Elle doit avoir faim, remarqué-je, tu veux bien me l'amener ?

D'abord, il se tend à cette idée, puis se lève avec hésitation et prend une inspiration avant de plonger les bras dans le berceau. Il prend bien garde à en laisser un derrière la tête de Lilou et la soulève, son corps crispé exprimant sa crainte de la faire tomber. Je me pince les lèvres pour ne pas sourire, car je trouve cette scène adorable. Quand je la lui prends des mains, son visage marque le soulagement. Lorsque je sors mon sein pour le lui donner, ses yeux s'arrondissent. Je rougis devant sa mine perplexe, puis me mets à rire, tandis que Lilou se régale de sa tétée.

– Ils sont… ils sont gros, me taquine-t-il.

– Énormes, tu veux dire ! corrigé-je. Ils me font mal, aussi. Mais j'ai la solution, n'est-ce pas ? J'ai deux tire-lait, à présent.

Il rigole en secouant la tête, puis l'allaitement se poursuit dans un silence à peine troublé par les bruits de succion de ma fille. Kaël observe la scène avec fascination. Lorsque son regard se relève sur le mien, le temps se suspend.

Je sais une chose désormais : quoi qu'il arrive entre nous à l'avenir, je n'oublierai jamais ce qu'il a fait pour moi.

Qu'il a été là, pour moi.

CHAPITRE 23

KAËL

– Ses parents la ramènent aujourd'hui, annoncé-je à Matteo.

– Tu as rencontré les parents de Zoé ?

– Ouais.

– Et ?

– Et ils sont du genre à mater du porno.

– Oh, merde ! lâche mon pote, qui se plie de rire.

– Arrête, putain, c'était gênant.

– Tu m'étonnes !

Je l'observe et croise les bras en reculant mon dos sur ma chaise.

– Cela dit, ce n'était peut-être pas aussi gênant que de t'entendre batifoler avec Charlotte dans mon propre lit.

Un sourire s'immisce lentement sur le visage de mon ami. Je devine à cette expression qu'il est en train de se remémorer ce moment d'anthologie.

– On tourne des films depuis cinq ans, toi et moi, réplique-t-il, amusé, je suis surpris que ça t'ait embarrassé.

– Dans mon pieu, Matteo. Pas sur un tournage, mais dans mon propre pieu, alors que j'allais passer ma première nuit avec Zoé.

– T'aurais rien fait avec elle de toute façon ! Ah si, pardon, tu lui as réservé ta bouche, j'oubliais, se moque-t-il.

– T'es qu'un connard.

– On peut faire tant de choses avec une bouche.

– Un gros connard.

Il glousse et boit une gorgée de son café.

– Tu vas la revoir ? demandé-je.

– Qui ?

– Charlotte !

Il plisse les yeux, avant de les porter sur son smartphone posé bien en évidence sur la table. Je ne comprends pas très bien ce qui lui prend, jusqu'à ce qu'il s'explique :

– Je lui ai laissé plusieurs messages.

– Et ?

– Elle ne m'a pas répondu.

Je pince les lèvres pour ne pas pouffer. C'est pas tous les jours que Matteo rencontre une fille qui le snobe après un plan cul. D'ailleurs, je m'interroge…

– Tu en es où avec Suzie ?

Il se racle la gorge, mal à l'aise à la mention de l'actrice qu'il fréquente depuis deux ans, ce qui me surprend, car ce n'est pas du tout son genre de paraître confus. Cette émotion est cependant fugace et son visage retrouve rapidement son expression nonchalante.

– On est un couple libre, tu le sais.

– Alors, pourquoi ça a l'air de te poser un problème ?

– Ça ne m'en pose aucun.

Il me ment, et alors que je suis prêt à creuser le sujet, mon regard est attiré vers le bar du Petit Montmartre, sur un type, de dos, qui parle à Axel, et que je crois reconnaître. *Eliot !*

Lorsqu'il se tourne, muni de sa tasse de café, en quête d'une place pour le boire tranquillement, je lui fais signe de la main. Quand il m'aperçoit, il se fige un instant, puis s'approche de notre tablée.

– Tu restes un moment avec nous ? l'invité-je en lui désignant la chaise à nos côtés.

Il hoche la tête et s'y installe.

– J'attends que mes parents ramènent Zoé et ma nièce.

– Félicitations, Tonton ! lance Matteo en lui tapant franchement sur l'épaule.

– Ouais, j'suis content.

– On devrait fêter ça ! déclare mon pote. Une bonne beuverie entre hommes, c'est ça qu'il nous faut.

– Euh… hésite le frère de Zoé.

– Matteo, l'interpellé-je, je ne suis pas sûr que…

– Oh allez, Eliot, c'est pas tous les jours qu'on devient tonton.

– T'es l'oncle de douze enfants, préféré-je lui rappeler.

– Et j'ai fêté dignement chaque naissance !

– T'es l'oncle de douze enfants ? répète Eliot.

– Mes sœurs sont prolifiques. Sauf une, mais… c'est compliqué. C'est la plus jeune, alors elle n'a pas intérêt à se précipiter.

J'éclate de rire au souvenir de Matteo reprochant à Gina de raccourcir ses jupes. Vu le caractère de cette dernière, il n'a pas mis longtemps à se prendre une soufflante digne de ce nom.

– OK, accepte Eliot, si vous insistez…

– Parfait ! s'exclame Matteo en consultant sa montre. Mais d'abord, j'ai un tournage. Je viendrai te chercher chez toi après. À moins que…

Mon regard s'écarquille, car je devine immédiatement ce qu'il va proposer à Eliot, et ça ne va pas du tout ! Je n'ai pas le temps de m'insurger qu'il termine sa phrase.

– … que tu m'accompagnes à ce tournage. Tu pourrais rester en coulisse, si tu veux.

La bombe est lâchée. Mes yeux lancent des boules de feu à Matteo, tandis qu'Eliot l'observe comme s'il était le messie.

– Carrément partant ! J'irai voir ma sœur demain, on n'est pas à un jour près, hein ?

Je me frappe le front avec la main.

– Matteo, je ne suis pas sûr que…

Eliot tourne son visage vers moi et me fusille du regard.

– Tu sors avec ma sœur, lâche-t-il.

– Oui, enfin, c'est pas tout à fait…

– Tu sors avec ma sœur, et tu niques d'autres nanas qu'elle, alors ne t'avise même pas d'essayer de m'empêcher d'aller voir ce putain de tournage !

Je capitule en levant les mains. Ses arguments sont imparables.

Quand je rejoins Eliot et Matteo au Pachamama, un club latino situé dans le quartier de Bastille, je remarque aussitôt que le frère de Zoé a des étoiles dans les yeux. Son air béat ne laisse aucun doute sur le fait qu'il a apprécié son après-midi. Il se marre avec Matteo. Je constate que cette expérience dans la vie d'homme d'Eliot les a rapprochés. Mais je ne lui poserai aucune question, car je ne veux pas être impliqué au cas où cela arriverait aux oreilles de Zoé.

– Oh, mais t'es Neil Jordan ! m'interpelle une fille un peu éméchée, tandis que je m'approche d'eux.

J'acquiesce en silence et poursuis ma route.

– Hey ! revient-elle à la charge. Si t'as rien à faire cette nuit, je peux…

– Non, merci, la coupé-je.

Elle m'envoie un regard empli de reproches et se tire en murmurant un « connard ». Je m'en carre et rejoins mon ami et le frère de Zoé.

– T'as vu ma sœur ? me demande aussitôt Eliot.

– J'ai voulu, mais ton père m'a dit qu'elle dormait.

– Tu l'as cru ?

– Pas vraiment.

– C'est dommage que tu ne sois pas venu à ce tournage, lance Matteo, après m'avoir commandé un rhum-coca.

– Je ne crois pas, non, répliqué-je en jetant un coup d'œil à Eliot.

Mon ton ne décourage pas mon pote.

– Si tu avais vu le… Mais putain, elle fait quoi ?!

La surprise un brin colérique que je perçois dans les mots de Matteo m'oblige à suivre son regard. Quand mes yeux se posent sur la jeune femme qui se déhanche sensuellement avec un type sur une bachata endiablée, j'éclate de rire. Ce n'est en revanche pas le cas de mon pote qui amorce une marche décidée dans sa direction.

– Il se passe quoi ? s'enquiert Eliot.

– C'est Gina, la sœur de Matteo. Ne crois pas qu'on soit ici par hasard. Elle vient danser dans cet endroit tous les jeudis. Je pense que c'est son mec qui est avec elle, et Matteo ne le supporte pas.

– Il n'est pas un peu gonflé de la juger quand on sait qu'il se tape des filles à longueur de journée ? relève très justement le frère de Zoé.

– Quand il s'agit de sa petite sœur, il manque de lucidité.

Le regard d'Eliot s'attarde sur Gina. Ses longs cheveux noirs, aussi sombres que ses yeux et que sa tenue, relèvent la couleur du rouge à lèvres écarlate qui contraste avec la peau hâlée de son visage. Plutôt fluette, la jeune femme, qui a tout juste deux ans de moins que moi, déroule son bras dans un geste gracieux. L'autre est paré de tatouages, qui collent bien avec son caractère et les quelques piercings qu'elle arbore.

Quand Matteo se plante devant elle, écartant sans ménagement son mec, il dresse un index inquisiteur en direction de sa sœur. Je devine l'irritation de cette dernière au moment où le sien se pointe sur le buste de son frère. Après un échange musclé, Gina s'oriente vers nous et vient me saluer, Matteo à ses trousses.

– Salut, Kaël, ça va ?

Je n'ai pas le temps de lui répondre qu'elle interpelle le serveur.

– Un cosmo, s'te plaît.

Puis son attention se reporte sur Eliot.

– Gina, se présente-t-elle, avec un accent aussi prononcé que celui de son frère. Je suis la sœur de cet enfoiré qui me colle aux basques.

– Oh, euh… Eliot.

– Eliot, répète-t-elle. T'es dans le porno, toi aussi ?

– Qu'est-ce que ça peut te foutre, Gina ? s'emporte Matteo.

Les yeux ténébreux de sa sœur se tournent lentement sur son frangin.

– Tu me fais chier !

– J'espère bien ! rétorque-t-il.

S'ensuit une conversation houleuse en italien. Eliot me glisse à l'oreille :

– Elle a du tempérament.

– Je ne te le fais pas dire. Matteo s'échine à vouloir la protéger de tous les mecs qui l'approchent.

– C'est quelque chose que je comprends, commente Eliot en me jetant un regard insistant.

Je pressens que sa remarque m'est directement adressée. Je soupire.

– Que dois-je faire pour te rassurer sur mes sentiments pour Zoé ? Je ne lui ferai aucun mal, tu sais.

– Arrête les films de cul, ça serait déjà une belle avancée.

– Je ne peux pas, répliqué-je aussitôt.

Ma réponse ne lui plaît pas, mais je ne suis pas en mesure de la lui expliquer. Je passe une bonne soirée, et je n'ai pas envie de me rappeler les raisons qui me poussent à faire ce job. À bien y réfléchir, je n'aurais pas dû venir. C'était une erreur de penser qu'un jour son frère pourrait m'accepter.

– Je vais y aller.

– Attends ! lance Eliot en m'attrapant le bras.

Je me fige et campe mon regard dans le sien.

– Mets-toi à ma place, Kaël.

– Crois-moi, je le fais, et je comprends ce qui t'inquiète, mais…

– Mais ?

J'inspire profondément et déclare :

– Je suis fou d'elle.

Il en reste muet, bien que je sois certain qu'il l'a déjà deviné. Gêné par cet aveu, que j'ai exprimé si naturellement que j'en reste hébété, je me passe nerveusement la main dans les cheveux, puis me décide à aller jusqu'au bout de ma confession.

– Je ne l'ai pas vu venir, m'expliqué-je encore, ce n'était pas prémédité et je ne lui en ai même pas parlé. Je ne sais pas où tout ça va nous mener, mais je suis amoureux de ta sœur, que ça te plaise ou non.

Il reste planté là, à m'observer. Il plisse les yeux, quelques secondes défilent, puis ses traits s'adoucissent.

– D'accord, Kaël. D'accord.

Je ne peux réprimer le grand sourire que sa reddition m'inspire. Je suis heureux qu'il…

– Putain, mais tu l'as fait fuir ! hurle Gina qui se ramène entre Eliot et moi, afin de se saisir de son cosmopolitan.

Matteo me lance un clin d'œil, visiblement satisfait. Sa sœur claque son verre sur le bar et en fait déborder la moitié, avant de s'emparer de la main du frère de Zoé.

– Viens danser avec moi ! lui ordonne-t-elle en le tirant par le bras.

Eliot n'a pas le temps de dire *ouf* qu'il se retrouve sur la piste. Matteo en est bouche bée.

Finalement, j'ai bien fait de rester.

CHAPITRE 24

ZOÉ

Un peu plus tôt,
dans la même journée…

– Il paraît qu'il ne faut pas habituer les bébés aux bras, déclare Charlotte qui m'observe galérer.

– Elle a vu le jour la semaine dernière. Je ne suis pas certaine qu'on parle d'habitudes à ce stade !

Depuis une heure, je fais les cent pas dans mon salon, tentant en vain de calmer les pleurs de Lilou en la berçant. Rien n'y fait. Mes parents viennent de partir pour la Normandie. Tout se passait bien jusqu'à ce que ma fille se réveille en s'égosillant à pleins poumons, sans que je comprenne pourquoi. Je n'ai quasiment pas dormi depuis trois jours et je peine à rester alerte. J'ai l'impression de tout faire mal, malgré les mots rassurants de ma mère.

« On passe toutes par là, ma chérie. »

À la différence que Maman avait à peine vingt-trois ans quand elle m'a mise au monde. Je dois me rendre à l'évidence, mon père a dit vrai : à mon âge, on récupère moins facilement.

– Je lui ai donné le sein, je l'ai changée et elle n'a pas de fièvre. Je ne comprends pas ce qu'elle a.

– On devrait peut-être la balader en poussette dans le quartier, suggère Charlotte.

– Elle a à peine une semaine, tu crois que c'est prudent d'aller dehors ?

– Quand tu es rentrée de l'hôpital, tout à l'heure, tu t'es posé cette question ?

Non, en effet. Ne parvenant pas à l'apaiser, j'abdique et confie Lilou à ma meilleure amie, le temps d'enfiler un gilet. Arrivée au rez-de-chaussée, Charlotte hallucine devant la poussette tout-terrain que m'a offerte Eliot.

– C'est une poussette, ça ?

– Mon frère tient à ce que sa nièce ne soit pas trop secouée par les pavés des rues de Montmartre.

– C'est pas con.

Nous voilà donc à tenter d'endormir mon bébé, bien emmitouflé malgré la chaleur de ce début d'été. À peine avons-nous parcouru quelques dizaines de mètres qu'elle somnole déjà. Alléluia !

– T'as revu Kaël depuis sa visite à l'hosto ? s'enquiert Charlotte.

– Non. Je crois que mon père a fait barrage.

– Sérieux ?

– J'ai deviné qu'il a regardé un de ses films.

– Putain, c'est malaisant !

– À qui le dis-tu ? soupiré-je. Je ne pense pas qu'il soit prêt à accepter notre relation.

– Précise-lui qu'elle est platonique.

– Je n'ai rien à lui préciser. J'ai trente-six ans, bordel !

Je m'agace facilement. L'épuisement, sans doute. Plus tôt, cela m'a valu une petite dispute avec le créateur de mes jours. Lui, qui est si doux et si ouvert d'esprit, ne laisse aucune chance à Kaël.

– Il lui faudra du temps, admets-je tristement.

– Donc tu vois votre histoire durer un moment.

Je stoppe ma marche et observe Charlotte, l'air interloqué.

– Oui, pourquoi ?

– Bah, il y a peu, tu me disais que tu serais incapable d'entretenir une relation à cause de son métier. OK, il te réserve sa bouche, mais ça va durer combien de temps ?

Sa question me choque. Au fond de moi, une sensation désagréable serpente dans mes entrailles.

Mon regard se pose sur la poussette et sur ma fille qui y dort tranquillement. Les obstacles étaient déjà nombreux avant sa naissance, maintenant qu'elle est là et accapare tout mon temps, je songe avec amertume que mon histoire avec Kaël est sans doute vouée à l'échec. Lilou passera toujours avant lui. Avant qui que ce soit, d'ailleurs. Elle sera au centre de mon existence jusqu'à mes derniers jours. Kaël a vingt-six ans, il a toute la vie devant lui pour rencontrer une jeune femme célibataire et sans attaches. Comment espérer qu'il reste avec moi, franchement ?

Cette pensée m'accable, mais je refuse de m'y attarder, car il y a ma fille et que je dois demeurer concentrée sur elle. La perspective de ne plus fréquenter Kaël ne doit pas m'ébranler, je n'en ai pas le droit. Après tout, ça ne fait que quelques semaines que nous nous connaissons !

Mon cœur se serre. Une boule se forme dans ma gorge et mes yeux s'emplissent de larmes. Je suis si fatiguée.

– Hey, ho, Zoé ! me rappelle à l'ordre Charlotte en posant une main amicale sur mon épaule. T'as pas besoin de penser à tout ça maintenant.

– Je sais.

Nous reprenons notre marche dans les ruelles de la Butte. Cela me fait du bien après toute une semaine passée à l'hôpital. Victime de chutes de tension, j'ai dû prolonger mon séjour. Qu'il me tardait de retrouver Montmartre ! La dernière fois, c'était… Mais, au fait ! Mon regard se reporte sur Charlotte.

– Tu as revu Matteo depuis la nuit de mon accouchement ?

– Même pas en rêve ! rétorque-t-elle d'un trait.

Mon expression se mue en surprise.

– Tu semblais pourtant l'apprécier le soir où…

– Il a une femme dans sa vie.

Mon front se plisse.

– Il est acteur de charme, Charlotte, dis-je, en réutilisant ce terme que je trouve plus avantageux, il n'y en a pas une seule qui…

– Je ne te parle pas d'une actrice de X, enfin si, un peu. Figure-toi que ça fait deux ans qu'il est en couple avec une fille du milieu. Cet enfoiré a couché avec moi, alors qu'il a une meuf, putain !

– Oh…

– J'ai eu l'info sur Google, poursuit-elle. J'ai eu envie de lui couper son énorme pénis et de l'empaler avec.

Je me mords les lèvres pour ne pas rire en visualisant l'image dans mon esprit. Quand nous passons devant La Bonne Franquette, on s'y installe en terrasse. L'arrêt « jus de fruits » ne réveille pas Lilou et je m'en réjouis.

– Mais… ce n'était qu'une aventure d'un soir, n'est-ce pas ? demandé-je à Charlotte.

– Bien sûr ! s'exclame-t-elle. Mais j'ai du mal avec les mecs qui trompent leur nana, tu vois. Et je ne parle pas des femmes qu'il se tape sur les tournages, ça, c'est son job. Je parle d'une relation intime de deux ans, c'est pas rien !

Elle a raison. Le serveur nous apporte les verres, tandis que Charlotte consulte encore son portable.

– Tiens, un nouveau SMS de sa part, déclare-t-elle d'un ton acide.

– Il dit quoi ?

– Il dit qu'il aimerait de nouveau baiser avec le feu. Pfff…

– Tu lui as laissé un souvenir impérissable, visiblement. Vu le nombre de filles avec qui il a dû coucher, c'est plutôt flatteur, non ?

– Pourquoi ce serait flatteur ? s'étonne Charlotte. Ce n'est pas parce que je ne suis pas une professionnelle que je suis un mauvais coup. Je suis le Vésuve, bordel !

– Tu te compares à un volcan ?

– Ouais, mais c'est Matteo qui crache les flammes !

Je m'esclaffe ; elle aussi. Ça se termine dans un fou rire qui nous fait venir des larmes. Ça fait tant de bien !

– Tant pis, lâche-t-elle après s'être reprise. Il aurait été super en plan cul.

– Ça fait si longtemps que je n'ai pas fait l'amour que je me rappelle à peine ce que c'est.

Charlotte m'observe sans dire un mot. Je sais ce qu'elle pense, néanmoins je ne veux pas l'admettre. Très bientôt mon épisiotomie aura cicatrisé et je pourrai à nouveau prétendre à une vie sexuelle. Mais il n'est toujours pas question pour moi de partager le corps de Kaël.

La situation est insoluble, et ce n'est pas grave. Je lui donnerai ce que je peux lui offrir, et je prendrai ce que je peux accepter.

***

Plus tard,
vers deux heures du matin...

Lilou vient de s'endormir. Je l'observe encore un peu dans son couffin, avant de fermer doucement la porte. Je me passe la main dans les cheveux, bâille sans grâce et me frotte les yeux. Je suis K.-O. et me rends dans ma chambre, vêtue d'une robe de nuit blanche, qui plonge sur mes pieds nus traînant sur le parquet.

Alors que je m'apprête à m'allonger, un fracas attire mon attention. Le bruit provient du palier, je m'élance aussitôt dans le salon, puis colle mon oreille à la porte. J'entends la voix de Kaël :

– Chut, putain ! Vous allez réveiller Zoé et la petite !

– T'es vraiment trop *love* de ma sœur, toi.

Eliot ?

– Qui dit un truc aussi pourri ?

Matteo ?

– Vos gueules !

Euh... C'est une voix féminine, ça...

J'ouvre la porte, l'étonnement plaqué sur le visage. Il s'accroît quand je découvre mon frère soutenu par une jeune femme brune au teint mat, et Kaël, qui galère à garder Matteo debout.

– Il se passe quoi, là ?

Ils pivotent tous les quatre vers moi, les yeux arrondis, comme pris en faute. Mon effarement se manifeste quand, malgré la pénombre, je distingue un bleu sur la pommette d'Eliot, identique à celui qu'a Matteo sur l'arcade sourcilière.

– Mais… qu'est-ce qu'il s'est passé ?

– Je vais tout t'expliquer, lance Kaël, dont le regard est un peu voilé.

– On pourrait peut-être le faire à l'intérieur ! remarque la fille. Non, parce qu'il pèse une tonne, son frère !

– Parce que tu crois que le tien est plus léger, peut-être ?

Son frère ? À bien y regarder, c'est vrai qu'elle ressemble à Matteo. Ses yeux ont la même forme que les siens, quant à sa bouche, c'est délicat de l'observer, car son rouge à lèvres a largement débordé.

Ils s'engouffrent tous chez Kaël avec difficulté. Je me rends aussitôt dans la chambre de ma fille et enclenche la vidéo du babyphone que j'embarque. Vu la taille de mon appartement, je pensais ne jamais avoir à me servir de ce machin. Je constate à présent que c'est un objet bien utile.

J'entre chez mon voisin. Kaël allume les lumières de son salon, tandis que la jeune femme dispose un coussin derrière la tête de Matteo qui végète déjà sur le canapé. Ça sent l'alcool et la sueur. Mais où sont-ils donc allés ? Et que fait Eliot avec eux ?

– Salut, moi, c'est Gina.

Elle me tend la main avec un grand sourire. Je peine à détailler ses traits, mes yeux irrémédiablement attirés par son rouge à lèvres qui a bavé.

– Je vais te tuer ! ronchonne son frère dans un demi-sommeil.

– La ferme, Matteo ! lâche-t-elle sans me quitter du regard. T'es la sœur d'Eliot, c'est ça ?

– Euh, oui.

– Désolée, ces deux-là se sont chamaillés dans la rue. T'inquiète pas, le vide a rencontré plus de coups qu'eux, c'était pathétique comme bagarre.

– Ah, réponds-je en vrillant les yeux vers mon frère affalé sur le fauteuil, et qui semble bien se porter.

Un détail sur son visage attire mon attention. Je sais désormais pourquoi le fameux rouge à lèvres de Gina a coulé jusqu'à son menton. Celui d'Eliot en est maculé. Je commence à saisir la tournure des événements, mais je n'ai pas le temps de m'attarder sur cette réflexion que des bras se lovent lentement autour de moi. Un baiser se dépose avec douceur sur ma nuque. Le souffle de Kaël, chargé de quelques effluves de rhum, me la réchauffe tandis qu'il murmure :

– Je suis heureux de te revoir…

Il chancelle un peu derrière moi, mais n'hésite pas à se plaquer contre mon dos. Un coup de chaud envahit mes joues. Puis il resserre davantage son étreinte et je suis cuite. Mon cœur rate un battement, ma respiration se raréfie.

– Tu sens bon, Zoé.

Je souris, sentant son désir se lever à travers ma fine chemise de nuit.

– Tu veux pas faire ça ailleurs, déclare mollement Eliot.

– Tu peux parler, toi ! s'insurge Matteo, les paupières toujours closes.

– Elle est trop sexy, ta sœur, Matteo !

– Si j'étais pas avachi sur ce canapé, je te ferais regretter ce que tu viens de dire.

– Ça serait dommage, souffle mon frère en se mettant dans une position fœtale très inconfortable, c'était trop bien, cette journée. Merci mon pote.

– Pfff… lâche Matteo en se plaçant sur le flanc, plus jamais ! PLUS JAMAIS !

Sa sœur s'échine à lui retirer ses chaussures et le couvre d'un plaid. Je tente de me défaire des bras musclés de Kaël, mais plus je m'y attelle, plus il se colle contre moi. *Oh là là…*

Ses mains sinuent jusqu'à mon ventre, puis remontent lentement mes bras.

– T'es si belle, susurre-t-il.

Je ris. Je ne devrais pas trouver ça si mignon, mais la facilité avec laquelle il se déclare, alors qu'il se frotte à moi m'attendrit. Le tout cumulé à ma fatigue et cela se termine en éclat.

– Il a l'alcool amoureux, affirme Gina qui nous contemple avec un regard ébahi.

– Il en a de la chance ! lâche son frère, avec un soupir.

– Toi, t'as l'alcool relou, *cazzo*.

Eliot commence à ronfler.

– Kaël ?

Des baisers se déposent cette fois sur mon épaule. Les doigts de Kaël dégagent un peu la bretelle de ma chemise de nuit afin de le laisser libre de continuer.

– Kaël ?! répète Gina.

– Mmpff…

– Putain, arrête tes câlins et aide-moi avec Eliot !

Le prénom de mon frère, qui dort maintenant comme une masse sur le fauteuil, me renvoie à la terre ferme. Cette fois, je parviens à me défaire de l'étreinte de Kaël qui en reste bouche bée.

– Il faut l'emmener chez moi. Il dormira sur le divan.

Gina s'approche d'Eliot. Je découvre un sourire qui fend son visage quand ses doigts se portent sur le sien. Mais Kaël a déjà oublié mon frère, puisque je sens à nouveau son corps se plaquer contre le mien, et ses mains m'enlacer.

– Zoé…

Je vais de nouveau m'esclaffer. Gina se redresse, fusille des yeux Kaël, puis capitule en laissant retomber ses bras.

– Je prends ton lit, voilà !

Puis elle quitte la pièce et s'exécute. C'est ainsi qu'Eliot est abandonné sur le fauteuil, que Matteo ronfle sur le canapé, et que Kaël badine un peu plus dans mon dos. Ses doigts se glissent dans ma main qui ne tient pas le babyphone, puis il me tire le bras pour m'attirer vers la sortie. Je constate qu'il est suffisamment alerte puisqu'il pense à s'emparer d'un double de ses clés, avant de fermer derrière lui.

Sa main ne quitte pas la mienne tandis qu'on entre chez moi. Elle ne s'en détache pas non plus quand je parviens à ma chambre. Je pose le babyphone sur la commode et tente de me dégager des doigts de Kaël, afin de pouvoir m'allonger sur mon lit. Effort vain, puisqu'il les resserre sur les miens et m'attire contre lui. Son torse se colle à ma poitrine. Plus de ventre proéminent pour nous séparer. Enfin, c'est une façon de parler, car, bien que j'aie déjà accouché, il est encore bien présent et aussi ferme qu'un Flanby.

– Tu me rends dingue, Zoé.

Ses mains caressent doucement mes bras, ses doigts se glissent sous les bretelles de ma chemise. Mes joues s'enflamment, le désir se loge dans mon bas-ventre. Je suis pourtant fatiguée comme jamais, c'est à peine si j'ai la force de retenir ses mains qui s'apprêtent à me déshabiller. Je relève la tête, ses iris aux éclats dorés et dilatés me capturent tout entière. *Mais comment fait-il pour me tenir éveillée ?*

– Kaël, quelles sont tes intentions ? demandé-je, les yeux plissés d'amusement.

Le sourire qui marque ses fossettes prononcées me force à déglutir.

– Je voudrais…

Sa bouche se plonge dans mon cou. Il y dépose des baisers. Ses mains se libèrent des miennes et se plaquent sur mes reins. Il se colle à moi, le regard chargé de convoitise. Je glousse quand il me chatouille avec les lèvres, au creux de ma clavicule.

– Je voudrais t'embrasser partout.

Sa bouche sinue jusqu'à mes joues, puis glisse lentement vers la mienne, sa langue avide de la visiter. Je me perds dans la fougue de ce baiser. Un frisson exquis remonte ma colonne. Le feu naît dans mon ventre et embrase ma poitrine. Je halète quand je me détache de lui, avec difficulté.

– C'est trop tôt pour…

– Je sais, murmure-t-il à mon oreille. Des baisers sur ta peau, seulement des baisers sur ta peau.

Oui… Ses baisers au goût des Caraïbes ne cessent de me consumer, puis d'un geste des mains sur mes hanches, Kaël m'intime de m'allonger. Je me tortille en remontant sur le lit, puis trouve mon oreiller sur lequel je pose la tête. Kaël, muni de son inimitable sourire en coin, m'observe à la lueur tamisée de la lampe de chevet.

– Je vais te dévorer.

J'éclate de rire. Un rire qui se dissipe quand il ôte son tee-shirt et son pantalon. *Seigneur*… Malgré toutes les photos que j'ai pu admirer de cet homme, rien ne vaut l'authentique, le palpable, *lui tout entier*.

Il grimpe sur le lit. Ses poings s'enfoncent dans le matelas tandis qu'il s'approche, son corps me dominant. Je suffoque sous son attention pénétrante. Ses lèvres retrouvent les miennes. Sa langue les lèche et les mordille. Un gémissement m'échappe. Quand il tente de relever ma robe, je retiens ses mains. L'expression frustrée sur son visage me fait pouffer tant elle est adorable. Le mien doit être écarlate.

Mon état s'aggrave lorsqu'il baisse les yeux sur ma poitrine recouverte de tissu. En lui intimant de freiner ses ardeurs, j'imaginais qu'il se contenterait de ma bouche, mais c'était mal connaître la ténacité de Kaël. Ses doigts se portent aussitôt sur les boutons de mon vêtement qu'il s'emploie à retirer un à un.

– Laisse-moi ta peau, Zoé.

Oh la vache ! Mes joues me brûlent quand ses lèvres fondent sur mon cou et serpentent jusqu'à mes seins. Sa langue contourne mes mamelons avec douceur, remonte sur mes clavicules, mes épaules et mon visage. Son corps ondule contre le mien, son érection se frotte à ma hanche. *Putain...*

– Kaël, je... Kaël, il faut... Il ne faut pas... Je ne peux...

– Je sais... je sais...

Un grondement s'affranchit de sa gorge. Ses doigts s'enfouissent dans mes cheveux, son regard se plante dans le mien et il dit :

– Je deviens fou.

Et moi donc...

– Fou de toi.

Quoi ?

Il me sourit, puis bascule soudain sur le côté, sa main pressant son sexe à travers le tissu de son boxer, comme s'il pouvait ainsi lui ordonner de se calmer.

Je suis encore dans tous mes états, comprenant à peine ce qu'il vient de se passer. Mon cœur bat trop fort. Mon sang circule trop vite. Ces émotions-là, je ne les ai pas ressenties depuis tant de temps que j'ai l'impression de les découvrir. Et c'est sans doute le cas, car je ne crois pas me rappeler avoir été autant consumée de désir. J'étais pourtant si lasse avant cette étreinte effrénée.

Bien que je n'oublie pas ce que Kaël fait dans la vie, je dois admettre que si mon corps avait été en capacité de faire l'amour, je pense que je me serais laissée aller à la sensualité de cet instant. Je me mords les lèvres en y songeant, car oui… Oui, je suis désormais certaine que je serais incapable de lui résister s'il recommençait à me charmer de la sorte, à me désirer comme il vient de le faire. Et comme personne ne l'avait fait avant lui.

J'inspire un coup, puis tourne la tête.

– J'ai hâte d'être en mesure de…

Je coupe volontairement ma phrase quand je découvre Kaël profondément endormi. Son bras est logé sur mon ventre, ses traits sont apaisés par le sommeil. Je laisse glisser mes doigts sur son visage et à mon tour, je lui souris.

CHAPITRE 25

KAËL

Tu me manques.

Comme tous les derniers SMS que je lui ai envoyés, je sais que je ne recevrai pas de réponse instantanée. Quand je suis passé voir Zoé avant-hier, Lilou venait de s'endormir. Ma jolie voisine semblait épuisée, je ne suis pas resté bien longtemps.

Depuis notre étreinte nocturne, les occasions nous ont manqué de recommencer. Je me serais filé des claques de m'être assoupi cette nuit-là, car depuis, je vois bien que Zoé peine à tout mener de front. Je n'ai plus osé la bousculer. Je peux patienter. À ce souvenir, mon cœur se gonfle d'espoir. Peut-être est-ce mon imagination, mais elle a paru réceptive. Se pourrait-il qu'à l'avenir elle s'autorise à…

Non. Ce n'est pas ça. Et quand bien même ça le serait, elle est trop crevée. Je ne peux décemment pas revenir sur le sujet sans passer pour un pervers. Bordel, cette nuit-là, je me suis carrément emballé !

Ma semaine de congé forcé s'est allongée de deux autres, avant que Micka me rappelle. J'ai flippé qu'il ne le fasse jamais, mais j'en ai profité pour soulager Zoé comme je le pouvais. Elle tenait à finir le développement de ses photos pour l'expo. J'aurais aimé qu'elle se détende, mais elle n'a rien voulu savoir, alors je m'occupais de distraire la petite avec laquelle j'ai passé des heures. Cette gamine est adorable avec sa frimousse de poupée.

En revanche, dès que la nuit tombe, Zoé refuse de me laisser rester. Je crois qu'elle culpabilise que je ne dorme pas assez. Il est vrai que la finesse de la cloison ne me laisse aucune chance d'échapper aux pleurs nocturnes de Lilou. Mais j'ai beau avoir rassuré sa mère, rien n'y a fait. Zoé m'a même acheté des boules Quies pour préserver mes nuits. Et moi j'admire son courage face à son rythme effréné.

Je me souviens du jour où, malgré sa fatigue, elle est sortie de sa chambre noire improvisée, et m'a trouvé, torse nu, sur le canapé. Lilou y reposait sur moi, dans un sommeil profond. J'avais lu quelque part que le « peau-à-peau » apaise les bébés. Zoé avait le visage rougi et ce n'était pas de me découvrir à moitié nu sur le divan.

– Les photos te plaisent, à ce que je vois.

Elle s'est mordu les lèvres, et j'ai éclaté de rire.

– J’ai terminé, a-t-elle dit. Nous pourrons bientôt passer à l’organisation de l’expo de Patrick.

– Tu n’organiseras rien du tout. Axel et moi nous chargerons de ça. Va te reposer.

Et c’est ce qu’elle a fait, sans rechigner, après un langoureux baiser.

Hier, je me suis envolé pour La Ciotat, avec Matteo et Lucas, un acteur que j’ai toujours trouvé con. Micka possède une maison sur la côte, avec vue sur la mer. En temps normal, j’apprécie d’y tourner. *En temps normal…*

– Je compte sur toi, Kaël.

– T’inquiète pas, Micka, le rassuré-je. J’ai conscience de tes efforts et te remercie encore pour…

– Ne me remercie pas. Remercie plutôt Matteo.

Ce dernier m’adresse une œillade complice.

– Tout le plaisir est pour moi, mon pote.

– Je vois que tu n’as pas changé, bel Italien, lui lance Lisa, une des actrices castées pour cette scène.

Deux autres devraient bientôt la rejoindre. J’aime bien Lisa, je la connais depuis mes débuts dans le X. C’est une des rares actrices à durer dans le milieu. Elle est cool, bien qu’elle soit toujours vissée à son portable. Elle bosse comme agent immobilier en dehors des tournages, et passe son temps à rechercher des biens sur Internet, sauf quand le mot « Action » est prononcé.

– Ça fait un moment que je ne t'avais pas vu, Neil, me déclare-t-elle.

– J'ai été occupé.

– Paraît qu'il ne faut plus approcher ta bouche, glisse Lisa en souriant. Tu l'as réservée à une fille, c'est ça ?

– À une femme, corrigé-je en lui adressant un clin d'œil.

Elle y répond par un nouveau sourire.

– J'ai essayé ça, moi aussi, me confie-t-elle.

– Vraiment ?

– Mouais… mais tu sais ce que c'est : nous, les femmes, si on ne taille pas des pipes, ce n'est pas la peine d'espérer un contrat.

– Oui, je me doute…

– Heureusement qu'il reste encore quelques réalisateurs comme Micka, ajoute-t-elle.

Je l'observe, espérant qu'elle pourra m'en dire plus sur la relation qui lui a valu de prendre cette décision. Son expression m'indique qu'elle a deviné mes pensées, mais au silence qui suit, je comprends qu'elle n'a pas eu les effets escomptés. Lisa a cependant la délicatesse de ne pas doucher mes espoirs et retourne à son portable.

Une fois les autres filles arrivées et préparées, le réalisateur nous explique la scène et je reste concentré. Je n'ai pas le droit de dérailler comme la dernière fois, alors je serre les poings, inspire et fais le vide dans mes pensées. Sur le large canapé, face à l'immense baie vitrée du salon, Matteo, Lucas et moi entamons le tournage.

C'est cru et dépravé.

C'est luxure et mots salaces.

Le scénario ne fait pas dans la dentelle, aujourd'hui. Il le fait rarement, d'ailleurs.

Au-delà de ses autres vertus, je vois désormais le préservatif comme un rempart à l'intimité. Jamais ma bouche ne se pose sur ces filles et leurs sexes trempés ni sur leurs lèvres parfois trop gonflées.

Matteo m'encourage en m'adressant des clins d'œil amicaux et des hochements de tête bienveillants. Je m'y accroche et les peaux claquent, les gémissements s'élèvent, c'est un bal de débauchés. Pas une once de romantisme. Du cul, et seulement du cul. Cela dit, je préfère qu'il en soit ainsi, car je ne pourrais rien faire s'il en était autrement. Tourner dans un film comme *Les Dessous de la vertu* me serait impossible, à présent.

Je compartimente mes émotions. Je n'en ressens aucune pour ces femmes, si ce n'est de l'excitation. Une excitation sans doute causée par une abstinence de trois semaines à laquelle je ne suis plus habitué.

Je me perds dans mes coups de reins. Je m'abandonne à Neil Jordan. Kaël n'est plus là. Il sommeille en attendant que tout cela se termine, impatient de lire la réponse qu'il espère que Zoé lui aura envoyée.

Une fois ma douche prise, je fonce récupérer mon téléphone. Mon cœur se serre quand j'y lis les mots :

À moi aussi, tu me manques.

Mon esprit me ramène aussitôt à la scène que je viens de tourner, incapable de m'en empêcher. Un nœud se forme dans ma gorge, mais je suis tiré de mes réflexions quand Matteo me tape sur l'épaule.

– T'as assuré, dit-il.

Je soupire de soulagement. Si j'avais été moyen, je pense que mon réalisateur fétiche m'aurait saqué.

– Merci, mec.

– Micka est content. Les affaires reprennent pour Neil Jordan.

– Ouais.

– C'était une belle scène, me lance à son tour Lisa en me gratifiant d'un clin d'œil. Merci pour ce moment.

– À ton service, poupée.

Elle pouffe à ma réplique ridicule, puis reporte son attention sur son portable, alors qu'elle est encore à poil.

Je les quitte et vais rejoindre la chambre d'amis que Micka m'a préparée pour le séjour. Je m'étends sur le lit et rive mes yeux sur le plafond. J'ai l'impression que le matelas m'engloutit, tels des sables mouvants. Lorsque mon smartphone me signale un appel, mon cœur s'emballe soudainement en pensant que c'est Zoé.

Mais ce n'est pas elle...

– Kaël ?

Merde...

– Oui, Papa.

– Je suis surpris de réussir à te joindre en pleine journée, tu t'es trouvé une situation respectable ?

J'inspire. Je sens qu'il va me gonfler.

– Non.

– Comment le pourrais-tu de toute façon ?

Le fiel dans son ton ne m'étonne pas. Depuis mon adolescence, il croit que me rabaisser attisera en moi le désir de me surpasser. Ça fait longtemps que j'ai compris que je ne serai jamais à la hauteur à ses yeux, et je n'ai plus la force de lutter.

– Qu'est-ce que tu veux ? lâché-je, soûlé.

– Ta mère, elle...

– Quoi ? m'énervé-je subitement. J'ai envoyé le fric, putain. Tu sais, l'argent que je me fais en baisant à longueur de journée !

J'apprécie de lui rappeler que mon job, qu'il déteste tant, permet à ma mère de recevoir les meilleurs soins. Il a trop tendance à l'oublier.

– C'est pas ça...

Là, je m'inquiète, car j'ai perçu sa voix se briser.

– Elle va devoir être transférée, m'annonce mon père après un silence.

– Comment ça ?

– Ils lui ont diagnostiqué un cancer du pancréas.

Le sang quitte mon visage. Mon cœur rate un battement. Des larmes me montent aux yeux.

Non, putain, non...

Pourquoi le sort s'acharne sur elle ? *Pourquoi, pourquoi...*

– Ils ne vont pas la soigner, termine-t-il.

– Quoi ?!

– Kaël…

– C'est une blague, Papa ! C'est quoi cet établissement de merde !

– Tu te calmes !

– T'es sérieux, là ? Maman va…

– Elle va mourir, m'achève-t-il alors qu'un sanglot étreint sa voix. Et… c'est le mieux pour elle, tu le sais.

– Va te faire f…

– Kaël ! Tu crois vraiment qu'elle voudrait être soignée si elle avait toute sa tête.

– Mais c'est ma mère, putain !

– Et c'est ma femme ! Tu penses que ça me fait quoi, à ton avis ? Tu t'imagines que c'est facile ? Je veux le mieux pour elle, et le mieux, c'est qu'elle parte, et tu le sais ! Elle a déjà assez…

– … souffert.

Un silence. Cette fois, mes larmes débordent. La colère me picote les doigts, remonte mes bras et envahit ma gorge. Ma main se resserre sur mon portable.

– Son état va rapidement se dégrader, reprend mon père dans un murmure désespéré, et ils manquent de personnel et de matériel pour assurer les soins palliatifs, là-bas. Pareil pour les hôpitaux, ils sont pleins… ça prendra du temps avant qu'on ne lui trouve une place. Un temps qu'elle n'a pas. Ta mère doit être transférée dans un autre endroit. Mais il… L'hébergement coûte plus cher. Il va falloir plus d'argent pour…

– Quelle somme ?! crié-je, à bout.

– Kaël…

– Quelle somme, bordel ?!

Quand il m'annonce le montant que je vais devoir débourser, je lâche un hurlement de rage et balance violemment mon smartphone sur le mur.

Mes yeux se figent sur l'écran fissuré et je tombe à genoux, ne retenant plus le torrent qui assaille mes joues. Parce que je sais ce que je vais devoir faire pour réunir ce fric, et que ça me file la gerbe. Je n'ai plus d'économies. Et même si je tourne davantage, je n'aurai pas assez de pognon pour garder mon appart et payer ces putains de frais d'hébergement. Ma mère n'a pas travaillé assez longtemps pour percevoir une retraite décente. Mon père touche une petite pension d'invalidité. Leurs maigres revenus lui permettent à peine de payer le loyer de sa maison, et bien que je ne sois pas proche de lui, je refuse qu'il quitte l'endroit où nous avons vécu tous les trois. *Dans une autre vie…*

Matteo, qui a entendu mon cri, se précipite dans la pièce et s'agenouille près de moi. Il pose doucement une main derrière ma nuque et approche mon visage qui plonge sur son épaule. On reste là, un moment. Sa présence me fait du bien, mais je ne peux retenir les sanglots qui m'étreignent. Quand je suis suffisamment apte à exprimer un mot, mon regard se plante dans celui de mon ami, et je dis :

– Je dois contacter Andrew. Je vais devoir accepter ces tournages, en Californie.

CHAPITRE 26

ZOÉ

Lilou ne s'est réveillée que deux fois cette nuit. À peine ai-je terminé de lui donner le sein qu'elle s'est endormie. Ça n'en a pas l'air, mais cumuler plus de quatre heures de sommeil, ça compte.

Mon regard se pose sur mon smartphone. Je n'ai pas eu de nouvelles de Kaël ces jours-ci. Je m'inquiète et je m'en veux. Je ne lui ai pas accordé beaucoup d'attention ces derniers temps, c'est tout juste si j'ai écrit quelques phrases dans les SMS que je lui ai adressés. Il n'a toujours pas répondu aux trois derniers.

Du reste, je profite des quelques moments d'accalmie dont je dispose pour contacter mes amis journalistes. J'ai été touchée de constater à quel point ils étaient heureux de savoir que j'ai repris mon appareil. Certains m'ont même immédiatement confirmé qu'ils se rendraient au vernissage de l'expo fixé dans un peu plus d'une semaine, soit le 13 juillet, deux jours avant l'ouverture de la galerie au public. Kaël et moi nous sommes dit qu'il serait plus judicieux de le faire durant l'été. Des touristes du monde entier arpenteront les rues de Paris, et bien sûr de Montmartre, alors autant en profiter.

Dès qu'ils ont appris les motifs qui m'ont poussée à changer de genre artistique, mes anciens collègues m'ont tous promis d'avoir recours à leur réseau qui s'étend jusqu'aux milieux de la mode et du cinéma. Certains se sont montrés curieux quand ils ont appris ce que Kaël faisait dans la vie, son univers étant si loin de celui dans lequel j'ai baigné durant toute la mienne. Je ne leur ai pas dit que rien ne valait les émotions que j'ai ressenties lors de cette séance photo avec lui. Ils ne l'auraient pas compris, d'autant que j'ai eu la chance de découvrir des panoramas si sublimes que je n'ai jamais été pleinement satisfaite des clichés qui les ont capturés. C'est à cet instant que je réalise que, désormais, mon horizon se nomme *Kaël*.

Je consulte les quelques articles de presse qui mentionnent l'exposition. Je souris en voyant la photographie de mon fabuleux voisin dans le *Glob'Trotteur*, le magazine pour lequel je travaillais, et qui, d'ordinaire, ne parle que de voyages. Je contemple le cliché de Kaël que je leur ai transmis, ceux de la Butte qui y sont accolés, et lis l'édito de Manon, une amie journaliste, avec émotion :

UN ÉVÉNEMENT À NE PAS MANQUER DANS LE QUARTIER MYTHIQUE DE LA BUTTE MONTMARTRE

Quelle joie d'apprendre que Zoé P., la lauréate du prix Natural Landscape Photography Award, a repris son appareil photo, après deux ans d'inactivité. Elle nous fait aujourd'hui l'honneur de nous dévoiler son travail en avant-première.

Illustre photographe du Glob'Trotteur en son temps, Zoé a choisi Kaël D., un acteur de charme, plus connu sous son pseudonyme Neil Jordan, pour accomplir son retour.

Kaël a lui-même remporté l'Award du meilleur acteur pour l'atypique film X Les Dessous de la vertu. Dévorée de curiosité (comment ne pas l'être ?), je me suis donc lancée dans le visionnage de ce long-métrage, afin de comprendre ce qui a permis à ce jeune homme d'être remarqué. Je ne vous cache pas ma perplexité et les préjugés que je nourrissais avant d'en découvrir les images.

La réalisatrice de cette œuvre n'est autre que Simone S., bien connue pour ses nombreux rôles dans le cinéma traditionnel français. Avec Les Dessous de la vertu, elle a pris le parti de réaliser un film, certes pornographique, mais dont le scénario autorise un vrai jeu d'acteur.

Il ne m'a fallu que quelques minutes pour comprendre pourquoi Kaël D. a remporté son trophée. Son authenticité et son aura subliment le film grâce à son surprenant talent de comédien. Ce huis clos tout *en sensualité, qui se passe dans un hôtel parisien, est non seulement sexy, mais haletant, sentimental, et loin d'être vulgaire. Je n'avais jamais vu de telles réalisations dans le milieu du X. Peut-être que s'il y en avait davantage dans ce genre, j'en regarderais plus souvent.*

Kaël D. se lance dans le mannequinat avec cette exposition qui lui est dédiée. Il me tarde de découvrir comment Zoé P. aura révélé le charme romantique de cet homme à travers ses clichés. Dans l'aperçu que vous découvrez sur cette page, on reconnaît la patte de la photographe dans les nuances de sombres, dans le jeu de lumière et dans cette façon bien à elle de magnifier l'image en jouant avec les contrastes. Quant au modèle, on peut constater qu'il est capable de nous envoûter sur ce seul cliché. Je suis impatiente de voir les autres, sachant qu'ils ont tous été pris dans le quartier de Montmartre.

Montmartre… Parlons-en ! Car c'est bien le but du Glob'Trotteur *de vous donner des envies de voyage. Les photos de Kaël, face à l'horizon parisien qui s'étend depuis la Butte, sont sublimes. D'autres clichés pris dans l'intimité d'un appartement, avec vue sur le Sacré-Cœur, sont hypnotiques.*

Un sentiment partagé par toute l'équipe du Glob'Trotteur, *qui a tout autant admiré le talent de Zoé dans ce nouveau registre, que celui de Kaël.*

Si comme nous, vous souhaitez en découvrir plus sur ce talentueux duo qui nous permet de contempler ces belles images, n'hésitez pas à vous rendre à l'exposition de la galerie Prévost, qui a lieu du 15 juillet au 15 août sur la butte Montmartre. ■

Le reste de l'article mentionne des anecdotes liées au quartier de Montmartre qui a été témoin des amours d'Édith Piaf et d'Yves Montand en leur temps. Où Paul Verlaine a connu son épouse. Où Toulouse Lautrec a vécu deux ans d'un amour passionné, avec une mère célibataire rencontrée dans son immeuble. Et où Picasso est tombé amoureux de… sa voisine.

Je souris en lisant ces dernières lignes et pense à Kaël. Mon cœur se gonfle, le manque me saisit. Comme s'il avait éprouvé à distance ce que je ressens en ce moment même, je reçois un message de lui.

Salut, Beauté.
Tu fais quoi ?

Mon sourire s'étire sur mes joues. Il m'appelle toujours « Beauté » quand il m'écrit. Un surnom qu'il ne s'est pas encore permis d'exprimer à haute voix. Ma culpabilité de ne pas lui accorder du temps, alors qu'il a passé des semaines à m'offrir le sien, se dissipe un peu de mon esprit à la lecture de ces quelques mots. Des mots qui me font du bien.

Je lis des articles de presse sur l'expo.
Je crois que Patrick va faire un carton !

Je voudrais lui confier qu'il n'y a pas que le directeur de la galerie Prévost qui est à l'honneur dans ces articles, mais je préfère attendre qu'il rentre pour que Kaël le constate de lui-même. Ma poitrine se soulève d'enthousiasme à cette idée, tandis que mes yeux se reportent sur le formidable édito de Manon.

C'est vrai ? Ce serait génial !
Pardon de ne pas avoir répondu
à tes derniers messages.

Ce n'est pas grave.
Ça se passe bien à La Ciotat ?

Il met du temps à répondre. Une soudaine inquiétude monte en moi et je ne me l'explique pas. J'ai la douloureuse impression que quelque chose ne va pas. Le message suivant ne fait pas disparaître mon trouble, même s'il remplit mon cœur de joie.

J'ai envie de te voir
et de t'embrasser.

Moi aussi…
Tes lèvres me manquent.

Uniquement mes lèvres ?

Pas uniquement.

Les tiennes aussi me manquent.

Justement, je me les mordille à l'instant.

Si elles te manquent tant,
viens les retrouver,
je te les offre volontiers.

Ne me tente pas, Zoé.
J'ai plus que jamais besoin
de tes baisers.

Pourquoi « plus que jamais », que se passe-t-il ?

Elles seront toujours
disponibles pour toi,
tant que tu les voudras.
Ça va ?

Je les veux et je les désire.
Et pas seulement tes lèvres.

Waouh... Ses mots m'enflamment. Je note cependant qu'il n'a pas répondu à mon : « Ça va ? » Je le connais maintenant assez pour savoir qu'il n'a pas envie de parler de ce qui *ne va pas*. Ça confirme mes inquiétudes, mais s'il m'écrit, c'est sans doute qu'il espère que je lui sortirai de la tête ce qui le tourmente. Je me jette donc à corps perdu dans le jeu qu'il semble vouloir jouer.

Eh bien, eh bien...
quelle déclaration enflammée !
Quoi d'autre, alors ?

Ta peau, Zoé.
Lécher chaque centimètre de ta peau.
Voilà ce que je veux.

Oh la vache ! Je me tortille sur place, car en une seule phrase, il a activé mon désir.

Ma peau est à toi.

J'espère que j'aurai moi aussi
bientôt l'occasion de me délecter
de la tienne.

Sa réponse ne vient pas tout de suite, et quand je la reçois, je dois admettre que je m'attendais à une autre déclaration.

Excuse-moi, Zoé, je n'aurais pas dû
me lancer dans cet échange
alors que je suis attendu.
Je t'appelle demain.

Je suis étonnée, pour ne pas dire déçue, mais je ne veux pas qu'il s'en rende compte.

Il me tarde.
À demain, alors.

Mais le lendemain, il ne m'appelle pas.

Le surlendemain, non plus.

À part quelques messages pour s'assurer que je vais bien, je n'en reçois plus qui mentionnent mes lèvres.

Moi, je ne fais que penser aux siennes.

CHAPITRE 27

KAËL

– J'suis qu'un connard, affirmé-je à Matteo.

– Non, Kaël. T'es qu'un homme qui tente de faire son possible. C'est la vie, la connasse.

– Mmmh…

Mon ami et moi sommes assis sur la plage, il est tard et le soleil décline. Ce moment de paix est bienvenu après nos derniers jours de tournage. Il est prévu que je rentre à quelques heures de l'exposition de Patrick. Je pensais pouvoir me tirer avant, mais, maintenant que je connais les tarifs de l'institut dans lequel va être internée ma mère, il n'est plus question que je sorte des clous. Micka ne me le pardonnerait pas. J'ai donc demandé à Eliot et Axel de filer un coup de main à Zoé pour l'organisation de l'expo. Quant à moi, je parle de l'événement sur mon compte Instagram. Je n'ai jamais fait autant de publications que ces derniers temps, avec les quelques clichés qu'a sélectionnés

Zoé. Ils sont sublimes, à l'image de la photographe qui les a pris.

Je ne m'attendais pas à certains commentaires de mes fans : « Pourquoi te lancer dans le mannequinat ? », « Tu vas arrêter le X ? Oh, non ! » et des : « Je suis content pour toi », « Waouh ! Tu es fait pour ça ! » Ces réactions m'attendrissent plus que je ne l'aurais imaginé. Mais ça me met en rage de laisser Zoé s'occuper de tout avec mon pote et son frère, alors que Lilou n'a qu'un mois. C'est sans doute préférable, cela dit. Avec ce qui se profile pour moi, mes pensées ont tendance à s'assombrir de jour en jour.

– Elle va me quitter.

– Tu dis n'importe quoi, lâche Matteo.

– Je pars mi-août pour la Californie, ça va durer quatre semaines. Tu sais comme moi que les studios Glox ne vont pas m'accorder les mêmes faveurs que Micka. Putain, Andrew m'a casté pour un tournage seul avec quatre nanas.

– Tu sais que la plupart des mecs seraient ravis d'être à ta place.

– Je la leur laisse.

Je soupire. Mes yeux se perdent sur l'horizon, tandis que j'allume une clope.

– Toi et moi, on n'a jamais fait ce job pour les mêmes raisons, déclaré-je en expirant une taffe.

– Ouais, je sais mec, confirme-t-il, mais va pas me faire croire que tu n'aimes pas le cul.

Le problème aujourd'hui, c'est que tu aimes une femme davantage que le cul.

Il a raison. Je consulte mon portable et lis le dernier message de Zoé. Je n'ai même pas réussi à la rappeler, et comme un con, je me suis laissé aller à des SMS tendancieux. Quand il s'agit d'elle, je suis ailleurs. Dans une bulle de douceur. Ce n'est que lorsqu'elle est rentrée dans mon jeu que je me suis aperçu que mon attitude était vraiment déplacée. Dans pas longtemps, je devrai baiser des filles sans capote, les embrasser, les lécher. Je devrai aussi me montrer pro et apprécier. Comment faire si Zoé occupe toutes mes pensées ? *Putain, c'est voué à l'échec.*

– Comment tu fais ? demandé-je à mon ami.

– Comment je fais quoi ?

– Comment tu fais pour baiser quand tu t'attaches à une femme ?

– Pourquoi crois-tu que je sors avec une fille du milieu ?

– Mais… tu es… enfin tu es amoureux de Suzie, non ?

– Pfff… Les grands mots.

– Te fous pas de moi, t'as bien compris.

Il inspire profondément, comme si ce qu'il s'apprêtait à me dire allait lui coûter.

– On ne vit pas ensemble après deux ans de relation. On s'est toujours bien entendus et c'est agréable d'avoir quelqu'un dans sa vie pour partager des petits moments de bonheur. J'aime me faire des restos, aller au cinéma, me balader, et j'apprécie qu'elle me donne son regard sur les projets que je propose à mes clients. Elle est passionnée par l'architecture, c'est ça qui m'a branché chez elle…

– Mais… ? dis-je, car je le sens venir.

– Mais je ne l'aime pas. Elle ne fait pas naître ces putains de papillons dans mon ventre, dont tout le monde me parle. Et moi, je suis loin d'être assez romantique pour lui mettre des paillettes dans les yeux, tu vois.

Son visage s'oriente vers moi, il passe ses lunettes de soleil sur sa tête.

– J'aime ma vie, Kaël. Que les autres la jugent, j'en ai rien à foutre. J'ai besoin du sexe comme de l'architecture, et je sais déjà qu'une seule femme n'arrivera jamais à pleinement me satisfaire, c'est ainsi. C'est ma malédiction et mon bonheur. Tout le monde porte ses propres paradoxes, et ceux-là sont les miens. Si demain je tombais amoureux de l'une d'elles, je serais incapable de lui promettre d'arrêter le porno, car j'aimerais qu'elle m'accepte comme je suis, avec mes qualités, mes défauts, et sans doute mes déviances. Je voudrais une femme à retrouver le soir devant une série Netflix, à charmer comme si je la rencontrais tous les jours, et lui faire l'amour à ma manière… Je veux dire que si je trouve un jour la perle rare, je ne la baiserai jamais comme je baise les actrices. Je voudrais qu'elle sache que je donnerai mon âme pour elle, mais pas *qui* je suis.

Ses yeux se reportent sur la mer. Le bruit des quelques vagues apaise nos esprits, tandis que le ciel est rougi par le déclin du soleil.

– J'aimerais avoir autant de certitudes que toi, avoué-je.

– Tu es qui tu es, Kaël. Si ta certitude, c'est Zoé, alors crois-moi, c'est pas ce mois aux States qui va changer votre relation. Si elle t'aime, elle comprendra.

Un silence s'étire. Je voudrais tant qu'il dise vrai.

– Au pire, tu lui proposes une autre séance photo à poil et ce sera réglé.

Je pouffe. Il n'y a que Matteo pour me faire rire alors que mon monde s'écroule. Mais il éveille en moi des souvenirs agréables et mon humeur s'éclaircit. Je le tape amicalement dans le dos et me lève. Je cherche le numéro de Zoé, tandis que je m'éloigne un peu de mon pote.

– Ça me fait plaisir de t'entendre, dit-elle aussitôt qu'elle a décroché.

Si elle savait comme je suis heureux d'écouter sa voix, moi aussi.

– Tu me manques.

– Tu ne me dis plus ces mots par texto ? me taquine-t-elle.

– Un message n'a pas d'intonation. Je veux que tu saches que tu me manques vraiment, Zoé.

– Dans cinq jours, quand tu rentreras, je me souviendrai de ces paroles. D'ailleurs, je voulais te demander… Tu dormirais avec moi après l'expo ?

L'étonnement me saisit, un sourire glisse sur mes lèvres.

– Tes parents vont garder Lilou ?

– Ils m'ont même suppliée de le faire.

Bordel, je vais être seul avec elle ! Puis je me rappelle cette putain de Californie et refuse de m'enflammer.

– Donc, reprend-elle, enthousiaste, nous avons toute la nuit de samedi et la journée de dimanche !

– C'est parce que tu vas passer du temps avec moi que tu es heureuse, ou parce que tu vas pouvoir te reposer ?

– J'admets que c'est pour les deux.

Je ris de sa spontanéité et de sa fraîcheur. Elle est comme un soleil. Elle irradie de cette lumière qui me retient de sombrer dans la noirceur.

À cet instant, je repense à ce qu'a évoqué Matteo tout à l'heure : « Si ta certitude, c'est Zoé… »

Il n'y a pas de « si », elle l'est.

Je sais aujourd'hui que j'aime tellement cette femme que mon cœur va éclater.

CHAPITRE 28

ZOÉ

Kaël ne devrait pas tarder à venir me chercher. L'angoisse me saisit au moment où je sors de la douche. J'ai laissé ma fille à mes parents pour la première fois. Ils sont partis depuis peu, après que je leur ai confié des biberons contenant mon lait maternel. J'ai testé hier et Lilou a accepté la tétine sans problème, à mon grand soulagement. À présent qu'elle est loin de moi, mon cœur ressent un vide.

Bien rentrés en Normandie.
Lilou a dormi tout le trajet et ton père
lui donne le biberon. Profite bien
de ton week-end ma chérie.
Maman.

Une photo de Lilou dans les bras de mon père accompagne ce texto. Un sourire naît sur mon visage en la découvrant et je me pare d'une expression attendrie.

Rassurée, je me maquille, et je dois reconnaître que ce moment me fait du bien. Ça fait des semaines que je ne me suis pas apprêtée, alors je prends mon temps. Puis je passe à mes cheveux que je décide de lâcher, tentant de structurer quelques boucles ici et là. Une fois la tâche terminée, je me rends dans ma chambre en sous-vêtements et observe le reflet que me renvoie mon miroir sur pied.

Malgré les fines ridules qui cernent mes yeux, mon visage paraît moins fatigué que ces derniers jours. J'ai passé mon après-midi à dormir, et ça m'a fait un bien fou. Mon regard se baisse sur la dentelle noire de mes dessous, puis se bloque sur mon ventre. De petites cicatrices rouges le strient, ma peau semble détendue. Je n'ai pas encore la possibilité de l'affermir pour l'instant. Même si je ne suis pas hideuse, je constate les outrages du temps et de la grossesse sur mon corps. Puis je songe à Kaël, et aux femmes qu'il côtoie tous les jours. *Je suis si différente d'elles*. Mes seins ne sont plus ce qu'ils étaient, mon ventre est abîmé et mon utérus n'a pas encore tout à fait retrouvé sa taille normale. Je me garderais bien de lui parler de ces phénomènes, qu'il n'ignore sans doute pas, car y penser m'accable. J'avise alors la robe étendue sur le lit, qui a le mérite de couvrir mes nouvelles courbes. Simple, noire et vaporeuse, elle mettra mes jambes en valeur. Jambes qui, par bonheur, ont depuis peu recouvré leur forme d'origine.

Mon portable sonne et m'arrache à mes réflexions. Je décroche, dubitative face au numéro inconnu qui s'affiche à l'écran.

– Allô, Zoé ? C'est Gina.

– Oh, salut, Gina ! réponds-je, surprise par son appel.

– Désolée de te déranger, je sais que tu t'apprêtes à aller à la galerie. Je m'y rends, justement, et… enfin, Kaël m'a filé ton numéro.

Un silence s'étire.

– J'ai une question à te poser, demande-t-elle, hésitante. Ton frère, euh… il… a quelqu'un… dans sa vie.

– Une femme, tu veux dire ?

Elle soupire.

– Bah ouais, Zoé, une femme ! Si c'est un homme, c'est mort pour moi !

Je retiens un rire.

– Eliot n'a pas de petite amie, la rassuré-je. En tout cas, aucune ne m'a été présentée.

– Oh…

Nouveau silence.

– Bon, tant mieux, lance-t-elle. On se voit à la galerie, alors ?

– Oui. Mon frère y sera, d'ailleurs.

– Parfait. À tout à l'heure !

Puis elle raccroche sans s'éterniser. Je pense à Eliot qui doit être loin de se douter des sentiments qui semblent animer la jeune Italienne au tempérament volcanique.

On toque à la porte. J'enfile ma robe à la hâte et m'y précipite. Kaël ne prend pas la peine de me dire bonjour qu'il se rue déjà sur mes lèvres. J'accueille son baiser avec ferveur et le serre contre moi. Le revoir après deux semaines séparée de lui m'emplit d'une joie immense. Quant à son empressement sur ma bouche dont il s'est emparé, il ne fait qu'attiser mon envie de me blottir dans ses bras.

– Putain, tu m'as tellement manqué, lâche-t-il contre mes lèvres, avant de m'embrasser avec fougue.

Ce n'est que lorsqu'il se recule que son regard ténébreux s'attarde sur ma tenue. Au sourire qui éclôt sur son visage, je devine que la vue lui plaît. Je suis heureuse de constater qu'il a l'air d'aller bien, moi qui m'inquiétais de ses silences, durant les derniers jours de son absence.

– T'es sublime.

Je rougis à ces mots que j'ai rarement entendus de la bouche d'un autre que lui. Je lui réponds qu'il l'est tout autant dans son costume sombre et sa chemise blanche déboutonnée au col, depuis lequel on distingue la naissance de ses tatouages. Il m'adresse un nouveau sourire rayonnant, puis il glisse ses doigts dans les miens.

– Prête ?

J'opine de la tête, tout excitée de découvrir comment se passera cette soirée de vernissage, même si je dois refouler la crainte qui me submerge à l'idée de dévoiler mon travail devant un parterre d'invités.

Kaël me tient fermement la main alors que nous sommes devant les portes vitrées de la galerie Prévost. De là où je suis, je constate qu'il y a du monde et mon cœur palpite plus hâtivement. À la sensation des doigts de Kaël qui se resserrent sur les miens, je crois que le sien en fait autant. Nos visages se tournent l'un vers l'autre. Nos regards s'accrochent. J'inspire. Lui aussi. Et on entre.

– Les voilà ! s'exclame Patrick en déroulant ses bras.

Il nous gratifie d'une franche accolade. À son immense sourire, j'ose espérer que la soirée répond à ses attentes. Mais je n'ai pas le temps de le lui demander que des applaudissements s'élèvent dans la vaste salle. Mes yeux la parcourent et rencontrent quelques-uns de mes anciens collègues, dont Manon qui lève son verre de champagne à notre attention, et ma série de photos suspendues dans leurs cadres.

C'est alors que Kaël me lâche la main, en quête de les découvrir, ne se préoccupant pas pour l'instant des quelques sollicitations qui pourraient le distraire de sa contemplation. Parce que c'est de la contemplation que je lis dans son regard, et rien ne pourrait me faire plus plaisir que de voir cette expression béate plaquée sur son visage. Devant l'un des clichés où il apparaît nu, il se tourne lentement vers moi et me fait signe d'approcher.

– Tu sais te servir des ombres comme personne, dis-moi.

Je ris, car je sais ce qu'il sous-entend. J'ai utilisé la lumière de façon à mettre en valeur son torse sublime, quand l'obscurité masque sobrement son membre viril.

– Je suis de celles qui aiment la suggestion.

– Je suis de ceux qui admirent ton talent, susurre-t-il à mon oreille.

Il tourne sur lui-même et me quitte, impatient d'observer le reste des photos que j'ai choisies pour l'occasion.

– Alors, qu'en dis-tu ? me demande Charlotte, après avoir planté un baiser sur ma joue.

– C'est parfait.

C'est Eliot et ma meilleure amie qui ont disposé les cadres afin de me laisser souffler. Je n'avais pas d'inquiétude quant à leur goût et leur capacité à s'approprier l'espace. Elle est décoratrice d'intérieur, tandis que mon frère est graphiste designer. Ils étaient tous deux les mieux qualifiés pour réaliser cette opération. Je constate d'ailleurs que Charlotte n'a pas fait qu'exposer des photos sur les murs. Des fauteuils en velours sont disséminés dans les angles de la galerie, des ornements, comme des plantes ou des statues en bronze, s'y sont ajoutés afin de rendre plus captivants encore les clichés de Kaël.

Kaël… dont la démarche lente au milieu des invités attire tous les regards, alors que le sien n'est dirigé que sur les photos qui le représentent.

– Il a l'air d'apprécier ton boulot, remarque Charlotte.

– On dirait bien.

– Et il n'est pas le seul ! me lance Manon qui s'approche. Cette soirée est un succès, Zoé.

– C'est vrai ?

– J'ai discuté avec quelques journalistes de mode, et tous sont unanimes sur ton talent et celui de Kaël.

Je ne peux réprimer l'immense sourire que m'inspire cette révélation. Il me tarde d'en faire part à mon voisin, désormais occupé à converser avec une personne dont j'ignore le nom.

– C'est Vadim, du magazine masculin *Citizen Men*, m'explique Manon à l'oreille. Et celui qui vient de les rejoindre, c'est le chargé de casting d'un des plus grands studios de cinéma du pays. Je crois savoir qu'il a acheté des photos.

– En effet, affirme Patrick dont les yeux ne quittent pas Kaël.

Au regard tendre qu'il lui adresse de loin, je devine que ce n'est pas uniquement le succès de cette soirée qui rend le directeur de la galerie heureux.

Un homme vient me saluer et me félicite pour mon travail. Mes anciens collègues journalistes et photographes l'imitent et une heure passe sans que je puisse approcher Kaël. Ces attentions me font plaisir et me rendent fière, mais c'est avec lui que je veux profiter de ce succès. Voyant qu'il est sollicité de toutes parts, je renonce à le déranger.

– Ta sœur a tout déchiré ! déclare Charlotte à mon frère qui m'embrasse une joue.

– Évidemment !

– Je ne savais pas que Kaël serait si… envoûtant, lance Gina qui vient nous rejoindre, suivie de Matteo.

– Mon pote fait un carton ! lâche ce dernier avec un grand sourire, avant de l'adresser à Charlotte qui se renfrogne à sa vue.

Sentant l'ambiance se tendre légèrement, ou peut-être voulant en profiter, Eliot et Gina s'éloignent et je m'apprête à les imiter. Mais c'est compter sans Charlotte qui m'agrippe par le bras, sous le regard surpris de Matteo.

– Tu… ne veux pas qu'on discute un peu tous les deux ? demande-t-il à mon amie d'un ton hésitant.

– Non, ça ira, merci.

Je tente une nouvelle échappée, mais la main de Charlotte ne me laisse aucune chance de m'éclipser. Je vois Matteo se résigner à parler en ma présence d'un sujet qu'il aurait, je le suppose, préféré garder pour eux.

– T'as pas répondu à mes textos, remarque-t-il.

– Je me suis dit que ça ne serait pas une bonne idée, réplique-t-elle.

– Écoute, j'étais ivre la dernière fois et j'aimerais juste t'offrir une soirée où je serais plus… enfin, tu vois.

– Non, je ne vois pas. Comme je ne vois pas ta petite amie à tes côtés, ce soir.

La bouche de Matteo s'entrouvre d'étonnement, et je juge qu'il est vraiment temps de me défaire de l'étau des doigts de Charlotte qui râle quand j'y parviens.

– T'es une traîtresse ! me chuchote-t-elle à l'oreille.

Je pouffe et vais rejoindre Kaël que je découvre immobile devant l'un des clichés en noir et blanc. Ma main s'approche de la sienne et nous restons là, à admirer cet instant que je chéris de toutes mes forces. *Celui de notre premier baiser...*

Mes pensées s'envolent à ce moment. Les doigts de Kaël frôlent les miens avant de s'en saisir, puis il se tourne vers moi, le regard chargé d'un sentiment que je peine à définir. Ses mains se plaquent alors sur mes joues, et sa bouche trouve la mienne, comme elle l'a fait le soir de ce délicieux souvenir.

CHAPITRE 29

KAËL

Je suis heureux. Et je culpabilise parce que ne cesse de revenir dans mon esprit ce qui me tourmente depuis des jours : mon futur départ pour la Californie et les raisons qui me poussent à faire ce voyage. Mais pour Zoé, je décide de laisser tout de côté au moins le temps d'un week-end. Elle mérite tellement ces ovations. Elle mérite la paix que ces deux jours lui offriront.

Moi, j'hallucine encore des compliments que j'ai reçus durant cette soirée sur le point de se terminer.

– Merci, mon pote, me lance Axel avec un regard ému.

Son père pose une main sur mon épaule.

– Tu as du talent, mon grand.

Je baisse les yeux et me mords les lèvres avec pudeur. Je n'ai pas vraiment l'habitude qu'on me félicite et je ne sais pas comment réagir.

– Toute la réussite revient à Zoé.

– Pas seulement, Kaël, me corrige Pat avant de répéter : Pas seulement.

Tous deux me quittent pour s'assurer que les derniers convives sont bien servis. La salle s'est passablement vidée quand Eliot s'approche avec sa sœur.

– Ça te dit de fêter ça autour d'un verre ? demande-t-il.

Qu'il me le propose me provoque un sourire. Je suis ravi qu'il m'accepte enfin et je vois bien que Zoé est aussi émue que moi.

– Avec plaisir.

Charlotte, Gina et Matteo se joignent à nous quand nous quittons Patrick et Axel sur de franches accolades.

Nous nous rendons à La Bohème du Tertre, une brasserie encore ouverte à cette heure. Durant les quelques minutes de trajet, ma main ne lâche pas celle de Zoé. Nous nous sourions, le cœur gonflé par la réussite de cette soirée. Je n'aurais pas osé refuser l'invitation d'Eliot, au regard de son aide sur l'expo, mais il me tarde à présent d'être enfin seul avec sa sœur.

Ce n'est qu'au bout d'un long moment que je perçois le silence qui pèse autour de nos quatre amis. Mes yeux s'orientent vers Gina dont les siens fusillent son frère, tandis que ce dernier tourne toute son attention vers Charlotte qui l'ignore. Aucun mot n'est échangé jusqu'à ce que le serveur de la brasserie nous désigne notre table. Zoé et moi n'avons pas le temps de dire *ouf* que nous sommes installés au milieu de nos amis. Matteo et Eliot sont d'un côté, Charlotte et Gina, de l'autre. Zoé se mord les lèvres pour ne pas rire. Elle doit savoir quelque chose que j'ignore.

– Je prendrais bien un plateau de charcuterie pour accompagner ma bière, lance Eliot, les yeux fixés sur la carte.

– Je valide, dit Charlotte à son tour.

– Mmmh, lâche Matteo, avant de river son attention sur la meilleure amie de Zoé.

– Dis donc, Matteo, je te trouve bien silencieux ce soir, remarque sa sœur Gina en l'observant. Tu veux peut-être qu'on échange nos places ?

Matteo tourne les yeux sur Eliot, puis sur Charlotte qui ne lui accorde aucun regard.

– Non, ça ira.

Un rictus s'immisce sur le visage de l'amie de Zoé, tandis que Gina soupire.

– C'était une soirée géniale, Kaël, me lance-t-elle. Patrick m'a dit que la plupart des photos devraient se vendre comme des petits pains, puisqu'il en a déjà écoulé quelques-unes au vernissage.

– Je suis content pour lui, mais c'est à Zoé qu'on doit ces clichés, moi, je n'ai été que le modèle.

– Un modèle sublime, affirme ma voisine en rougissant.

Je passe la langue sur ma lèvre inférieure, captivé par sa pudeur spontanée. Je lutte pour ne pas dégager les verres et tout ce qu'il y a sur la table pour me ruer sur elle et l'embrasser.

– Tu accepterais d'en faire de moi ? lui demande nonchalamment Matteo, après que le serveur a pris nos commandes.

Mes yeux se tournent lentement vers mon pote et le torpillent.

– Quoi ? Moi aussi, j'aimerais avoir des photos de moi.

– Pour t'admirer, je suppose, lance Charlotte, d'un ton moqueur.

– Si tu les admires avec moi, ça serait encore mieux, réplique-t-il en la gratifiant d'un clin d'œil.

– Je suis certaine que ta chérie saura les apprécier bien mieux que moi, le douche son interlocutrice que son charme n'impressionne pas.

Gina se gausse.

– Oh putain, Matteo, elle t'a remis à ta place !

– La ferme, Gina ! se renfrogne son frère.

– Je demanderais bien à Zoé d'en prendre de moi, dit Eliot qui s'invite dans la conversation, mais ce serait étrange que je me foute à poil devant ma frangine.

– T'as conscience que je peux très bien te photographier avec des vêtements, n'est-ce pas ? lui rétorque sa sœur.

– Pour les autres, je peux me proposer, déclare Gina à Eliot, dont le sourire fend aussitôt le visage.

Matteo grogne, mais son attention reste fixée sur Charlotte dont un sourcil s'est haussé.

– Je veux te revoir, lâche-t-il subitement à son intention, et à la surprise de tous.

Ouh là... Zoé se racle la gorge. Les yeux d'Eliot s'arrondissent. Gina se sert de sa carte pour cacher son rire. Même Charlotte est désarçonnée par cette remarque formulée avec tant de détermination.

– Merci, dit-elle, mais j'ai dessoûlé depuis cette nuit-là.

– C'est peut-être l'occasion de me découvrir dans mon état normal.

– Et dans ton état normal, une femme partage ta vie ?

Mes yeux se lèvent sur Zoé qui crispe les lèvres. Tout le monde autour de la table, excepté Charlotte et Matteo, se demande sans doute s'il doit s'éclipser.

– Elle et moi sommes un couple libre, enchaîne mon ami.

– Ah bon ? soulève Charlotte. À mon sens, le mot « couple » implique aussi le mot « sentiment » et donc… plan cul ou pas, je ne couche pas avec des mecs déjà maqués, tu vois.

– T'as couché avec Matteo ?

– Bordel, t'es lente Gina ! s'agace son frère.

– Et tu me prends la tête parce que j'ai roulé une pelle à Eliot !

C'est au tour de ce dernier de se racler la gorge. Matteo l'observe, avant de revenir à sa sœur.

– Lui et moi avons eu une discussion, je suis rassuré à présent.

– À présent que quoi ? le questionne Gina.

– On est potes maintenant. Et un pote, ça sort pas avec les frangines de ses amis.

Les yeux de Gina lui lancent des boules de feu, avant de pivoter vers Eliot. Agacée, elle se lève dans un grincement de chaise et sort de la brasserie. Le frère de Zoé se précipite alors vers la sortie, tandis que Matteo soupire.

– T'as un sacré culot, toi ! le charge Charlotte, aussitôt que la porte se referme.

– Visiblement, tu as décidé de me juger et je ne peux pas aller contre ce que tu penses de moi, dit-il en se levant et en jetant quelques billets sur la table. Bonne soirée, Kaël et Zoé, et encore bravo.

Il me serre la main, tapote l'épaule de Zoé, avant de se planter devant la chaise de Charlotte qui tente d'échapper à son regard.

– J'ai envie de te revoir.

– Je ne fais pas de plans cul avec les hommes déjà pris, désolée.

– Je ne te parle pas de plans cul.

Charlotte en reste bouche bée. Et j'admets que moi aussi. *Bah merde, alors…*

Matteo se baisse et dépose un baiser sur la joue de la jolie rousse à l'expression hébétée. Quand il s'apprête à quitter les lieux, cette dernière se lève subitement et part le rejoindre, me laissant seul avec Zoé et six verres non consommés.

Un sourire s'immisce sur les lèvres de ma délicieuse voisine et accueille le mien. Je m'enfile ma bière à la vitesse de l'éclair et me lève à mon tour afin de saisir sa main.

– On rentre ?

CHAPITRE 30

ZOÉ

Il est près d'une heure du matin lorsque nous parvenons à mon appartement. L'habitude me pousse à jeter un coup d'œil dans la chambre de Lilou qui n'y dort pourtant pas. De nouveaux SMS sur mon portable m'assurent que tout se passe bien chez mes parents, alors je décide de profiter de ce moment de calme en compagnie de Kaël.

La soirée a dépassé mes attentes et les compliments que j'ai reçus, quant aux photos exposées, emplissent encore mon cœur de fierté. Je suis sur le point d'en parler à Kaël, mais à peine a-t-il refermé la porte qu'il tire mon bras pour me plaquer contre lui. Ses mains prennent mon visage en coupe, avant d'explorer ma chevelure et moi, j'en perds le souffle.

Son torse se colle à ma poitrine, son bassin, à mes hanches. Emportée par la fougue de ce baiser, j'ondule contre lui et me délecte de le sentir s'embraser. S'il savait comme le désir de lui me consume ! S'il savait à quel point mon cœur bat la chamade ! Le feu de son étreinte se répand en moi telle une traînée de poudre. Mes bras se lovent autour de sa taille, mes doigts caressent les lignes de son dos. Désireux de mieux en ressentir les effets, il ôte sa veste de costume et repart à l'assaut de ma bouche. Sa langue ne rencontre aucune barrière quand elle décide de s'enrouler autour de la mienne. Et ça dure… et ça dure… et je m'enivre de ce baiser. *De lui.*

Sa main se glisse dans la mienne et m'invite à rejoindre la chambre. Je lâche un ridicule hoquet de surprise et me tends sans le vouloir.

– Que ta peau Zoé, susurre-t-il à mon oreille, avant de répéter : Que ta peau.

J'opine de la tête et le suis, me reprochant intérieurement ma réaction. Il ferme la porte et nous laisse dans l'obscurité seulement troublée par la faible lueur émanant de la lampe de chevet.

On reste un instant debout, à se contempler. Kaël détache un bouton de son col de chemise, et moi je suis ce geste, captivée, désirant qu'il en défasse d'autres. Il n'en fait rien. Il me dévisage. Il m'ensorcelle.

– Allonge-toi, s'il te plaît, murmure-t-il.

Je déglutis, ne sachant pas ce qui m'attend, le redoutant et l'espérant. Mais si tôt après mon accouchement… La panique s'empare de moi, jusqu'à ce qu'il répète les mots : « Que ta peau. »

Alors je retire mes escarpins et monte sur le lit. Je m'y installe et rive mon regard au plafond.

Je souffle, le corps enflammé de désir en observant Kaël qui s'assied sur le fauteuil dans l'angle. Il pose ses coudes sur ses cuisses et son menton sur le dos de ses mains. Pas un instant ses yeux ne quittent les miens.

– Remonte doucement ta robe sur tes hanches, Zoé.

Ma respiration s'accélère. Je me doute de là où ce petit jeu va nous mener et je manque de confiance, mais un autre coup d'œil sur Kaël m'insuffle la témérité dont j'ai besoin, pour me faire lâcher prise. Mes doigts se portent au-dessus de mes genoux légèrement pliés, se serrent sur les pans de ma robe et la relèvent lentement sur moi. Le sourire qui s'imprime sur le visage de Kaël m'envoûte et me décide à aller plus loin. Je fais glisser ma main délicatement sur ma culotte en dentelle, effleurant mon intimité sous son attention sensuelle.

– Passe-la en dessous.

Mes joues s'échauffent, mon désir se loge au creux de mes reins, ma main s'exécute et constate à quel point je m'enflamme pour cet homme.

Lâcher prise…

Je me caresse lentement sous ses yeux avides, sous son expression captivée et sa bouche entrouverte. Puis je clos les paupières et me laisse entraîner plus loin dans ce moment de sensualité, mes doigts remontant sur ma robe et sur ma poitrine, avant de repartir à l'assaut de mon intimité. Un bruit attire mon attention et invite mon visage à se tourner là où se trouve Kaël. Mais il n'y est plus.

Non, il est là, debout près du lit, me surplombant de toute sa hauteur, le regard chargé de convoitise. Il respire vite quand il se décide à ôter sa chemise, et moi je continue de me caresser en l'observant se déshabiller, fascinée par son corps sans défaut, par ses muscles dessinés et ses iris mordorés qui ne cessent de me contempler. Je dresse la main devant lui et l'invite à me rejoindre. Il retire le reste de ses vêtements, si ce n'est son boxer dont les coutures s'étirent sous l'intensité de son excitation. Mon cœur se gonfle de le découvrir. *C'est moi qui lui fais cet effet... C'est vraiment moi ?*

Depuis quand n'ai-je pas vécu de moment si sensuel ? Depuis quand ne me suis-je pas véritablement abandonnée au regard d'un homme ? Cela, je peux le dire : *jamais*.

Il se penche au-dessus de moi, ses yeux parcourant mon corps qui se tortille, avant de planter un baiser sur mes lèvres.

– T'as décidé de me rendre dingue, c'est ça ? chuchote-t-il d'une voix rauque, tandis que sa bouche se perd dans mon cou.

Je souris, parce que je ne savais pas que je pouvais prétendre à tant de désir chez un homme, tandis que le mien culmine. Du moins, c'est ce que je crois, jusqu'à ce que les lèvres de Kaël déposent des baisers sur ma poitrine, que ses doigts caressent mes jambes nues et remontent lentement pour se saisir des miens.

– C'est à moi de te satisfaire, maintenant, murmure-t-il.

Je halète à ces mots, alors que la main de Kaël se glisse sous mon dessous. Je me cambre quand ses phalanges sinuent sur mon intimité, qu'elles se plaisent à tourmenter.

Des baisers et encore des baisers sur ma peau et sur ma bouche.

Sa langue qui caresse mes lèvres avant de s'inviter derrière elles, et de rencontrer de nouveau la mienne.

Ses doigts qui ne me laissent aucun répit.

Et son souffle chaud sur mon épiderme.

Mes yeux s'entrouvrent et s'arriment à ceux de Kaël qui sourit contre ma bouche, jusqu'à ce qu'il s'en détache pour lentement s'aventurer plus au sud. Je hoquette quand il dépose un baiser sur le tissu de ma culotte et que mon visage s'enflamme à l'idée de ce qui va suivre. Ses doigts retirent doucement mon dessous, ses prunelles ne quittant pas les miennes, tandis que sa bouche plonge entre mes cuisses.

Oh la vache ! Je plaque la main sur mes lèvres, de crainte d'avoir dit ça à voix haute, pendant que celles de Kaël s'emploient à me gratifier d'un plaisir presque insoutenable. Sa langue m'explore, m'aspire, et me tourmente. Mes doigts empoignent le drap qui recouvre mon lit, tandis qu'un long soupir s'échappe de ma gorge. Puis c'est trop.

Trop fort, trop grand, trop irrésistible et je me cambre à nouveau sous l'explosion qui se déclenche en moi. Mes jambes tremblent, ma tête s'embrase, mes mains se faufilent dans la chevelure de Kaël, dont le sourire éclaire le visage. D'une impulsion, je l'invite à venir m'embrasser. Il dépose quelques baisers sur mon ventre recouvert du tissu de ma robe, serpente sur le haut de ma poitrine, puis sur mon cou, avant d'atteindre mes lèvres.

Et moi, je ne suis plus que béatitude et admiration, me laissant glisser dans l'océan de bonheur dans lequel je baigne à ses côtés.

– Kaël… chuchoté-je.

– Zoé…

Et nos sourires.

Et nos étreintes…

Ils dureront toute la nuit.

CHAPITRE 31

KAËL

Un voile rouge traverse mes paupières. Le jour s'est levé et les rayons du soleil se glissent dans les interstices des volets de l'appartement de Zoé.

J'ouvre les yeux. Mon visage est fourré dans sa nuque. Sa chevelure dorée me chatouille le nez. Mon torse est collé à son dos, mon bras est posé sur sa taille. Je sens que naît mon désir quand je prends conscience de la proximité de ses fesses contre mon bassin. Je me recule un peu, car je ne suis pas sûr de pouvoir encore me retenir de lui demander d'aller plus loin.

Cette nuit était incomparable, sensuelle, enivrante, et douloureusement excitante. Combien de fois ai-je lutté pour ne pas la convaincre de lui faire l'amour ? Combien de fois me suis-je dit que j'étais un sacré salopard de m'abandonner à toutes ces caresses, alors que bientôt je ne pourrai plus tenir ma promesse de lui réserver mes baisers ?

La frustration a été difficile à supporter, car depuis cette nuit, je suis plus que jamais fasciné par cette femme. Je rêve à présent de me fondre en elle, de la faire mienne et… *je l'aime*. C'est une certitude, maintenant que je me remémore avec émotion nos étreintes passionnées.

Elle bouge un peu, pose sa main sur la mienne et lâche un soupir.

– Bonjour, murmuré-je à son oreille.

– Hey… dit-elle d'une voix ensommeillée.

Elle se recule contre moi, et resserre son emprise sur mes doigts.

– Je ne sais plus depuis quand je n'ai pas aussi bien dormi.

Je suis heureux de l'entendre. Elle avait tant besoin de se reposer. Je me rappelle encore ces quelques nuits où, depuis ma chambre, je l'ai entendue pleurer sa fatigue et la solitude de sa situation. Ça m'a brisé le cœur, alors je suis venu la voir. Mais à chaque fois qu'elle m'ouvrait la porte de son appartement, elle essuyait ses yeux, tentait de me convaincre que tout allait bien, et qu'il n'était pas question que je m'inquiète. C'est d'ailleurs après toutes ces interventions qu'elle m'a acheté des bouchons d'oreilles, prétextant que c'était pour me préserver des pleurs de Lilou. Ce n'était pas entièrement la vérité.

Elle se glisse hors des draps, vêtue d'une fine nuisette bordeaux. Dès qu'elle passe le seuil de la salle de bains, je fourre mon visage dans l'oreiller.

Ma frustration est à son comble depuis que j'ai exploré son corps de ma langue, que j'ai vécu ce moment d'intimité dont je me suis délecté.

J'entends l'eau qui s'écoule de la douche. En moi éclôt un sentiment puissant, irrépressible : celui de la rejoindre. Mais si elle ne m'y a pas invité, c'est peut-être qu'elle n'est pas encore à l'aise à l'idée de se montrer. Dans la pénombre de cette nuit, je n'ai vu que ses jambes et son sexe, et putain que c'était difficile de me retenir de la déshabiller entièrement, pour qu'il ne reste que sa peau contre la mienne. Je ne fais qu'y penser, alors que je patiente et me pose cent fois la question d'aller la retrouver sous le jet d'eau, sans doute pas aussi brûlant que moi en cet instant.

Les minutes défilent. Zoé sort dans une tenue décontractée. Je constate qu'elle se mordille la lèvre, visiblement embêtée.

– Il y a un problème ? m'enquiers-je.

– Je dois… je dois soulager mes seins. Je suis désolée…

Je m'attendais à tout sauf à ça et me souviens des paroles de Matteo qui mentionnaient de ne jamais rester en présence d'une femme qui tire son lait. Seulement, je crois que Zoé pourrait faire n'importe quoi que je l'admirerais. Mais face à son expression confuse, je décide de me lever et pars me laver, lui laissant le loisir de se retrouver seule pour accomplir sa besogne.

Une heure plus tard, nous sommes allongés l'un contre l'autre sur le canapé. Nos jambes sont enchevêtrées, je ne cesse de déposer des baisers sur son cou, tandis que nous regardons un film à l'eau de rose sur Netflix. Zoé pouffe de rire à chaque réplique cul-cul et ça me fait marrer. Il est vraiment naze, ce film. Au bout de trente minutes, elle se tourne vers moi et m'embrasse d'un langoureux baiser. Je m'y perds, mais en moi ressurgit cette culpabilité que j'ai laissée tapie depuis hier. Bientôt, je serai séparé d'elle durant un long mois. Bientôt, je ne pourrai plus lui réserver mes lèvres. Je ne sais pas comment le lui dire, et cette pensée assombrit mon humeur.

– Que se passe-t-il, Kaël ?

J'ancre mon regard dans le sien, ma bouche à quelques centimètres de la sienne, et me dis : *Pas aujourd'hui.* Pas maintenant qu'elle est détendue et profite d'un moment où rien ne vient la perturber. Je lui souris et dépose un baiser sur ses lèvres. Évidemment, elle a deviné que quelque chose n'allait pas, mais c'est ce que j'apprécie chez Zoé : elle sait quand ne pas insister.

On enchaîne sur un film d'action. C'est déjà plus mon style, mais les dialogues ridicules font marrer Zoé, tandis qu'ils m'exaspèrent. Cette dernière coupe le son quand un appel surgit de son smartphone.

– Allô, Charlotte ? Alors qu'as-tu fait après t'être enfuie de la brasserie, on peut savoir ? Non, parce que le « J'ai envie de te revoir » de Matteo était wouaaaah !

Pendant que sa meilleure amie lui répond, je laisse glisser ma langue sur sa nuque.

– Donc, il ne s'est rien passé ? dit-elle, manifestement déçue, en tentant vainement de me repousser.

Longue réponse, mes lèvres se posent sur l'épaule de Zoé qui glousse à mes caresses.

– Non, je t'écoute, Charlotte, promis !

C'est interminable. Son amie doit en avoir, des choses à raconter, et ça m'agace un peu quand Zoé ne m'accorde plus son attention.

– Oh, vraiment ?

Je grogne, ce qui la fait rire. Je me mords la lèvre et m'empare du téléphone.

– Charlotte, c'est Kaël.

– Oh salut, ça va ?

– Nickel. Mais il ne me reste plus que trois heures seul avec Zoé. Ça ne t'ennuie pas de remettre cet appel.

– Ça dépend. Raconte-moi ce que vous faites et…

– C'était pas une question. Bonne fin de journée, Charlotte.

Quand je raccroche et pose le portable sur la table, Zoé éclate de rire. Je la prends dans mes bras, l'embrasse et me dis qu'il serait judicieux de lui accorder les mêmes faveurs que cette nuit.

Lorsque son plaisir culmine et que ma bouche quitte son corps, le sourire que je perçois sur son visage est mon plus beau cadeau. Car malgré toutes mes emmerdes, malgré l'avenir qui me destine à ses tourments, je suis heureux.

Avec elle, je suis heureux.

CHAPITRE 32

ZOÉ

Je sors de la galerie de Patrick, ravie des nouvelles qu'il m'a données. En quinze jours, toutes les photos ont été vendues et la publicité faite autour de l'événement a considérablement accru le nombre de visiteurs. Le directeur m'a serrée dans ses bras et remerciée. Il était aux anges quand je lui ai dit que j'avais d'autres tirages à lui soumettre. Je les avais mis de côté dans le cas où cette expo serait un succès. Nous avons donc communiqué à propos de ces clichés inédits sur le nouveau compte Instagram de la galerie Prévost, ainsi que sur celui de Kaël, sans oublier de prévenir quelques journaux qui ont eu l'amabilité de diffuser l'information.

Mon voisin aussi sexy que chaud bouillant a captivé les journalistes. Patrick m'a dit qu'il n'est pas le seul et que mon travail a tout autant été remarqué. Ce compliment m'est allé droit au cœur, d'autant que je dois désormais en chercher un, justement.

En rentrant chez moi, je rédige un CV et consulte les offres d'emploi sur Internet. Avec Lilou, je n'ai plus la possibilité de voyager en tant que photographe paysagiste. Il me faut donc un métier stable à Paris, puisque dans quelques mois, je n'aurai plus d'économies. Malheureusement, je n'ai pas de book et pas vraiment de contacts en dehors du milieu dans lequel j'ai exercé toute mon existence d'adulte. Et pour être honnête, je ne sais pas me vendre. Sans doute est-ce une des conséquences de ma vie commune avec Adam, car je ne cesse de me dire que je suis nulle et que si cette expo a rencontré son succès, ce n'est que grâce au modèle qui sait embrasser la lumière comme personne. *Pas que la lumière, d'ailleurs*... Mes pensées s'envolent et me ramènent à nos étreintes.

Lilou n'a pas deux mois et ne fait pas encore ses nuits. Mes jours lui sont constamment dédiés, si bien que je n'ai pas beaucoup de temps à accorder à Kaël. Lui, en revanche, vient quotidiennement me demander si j'ai besoin d'aide. Parfois, il prend la poussette et va même balader ma fille afin que je profite de ce moment pour me reposer. *Quel homme fait ça ?*

Au fil des jours, je sens bien qu'il a capturé mon cœur. Lui qui s'emballe dès que mes yeux rencontrent ceux de mon voisin. Lui qui palpite si fort que je suis souvent obligée de poser une main sur ma poitrine pour tenter de le calmer.

C'est une évidence : je suis amoureuse de Kaël et je ne le lui ai pas avoué. La vérité, c'est que j'ai peur.

– Zoé, tu m'écoutes ? me demande Charlotte.

Je ne m'attendais pas à sa visite et je n'ai pas osé lui dire que j'escomptais dormir une petite heure durant la sieste de Lilou. Puis je me suis rendu compte qu'à elle non plus je n'accordais pas beaucoup d'attention ces derniers temps et j'ai pris sur moi.

– Pardon, qu'as-tu dit ?

– Je t'expliquais ce qu'il s'est passé avec Matteo.

– Me raconter que vous avez discuté toute la nuit et que vous ne vous êtes pas revus depuis, c'est pas foufou, Charlotte. Je m'attendais à plus d'action.

Elle me regarde, hébétée.

– Eh bien, il est temps que tu retrouves une vie sexuelle, car, merde, il n'est pas question que tu la vives à travers moi !

– Tout va très bien de ce côté-là, la rassuré-je.

Ses yeux s'écarquillent.

– Quoi ? Vous avez…

– Non, nous ne sommes pas allés jusque-là, mais…

– Mais ?

– J'y songe.

– Oh, putain ! s'exclame Charlotte. Mais le porno, tout ça. Tu ne voulais pas qu'il…

– Je sais. Je sais. Mais… quand il est avec moi, plus rien n'existe, tu vois. Je me dis que, peut-être, je suis prête à accepter ça.

– Il est fou de toi, Zoé.

– Oui, je crois.

Je laisse échapper un petit rire, puis me mords la lèvre, tandis que mon visage se colore. Mais comme à chaque fois que je me laisse aller à ce bonheur, mes doutes reviennent me hanter.

– Comment se fait-il qu'un homme comme lui s'intéresse à moi ? murmuré-je.

– Tu déconnes ?

Charlotte soupire.

– T'es merveilleuse, tendre, intelligente et talentueuse, déclare-t-elle en posant sa main sur la mienne, et tu es belle, Zoé. C'est juste que tu l'ignores.

Je secoue la tête.

– N'importe quoi.

– Arrête ! tonne soudain Charlotte en resserrant son emprise sur mes doigts. Arrête de te rabaisser ! Arrête de penser que tu n'es pas intéressante, et accepte enfin qu'un homme ait remarqué à quel point ma meilleure amie est fabuleuse.

Je l'observe, touchée. Le sourire qu'elle m'adresse après cette remontrance est adorable. Il attise le mien.

– D'accord, Charlotte. D'accord.

Le réveil de Lilou interrompt notre conversation. Mon amie ne cesse de lui faire des câlins, jusqu'à ce que ma fille décide de régurgiter sur son chemisier. La mine effarée de Charlotte me fait mourir de rire, mais précipite son départ. Elle a rendez-vous avec Matteo et doit aller se changer.

Une heure après qu'elle m'a quittée, une notification sur mon téléphone affiche un texto de Kaël, accompagné d'une adresse.

J'ai une surprise pour toi. Retrouve-moi
là-bas, à 15 h. C'est au deuxième
étage. Entre sans frapper.
J'ai hâte de te voir.

Je suis étonnée par une telle invitation, puisque c'est la première que je reçois de sa part. Mais j'apprécie les surprises et me demande ce qu'il a bien pu me concocter. Je n'ose pas lui répondre qu'à cette heure-là, Lilou est censée dormir, mais pour une fois… Alors je me décide à l'emmener dans sa poussette, dans laquelle je sais qu'elle trouvera le sommeil.

À quinze heures, je suis obligée de réveiller ma fille pour la porter. Il n'y a pas d'ascenseur dans l'immeuble situé à Saint-Germain-des-Prés, où m'a donné rendez-vous Kaël. Elle ne pleure pas et accueille mes bras sans sourciller. Je me dis que j'ai de la chance d'avoir donné naissance à un bébé aussi calme et dépose un baiser sur son front.

Je monte les étages, le cœur palpitant à l'idée de retrouver Kaël. Il me tarde de découvrir cette surprise, songeant que je ne me rappelle pas la dernière fois qu'on m'en a fait une.

Une fois sur le palier, j'enclenche la poignée de la porte et inspire avant d'entrer. Face à moi se déploie un long couloir aux murs blancs, dont le plafond est orné de moulures haussmanniennes. Mon regard parcourt les tableaux de nus qui y sont suspendus, et je m'interroge sur qui peut bien vivre ici, jusqu'à ce que de longs gémissements parviennent à mes oreilles. Je ne comprends pas ce que j'écoute et m'approche d'une autre porte, Lilou plaquée contre moi quand je l'ouvre.

Et là, le choc me saisit. Devant moi, un homme tient une caméra et filme ce qui se passe sur un lit de forme ovale. Une femme est à quatre pattes, la tête rejetée en arrière, tandis que le corps nu de Kaël la martèle de coups de bassin qui font claquer sa chair.

Mon sang se glace, mon souffle se coupe. Je pose instinctivement les doigts sur les yeux de Lilou, pourtant tournés à l'opposé de ce qui se déroule face à moi. Et je reste figée devant ce spectacle qui m'étreint le cœur et qui me fait venir des larmes. *Pourquoi... pourquoi m'a-t-il fait ça ?*

Je n'arrive pas à bouger et me décompose, tandis que Kaël émet un grognement et plonge le visage dans la nuque de la fille qu'il pilonne plus fort. Puis il se tourne un peu et me découvre, là, suspendue à cet instant qui me tord les entrailles, qui m'empêche de respirer. Il se fige, le sang quitte ses joues, ses yeux s'écarquillent et me renvoient le choc qu'il éprouve à me voir ici. À sa mine affligée, je crois deviner qu'il ne s'attendait pas à ma visite. Mais j'ai vu… j'ai vu ce que je m'échine à ignorer et que je sais aujourd'hui être incapable d'accepter.

– Il se passe quoi, là ?! s'emporte le réalisateur, qui n'a pas encore compris pourquoi son acteur ne peut plus continuer.

Kaël se dégage lentement du corps de la femme, l'expression meurtrie. La mienne doit lui renvoyer tout ce que cette scène m'inspire. C'est à cet instant que je recule et que je m'élance dans l'escalier. Dès que je parviens jusqu'à la poussette, je m'empresse d'y attacher ma fille et de partir de cet endroit. Mon cœur est à terre, les larmes roulent sur mes joues, j'ai presque envie de courir pour m'échapper. Lilou pleure et je ne sais… non, je ne sais plus quoi faire ni quoi penser. Au supplice, je rentre chez moi et souhaite me glisser sous les draps pour continuer à pleurer. Mais ma fille a faim. Elle réclame que je reste à la hauteur de mon rôle de maman.

Mais c'est dur… c'est si dur…

CHAPITRE 33

KAËL

Je suis debout, figé et dévasté, tandis que Micka me demande ce qu'il m'arrive. Ma respiration est si rapide que je peine à reprendre mon souffle. L'actrice avec qui je tournais, il n'y a pas une minute, m'observe alors que je recule d'un pas, ne comprenant pas ce qu'il vient de se passer. *Zoé*...

Elle m'a vu.

Que faisait-elle là ?

Comment a-t-elle su ?

Elle m'a vu.

Son visage qui m'exprime toute sa désolation.

Ses mains qui se resserrent sur Lilou.

Elle m'a vu.

Son cœur qui se brise.

Ses yeux qui se baignent de larmes.

Elle m'a vu, putain !

Je hurle de rage. J'ai envie de vomir et je titube lorsque je sors du studio pour me ruer dans le vestiaire, espérant m'habiller au plus vite et la rattraper. Micka est sur mes talons.

– Kaël, qu'est-ce qui se passe ?

– Elle m'a vu, Micka. Elle m'a vu !

– Qui ? C'était qui, cette fille ?

Je ne réponds pas. La tempête bouscule les pensées dans mon esprit. Je tremble en enfilant mes vêtements et me retourne vers le casier où je range ma sacoche. Zoé ne devrait pas tarder à atteindre le métro, alors je me mets en quête de mon smartphone pour l'appeler et la supplier de m'attendre.

Mon cœur bat trop vite, je suis essoufflé et dès lors que je constate que mon téléphone n'est pas là où il devrait être, je balance ma sacoche à travers la pièce.

– Kaël, putain, qu'est-ce qui se passe ?

– Où est mon portable ?

– Tu le laisses toujours dans ton casier, tu ne le trouves pas ?

– Non, Micka, bordel !

Je récupère ma sacoche sur le sol et l'inspecte à nouveau. Après tout, je suis si remué que j'ai pu passer à côté. *Mais rien*. Je retourne le casier. *Rien.* Je parcours le studio au pas de course et regarde partout autour de moi. *Toujours rien, putain !*

– Je dois y aller, annoncé-je à Micka, qui a compris que ce n'est pas le moment de protester.

Je cours jusqu'à la station de métro. L'image du visage affligé de Zoé est imprimée dans mes rétines et m'empêche de voir tout ce qui m'entoure.

Ma gorge se serre quand je me remémore ses larmes silencieuses, mon cœur est en morceaux de l'avoir fait souffrir. *Mais pourquoi était-elle là ? Comment a-t-elle su où je me trouvais ?*

Ces questions me rendent fou. Je parviens à mon immeuble, haletant, et grimpe l'escalier en courant. À peine suis-je arrivé sur le palier que je tape à la porte de Zoé.

Plusieurs coups, mais aucune réponse. Je colle l'oreille au battant. Pas un bruit. Je frappe encore, et plus je le fais, plus ma main se fait douloureuse. Je retiens un cri alors que je tambourine maintenant des deux poings sur cette fichue porte.

– Arrête, Kaël, entends-je de l'autre côté.

Sa voix... Elle m'apaise, mes bras retombent le long de mon corps.

– Zoé, je…

– Écoute, j'allaite. On parlera de tout ça plus tard.

Non... non, non, non ! Je ne veux pas. Je dois tout arranger. Mes doigts se fourrent dans mes cheveux que je tire, tant je suis chamboulé.

– Faut qu'on parle maintenant, s'il te plaît, Zoé.

– Pas tout de suite, Kaël, je t'en prie.

Son timbre qui se brise me fait vriller. Je colle le front sur la porte et inspire, car je vais étouffer.

– Zoé…

– Plus tard. Je t'en supplie.

Je retiens les larmes qui me montent aux yeux. Je murmure encore son nom, avant de reculer et de rentrer chez moi. Puis je reste planté là, au milieu du salon, la gorge nouée et luttant contre la nausée. Mes poings se serrent. Mon regard se porte sur une étagère. De rage, je balance tout son contenu à terre et m'effondre à genoux.

Je crois que j'ai passé une heure sous la douche à me frotter si fort que j'en ai la peau rougie. Le visage éploré de Zoé ne quitte pas mon esprit quand je me glisse sous les draps. C'est pire lorsque, plus tard, j'entends Lilou pleurer et que je l'imagine se lever et prendre soin de sa fille, présumant des tourments qui doivent l'habiter. *À cause de moi…*

Je plaque mes mains sur mes yeux qui luttent pour ne pas laisser déborder mes larmes alors que j'ai envie de hurler. Je me tourne et me retourne encore dans le lit. Je pense et repense, et je serre les poings si fort que mes phalanges blanchissent.

Que faisait-elle au studio ? Comment a-t-elle su ? Est-ce que c'est la fin ?

Mes songes me ramènent au week-end que nous avons passé tous les deux. À ces moments de complicité, de douceur et de sensualité. À nos rires et à nos caresses. À nos étreintes et à nos baisers. *Non, ça ne peut pas être la fin, putain !*

Et pourtant, je n'ai toujours pas trouvé le courage de lui avouer mon départ pour la Californie. Parce que je souhaitais égoïstement profiter du bonheur que j'éprouve avec elle au milieu de cet océan de merde qui m'engloutit. Cette fois, la réalité m'éclate au visage. C'est douloureux. Comment ai-je pu croire être heureux ?

Je fourre mon visage dans l'oreiller et le mords pour m'empêcher de crier. Soudain, je l'entends derrière la cloison et me redresse aussitôt.

– Kaël, je suis désolée.

Mes mains se posent doucement sur le mur qui me sépare d'elle.

– C'est moi qui le suis, Zoé.

Un silence. Il me paraît si long que je retiens l'envie d'aller chercher un marteau et de péter le placo. Mais alors que j'y pense sérieusement, des coups résonnent à ma porte. Je me rue hors du lit et vais ouvrir.

Elle est là. Les yeux gonflés d'avoir trop pleuré. Les miens se baissent sur le sol. Mon cœur se brise. Ses doigts se portent lentement sur mon visage et m'intiment de relever la tête. On s'observe. Les mots peinent à passer la barrière de mes lèvres.

– Pourquoi étais-tu là-bas ? murmuré-je.

– J'ai reçu de ta part un message qui m'invitait à m'y rendre.

– On… on m'a volé mon portable. Je ne t'en ai envoyé aucun, jamais je ne t'aurais fait une chose pareille.

– Je sais.

Je lui fais signe d'entrer, mais elle refuse et ne quitte pas mon regard. Quand elle inspire et qu'elle s'apprête à me parler, je sens que la terre s'ouvre sous mes pieds.

– Je suis désolée, dit-elle encore.

– Non, arrête…

– Je suis désolée parce que j'ai toujours su ce que tu fais dans la vie, Kaël, et que je… j'ai…

Elle se tait et ses larmes reviennent baigner ses iris chocolat. Je peine à respirer.

– Je ne t'en veux pas, poursuit-elle après avoir expiré un souffle, mais je… Ce que je ressens pour toi est si fort que…

Elle pleure et je lutte pour ne pas la prendre dans mes bras. Je sais qu'elle ne les accueillera pas, et je reste là, comme un con, la gorge nouée et retenant une nouvelle envie de chialer.

– Je croyais pouvoir m'accommoder de ton métier, poursuit-elle, la voix chargée de sanglots, mais quand je t'ai vu, j'ai cru qu'on m'arrachait le cœur de la poitrine. Je suis désolée…

– Ne le sois pas.

– Je suis désolée, car… je ne peux pas.

Le coup de massue qui m'achève. Hébété, je reste là, figé sur le seuil de mon appartement, tandis que Zoé s'approche doucement et m'embrasse sur la joue. Quand elle se tourne pour rentrer chez elle, je sais que c'est la fin et que je suis foutu.

CHAPITRE 34

ZOÉ

– Mais qui voudrait vous faire une chose pareille ? s'interroge Charlotte.

Mes yeux encore bouffis d'une nuit sans sommeil peinent à soutenir son regard. Je sens la colère qui l'habite. Moi, je n'en éprouve aucune. Le vide a envahi ma poitrine alors que mes pensées pour Kaël ne quittent plus mon esprit. *Ces images…* je souhaiterais me les arracher de la tête et revenir en arrière. Retourner dans mon déni et profiter de lui.

– Il m'a dit que son portable a été volé au studio. Peut-être qu'une actrice n'a pas apprécié qu'il réserve sa bouche pour moi. Je ne serais pas étonnée que certaines soient tombées sous son charme. Et puis soyons honnêtes, Charlotte, il fait l'amour avec des femmes bien plus jolies que moi. Il est…

– T'arrêtes ça, maintenant, Zoé ! me coupe ma meilleure amie en me fusillant du regard.

Je suis hébétée par son ton péremptoire.

– Ce mec est fou de toi, poursuit-elle, ça se voit comme le nez au milieu de la figure, alors n'essaie pas de te convaincre du contraire ou je vais me fâcher.

– Charlotte, tu…

– Non, laisse-moi parler, car je dois te rappeler qu'il ne fait pas « l'amour » à ces filles, comme tu sembles le penser. C'est son job et je comprends que tu ne l'acceptes pas. Mais tu le savais, Zoé !

– Oui, je le savais. Mais l'imaginer et le voir de mes yeux sont deux choses différentes.

– Peut-être était-ce une situation nécessaire pour que tu les ouvres, justement.

– Comment ça ?

– Ce mec est amoureux de toi. Avant ça, tu étais tellement accro que tu envisageais de mettre ton amour-propre de côté pour vivre pleinement ton histoire avec lui. Eh bien, tu veux que je te dise, je crois que c'était la meilleure idée de l'année ! Ce n'est pas parce qu'il couche avec des actrices dont il n'a que faire qu'il ne t'aime pas. C'est son métier, et tu connais les raisons qui le poussent à continuer !

Je la fixe et intègre ses paroles. Puis je pose ma main sur la sienne.

– Je comprends ce que tu dis, Charlotte, mais depuis que je l'ai vu dans ce maudit studio, je t'assure, je suis certaine que je ne l'accepterai pas.

Les images des va-et-vient de Kaël qui pénètre cette fille reviennent me hanter à ces mots. Son corps nu que je n'ai jamais moi-même entièrement touché. Ses yeux fiévreux sous le plaisir qu'il prenait et qu'il donnait. La sueur qui faisait scintiller son torse tatoué et ses mains posées sur les hanches de sa partenaire. *Comment l'oublier ?* Je ne peux pas. Les larmes reviennent m'envahir et je baisse la tête pour les cacher à Charlotte.

– Je ne suis pas toi, murmuré-je. Je sais que tu ne vois pas les choses comme moi je les vois. Et vraiment, si ça peut marcher avec Matteo malgré son job, eh bien je serai la plus heureuse pour toi.

– De quoi tu parles, Zoé ? Il ne s'agit pas de moi.

– Je sais…

Elle retire sa main de sous la mienne et la pose sur mon bras qu'elle secoue un peu.

– Regarde-moi.

Je relève les yeux.

– Il t'aime.

– Je sais qu'il a des sentiments, mais… je ne conçois pas une relation amoureuse de cette façon.

– Alors tu vas tout arrêter ?

Je ne réponds pas.

– Non, parce que si tu arrêtes tout, Zoé, tu passeras à côté d'une belle histoire. Elle ne sera pas parfaite, mais honnêtement, t'es en âge de comprendre qu'aucune ne l'est vraiment, non ?

– Charlotte a raison, assène Eliot qui fait irruption dans ma chambre.

Il se tient dans l'embrasure de la porte et se gratte la tête.

– J'ai tout entendu depuis que je suis entré, ajoute-t-il.

Mon regard se fixe sur mon frère, je suis estomaquée par ses paroles, dites avec une telle détermination que j'en reste soufflée. Il contourne le lit où je suis assise avec Lilou dans les bras, et s'y installe à l'opposé de Charlotte. Ses yeux contemplent ma fille, avant de s'ancrer aux miens.

– Je suis allé voir un tournage, annonce-t-il.

La stupeur me saisit.

– Avec Matteo, rassure-toi. Ça m'aurait fait chelou d'y aller avec Kaël, alors je peux comprendre que ça ait été un choc pour toi.

Je ne dis rien et repense à ce choc, justement.

– Mais Zoé, dit-il encore, je ne t'ai jamais vue aussi épanouie que depuis que tu le connais. Après des mois à ressasser ton amertume contre Adam, après huit ans que tu as passés avec ce connard et toute une vie que j'ai passée à tes côtés, je sais quand ma sœur est heureuse. Et tu étais heureuse. Si tu le quittes, tu vas le regretter.

– Eliot, je ne peux pas…

– Laisse passer quelques jours et réfléchis bien.

– Bah dis donc ! s'exclame Charlotte. Je suis impressionnée. Peut-être que je vais pardonner à Matteo d'avoir trompé sa nana avec moi.

– C'est pas pareil, lance Eliot en tournant le regard vers elle.

– Super, merci, rétorque-t-elle, visiblement déçue de ne pas recevoir autant de soutien que moi.

– Matteo a craqué pour toi. Sa relation actuelle n'est clairement pas basée sur du solide. Je suis certain que si tu lui disais de tenter l'aventure avec toi, à condition de lâcher sa copine, il le ferait.

– Eh bien, j'aimerais qu'il le fasse sans que j'aie à le lui demander, tu vois.

Eliot observe un instant Charlotte et revient à moi.

– Vous êtes chiantes, les meufs. Vous ne comprendrez jamais que les mecs ne savent pas lire entre les lignes. Alors, avoue à Matteo ce qui te chagrine et *basta*.

– Et toi, tu lui as dit pour Gina ? s'enquiert ma meilleure amie.

Les joues d'Eliot s'enflamment. Je pince les lèvres pour ne pas sourire à cette réaction, puis je décide qu'après tout, cela me ferait du bien.

– Quoi, Gina ?

– Je l'ai vue partir de chez toi alors que je venais te rendre visite avant-hier. Matteo est au courant de vos rendez-vous intimes ?

De rouge écarlate, il devient livide.

– Non, et j'aimerais attendre un peu avant de lui dire que…

– Que quoi ?

– Que je sors avec elle.

– Oh, lâché-je.

Les lèvres de mon frère se courbent. Mon cœur se réchauffe à cette vision. Une palpitation le ranime et mes yeux se posent sur ma fille. Je songe à ces trois jours qui viennent de passer sans que je revoie mon voisin. Au trou béant qui s'est logé dans ma poitrine depuis la dernière fois que je lui ai parlé. À son regard sur moi. *À lui...*

Il me manque…

Kaël me manque…

***

Les jours s'enchaînent sans nouvelles de Kaël. Je suis assise sur le canapé du salon, Lilou dans les bras, les oreilles aux aguets. Je passe chacune de mes journées à l'affût des bruits provenant du palier. Ils m'informent s'il part de chez lui ou s'il rentre… Je ne devrais pas, mais c'est plus fort que moi. Parfois, quand le son caractéristique d'une clé qui tourne résonne jusque chez moi, je fonce en direction de la porte et place mon œil devant le judas. De cette manière, je le vois de temps en temps. J'ai conscience du pathétique de mes actes…

Depuis que je l'ai surpris en plein tournage, mes émotions me submergent. J'aimerais pouvoir revenir en arrière et ne rien avoir vu. Cependant, Charlotte et Eliot ont raison. Il était temps que je me confronte à la réalité. J'ai connu Kaël acteur de X et cela ne m'a pas empêchée de tomber amoureuse de lui. Même s'il n'a pas été explicite sur ses propres sentiments, je crois qu'il m'aime lui aussi, mais peut-être que ce n'est plus le cas ? Il est jeune, pourquoi s'encombrer d'une mère célibataire qui approche la quarantaine quand on est… *lui* ?

Alors que j'entends des pas remonter l'escalier du dernier étage, je pose Lilou dans son transat et me rue vers le judas. J'observe Kaël, les yeux rivés sur sa main qui tient les clés de son appartement. Cette fois, je ne résiste pas et ouvre. Il sursaute avant de se tourner vers moi.

Je m'appuie sur le chambranle de la porte et le regarde sans dire un mot. Un sourire gagne ses lèvres avant de doucement se faner. Le mien reste plaqué sur les miennes, je suis si heureuse de le retrouver.

– Bonjour, Kaël.

– Salut, Zoé.

Un silence s'étire entre nous. Je ne sais pas trop quoi en penser. Il ne semble pas aussi enthousiaste que moi de se revoir. Son air gêné me désarçonne, mais je prends sur moi et tente une approche différente.

– Tu vas bien ? demandé-je.

Il est surpris par ma question et hoche doucement la tête.

– Et toi ? dit-il. Lilou a-t-elle moins mal aux dents ?

Qu'il pense à ma fille dans un moment pareil me touche.

– Oui, on va bien toutes les deux.

– Tant mieux.

Nouveau silence. Puis il se racle la gorge, oriente son regard vers sa porte et s'en approche pour rentrer chez lui. Avant d'y insérer sa clé, il se tourne, affichant une expression navrée.

– Je dois te dire que… je pars bientôt et serai absent quelques semaines.

– Oh.

Je suis déçue et m'en veux horriblement. Cette distance entre nous semble être devenue un abîme infranchissable, et c'est ma faute. Ce départ sonne comme un couperet. *Il part ? Quelques semaines ? Mais...*

– Tu pars où ? m'enquiers-je, incapable de réprimer ma curiosité.

– C'est… pour des tournages. Je…

Il ne termine pas sa phrase et conclut :

– Bonne soirée, Zoé.

Puis il rentre chez lui, et je suis effondrée.

Lilou gazouille gentiment dans son transat tandis que je ferme derrière moi. Mes yeux s'emplissent de larmes.

« C'est son métier, et tu connais les raisons qui le poussent à continuer ! »

Ces mots de Charlotte ne cessent de tournicoter dans mon esprit et se mêlent aux images que j'ai vues. Les hanches de Kaël qui claquent contre les fesses d'une femme splendide ne retenant pas sa jouissance, son corps tout au plaisir qu'il lui offre. *Et moi... je le savais.* Je voulais juste l'éluder, le mettre de côté pour vivre une relation qui m'a donné des ailes… des ailes que quelqu'un a fait en sorte d'arracher.

Qui ? Qui m'a fait ça ? Qui a tout gâché ? Est-ce que tout est vraiment gâché ?

Au dernier regard de Kaël, on pourrait le croire. Mon cœur se serre, s'étreint dans le désarroi qui naît en moi et me terrasse. Je ne veux pas le perdre…

Je ne le perdrai pas… Mais comment faire ?

Accepter.

Accepter.

Accepter.

Les images me reviennent. Kaël ne montrait aucun signe d'attachement, c'était juste de la chair… *de la chair*. Rien de plus.

Mais s'il m'aime… reviendra-t-il ? Et s'il le fait, vais-je savoir passer outre et me jeter sans retenue dans notre relation ?

Notre relation. Oh oui, je veux une relation. Ce silence, je n'en veux plus.

Mais je crois que je l'ai perdu…

CHAPITRE 35

KAËL

Le départ est fixé et ma valise presque bouclée. Je repense à ma mère que j'ai vue la veille. Elle a tant maigri que je crains de ne plus jamais la revoir. Ça a été le coup de massue lorsque le médecin m'a dit qu'elle n'en avait plus pour longtemps. « Quelques semaines ou quelques mois, cela dépend d'elle… » Je n'ai pas compris ces paroles… ou plutôt je ne veux pas les comprendre. Ce que je sais en revanche, c'est que je veux que ses derniers jours se passent dans un établissement qui saura la prendre en charge jusqu'au bout, qui possède l'espace, le personnel et le matériel nécessaires pour alléger ses souffrances.

Alors hier, je suis rentré chez moi, au supplice, passant devant la porte de Zoé, couvant mon désir irrépressible de la revoir et de profiter de sa lumière. Son don pour m'extirper des ténèbres me manque. Sa voix, ses yeux, sa bouche… *Elle* me manque…

Je l'ai perdue…

Un nœud se forme dans ma gorge tandis que je monte l'escalier, après m'être équipé d'un nouveau portable – le second en moins d'un mois. Il était temps, puisque, depuis cette histoire de vol, je suis injoignable et me suis bercé dans ma solitude quand je n'étais pas en tournage. Des tournages qui me sont d'autant plus difficiles à présent, bien que, n'étant plus avec Zoé, il devrait me paraître plus aisé de continuer à baiser d'autres femmes. Ce n'est pas le cas, car chaque fois que je commence une scène, je ne peux m'empêcher de vérifier qu'elle n'est pas sur le seuil de la porte du studio, le visage décomposé.

Je regrette tant qu'elle soit venue ce jour-là et me demande encore qui nous a fait un coup pareil. Une actrice ? Je ne pense pas, car aucune ne me porte vraiment de l'intérêt. Micka ? Ce n'est pas son style. De plus, il a accepté quand je lui ai demandé de réserver ma bouche à Zoé, et je lui ai prouvé que je pouvais continuer à travailler pour lui. *Alors qui d'autre ?*

À bien y réfléchir, ce qu'il s'est passé est sans doute le mieux pour Zoé et moi. J'ai d'ailleurs pris soin de garder mes distances quand je l'ai récemment croisée sur le palier, mais ça m'a dévasté, putain ! Dans trois jours, je m'envole pour la Californie et me dis que ce sera plus facile de tourner sans constamment penser à elle. Bien sûr, je me fourvoie, car je pense tout le temps à elle.

– Bonjour, Kaël.

Je reconnais cette petite voix fluette qui s'élève derrière moi quand je m'apprête à gravir l'escalier menant à mon étage. C'est Mme Bouillon, la propriétaire septuagénaire du logement en dessous de celui de Zoé.

– Vous allez bien, madame Bouillon ? lui demandé-je, stoppant mon ascension entre deux marches.

– Oh oui, très bien. Je voulais juste vous signaler qu'une jeune femme est passée vous voir tout à l'heure. Vous n'étiez pas là, alors elle a tapé à ma porte.

– S'agissait-il de Zoé, votre voisine du dessus ? m'enquiers-je, mon cœur se gonflant d'espoir à cette idée.

– Ah, non, ce n'était pas Mlle Zoé, répond-elle. C'est une femme brune qui est venue. Je lui ai dit que vous deviez vous trouver au Petit Montmartre, avec vos amis.

Comment sait-elle où je rencontre mes amis ? Elle doit deviner ma question intérieure, car elle sourit.

– Je sais tout ce qu'il se passe sur la Butte, jeune homme.

Mes lèvres se courbent.

– Oui, bien entendu.

– Enfin, je voulais vous prévenir, car je n'étais pas à l'aise d'avoir révélé cette information. Je crois savoir que vous fréquentez Zoé, alors je me suis dit qu'il serait judicieux que cette petite brune déguerpisse au plus vite avant qu'elle ne tombe sur elle.

Mais putain, c'est qui, cette brune ?

– C'est aimable à vous, commenté-je, cachant l'amusement que ses paroles m'inspirent. Bon après-midi.

Je m'élance dans l'escalier, mais Mme Bouillon m'interpelle.

– Elle n'écoute plus de musique, lance-t-elle.

Mes yeux se tournent vers ma voisine.

– Pardon ?

– Zoé n'écoute plus de musique, avant que la nuit tombe.

Surpris, je fixe la septuagénaire. Un léger sourire s'inscrit sur son visage.

– Désolée, dit-elle. Les cloisons sont minces et…

J'en sais quelque chose.

– … qu'elle et vous…

– Il n'y a plus d'elle et moi, la coupé-je, ma voix se brisant un peu en le disant.

– Oh, je… D'accord.

Sur un hochement de tête, je la quitte, refoulant les pensées chagrines qui m'assaillent. Mon regard se pose sur la porte de Zoé avant de rentrer chez moi.

Il n'est pas treize heures quand je rejoins Axel au Petit Montmartre. Dès qu'il me voit apparaître, il s'élance vers moi.

– Ça va mon pote ?

Non.

– Oui et toi ?

– Parfait, mais faut que je te dise, déclare-t-il avant de jeter un coup d'œil sur un coin de terrasse où une jeune femme tape sur un ordinateur portable. Cette fille t'attend depuis deux heures.

– C'est qui ?

– Elle m'a dit s'appeler Rébecca.

– Je ne la connais pas.

– Elle a essayé de te joindre sur ton portable sans succès.

– J'ai changé de numéro.

– Ça aurait été bien de me donner le nouveau. Je t'aurais prévenu aussitôt.

Je prends un morceau de papier sur le comptoir et le lui note, avant de me diriger vers la femme. Quand son regard se lève sur moi, elle se redresse, un franc sourire fendant son visage. Elle doit avoir à peine la trentaine et est habillée en tailleur-pantalon bleu nuit. De longs cheveux bruns et bouclés cascadent sur ses épaules.

– Comme je suis heureuse de vous rencontrer, Kaël. Je suis Rébecca V. !

Je la détaille, suspicieux. Ses yeux bleus me scrutent et s'attardent un moment sur mon torse.

– Et qui êtes-vous, Rébecca ?

– Puis-je vous commander quelque chose avant de me présenter ?

Je plisse les paupières, n'ayant pas vraiment envie de partager ma solitude, dans laquelle je me complais ces derniers temps. Mais j'acquiesce et m'installe tandis qu'Axel m'apporte une bière. J'observe la fille en m'allumant une clope.

– Vous êtes encore plus sublime que sur les photos ! s'exclame-t-elle, enthousiaste.

– Désolé, mais si c'est un plan drague, ce n'est pas…

– Oh, non ! se défend-elle en levant les mains. Pardon si je suis excitée par cette rencontre, enfin, non, ce n'est pas le mot que j'aurais dû choisir… *oups*. En fait, je vous cherche depuis trois jours et il me tardait de faire votre connaissance.

– Vous êtes une fan ?

– Depuis peu, ouais, lâche-t-elle en riant. Disons que je suis agent et que j'aimerais vous compter parmi mes modèles.

Mon regard étonné s'ancre au sien.

– Comment ça ?

– Avez-vous allumé votre portable récemment ?

– Non, on me l'a volé. Je viens tout juste d'en changer.

– Ce qui explique mon impossibilité à vous joindre.

– Vous vouliez me joindre pour quoi ?

– Comme je viens de vous le dire, je souhaite que vous deveniez l'un de mes clients. Je suis bookeuse pour l'agence Nice Style. Vous connaissez peut-être ?

Surpris, je secoue la tête en signe de négation.

– Nous sommes une agence de mannequins et comédiens très réputée à Paris. Il y a quelques jours, j'ai déjeuné avec Rod Rive, le directeur artistique du magazine *Citizen Men*, pour un repas d'affaires. À la suite des conseils de Vadim, son plus proche collaborateur, il m'a parlé de l'exposition de la galerie Prévost et m'a dit que je devrais vous démarcher. Je m'y suis donc rendue et votre profil m'intéresse.

– Vous intéresse pour quoi ? insisté-je. Vous savez que je suis dans le X, non ?

– En effet. Mais je crois savoir que le but de cette expo était de vous lancer dans le mannequinat, n'est-ce pas ?

Je n'ose pas lui dire que le but n'était pas vraiment là et la laisse continuer.

– Je vous propose de réaliser un book avec nous. J'ai déjà négocié un contrat avec une grande marque de luxe pour le magazine *Citizen Men*. Je voulais vous en parler plus tôt, mais vous êtes vraiment difficile à joindre.

– Vous… vous pouvez répéter ?

– Je vous dis que si vous acceptez de travailler avec Nice Style, vous pourrez prétendre à un contrat dès la semaine prochaine. Quand vous aurez un book, je répondrai aux autres sollicitations.

– D'autres sollicitations ?

– Avez-vous consulté votre compte Instagram depuis deux jours, Kaël ?

Mon air perplexe répond pour moi.

– Une chanteuse américaine très célèbre dans son pays était en vacances à Paris, la semaine dernière. Elle en a profité pour visiter Montmartre et est tombée sur vos clichés à la galerie. Elle a posté ses préférés sur son profil en rendant hommage à votre talent magnétique.

– C'est sympa, dis-je, je l'ignorais totalement.

– Comme vous devez ignorer qu'en une journée, vous avez reçu pas moins de quatre-vingt mille nouveaux abonnés. Que le film *Les Dessous de la vertu* est en train d'exploser un record de ventes. J'imagine que vous ignorez aussi que vos vidéos X sont actuellement les plus regardées en streaming sur les sites de charme.

Je reste hébété par ces révélations. *Quoi ?*

– Kaël, je crois que vous ne vous doutez pas de votre talent, ce qui est chou. Je suis très heureuse de vous rencontrer, car j'aimerais travailler avec vous. Vous êtes magnétique, sexy, votre réputation dans le X est intouchable. Vous avez toujours milité pour le port du préservatif, ce qui vous cantonne à des productions françaises, puisque dans notre pays, c'est une mesure obligatoire pour être diffusé sur les chaînes du câble. Vos partenaires ne font que des éloges sur vous et vous savez jouer la comédie. Non, mais vraiment, comment ai-je pu passer à côté de vous si longtemps ?

Je me gratte la tête, un peu gêné, ne réalisant toujours pas ce qu'elle vient de m'annoncer. Mes pensées se bousculent et m'incitent à m'emparer de mon portable, à me connecter sur mon profil Instagram et à constater que ce qu'elle vient de me dire est vrai. *Bah, merde, alors !*

***

J'ai passé le reste de ma journée au Petit Montmartre avec Rébecca et j'ai rendez-vous ce matin chez Nice Style. Je n'arrive pas à croire que tout cela m'arrive et m'attends à ce que l'on me dise bientôt : « C'était une blague, Kaël ! » Mais quand j'entends Rébecca – qui souhaite désormais que je l'appelle Becky – convenir au téléphone, avec Rod Rive, des modalités du shooting de la semaine prochaine, je comprends que c'est du sérieux. Quand ma bookeuse mentionne le cachet que je vais percevoir pour ces photos, mon cœur tombe dans ma poitrine. Je n'ai plus besoin d'aller en Californie, en particulier si Becky me confirme que je serai pris pour d'autres contrats, comme elle semble le penser. Ce n'est qu'après quelques essais photo qu'elle me dit :

– Tu es très beau Kaël, et ces clichés mettent ton corps et ton visage en valeur, mais…

Merde, ça y est, elle se rend compte que je suis naze comme mannequin, fallait s'en douter…

– … mais je ne retrouve pas vraiment ce que tu dégageais sur les clichés de la galerie. Il manque… Je sais pas trop, poursuit-elle en examinant les photos sur son ordinateur, il manque quelque chose que je n'arrive pas à définir.

– Il manque Zoé, affirmé-je.

– Zoé ? La photographe ?

– Oui.

Elle penche la tête en examinant encore les images.

– Tu crois qu'elle serait d'accord pour réaliser ton book ?

– Je… je ne sais pas. Vous accepteriez de l'embaucher ?

– Le temps de tes photos, oui. Et si son travail nous plaît, elle pourrait faire partie de nos prestataires. Les clichés de la galerie sont sublimes, mais j'ai besoin d'en voir plus.

Je hoche la tête, et lui souris. La perspective de revoir Zoé et de lui annoncer cette nouvelle me transporte. C'est rapidement que je dis au revoir à Becky et file en direction de Montmartre.

CHAPITRE 36

ZOÉ

Lilou ne daigne pas s'endormir. Ses gencives la travaillent et la font souffrir. Seule solution : une balade en poussette.

Il fait beau, alors c'est un plaisir d'errer dans les ruelles de Montmartre, bien que l'afflux estival de touristes me contraigne à ralentir ma cadence habituelle. Il m'est agréable de sortir, après ces derniers temps passés à ressasser les souvenirs douloureux du jour où j'ai découvert Kaël avec une autre femme que moi.

Ce n'était pas une fille rencontrée dans un bar et qu'il aurait invitée dans son lit. Non, c'était une actrice, mais ces images m'obsèdent, même en le sachant. Depuis lors, je regrette de ne pas avoir visionné ses vidéos avant de le surprendre. Cela m'aurait paru sans doute plus simple aujourd'hui d'accepter ce qu'il fait.

Je m'en veux de penser ainsi. J'y ai tant réfléchi que j'en suis épuisée, mais désormais je sais. *Oui, maintenant, je sais ce que je dois faire.*

Kaël n'est pas venu me voir depuis notre conversation sur le palier, et ça me déçoit. Après le week-end merveilleux qu'on a passé ensemble, je ne m'attendais pas à ce silence. Il me manque… et c'est ma faute. Lui avoir dit : « Je ne peux pas » a mis un terme à notre relation naissante et moi… moi je suis malheureuse.

« Je ne peux pas. » Ce sont aussi les mots du message que m'a envoyé Adam quand il a rompu avec moi. Quelle triste ironie de les avoir choisis pour repousser Kaël. Cette pensée accroît mon chagrin. Je dois le revoir. Je dois lui dire que je ne souhaite pas que ça se termine entre nous. Quand bien même il resterait éternellement acteur de X, je ne pourrais me résoudre à l'écarter de ma vie. C'est décidé.

Et puis… Il faut me rendre à l'évidence, j'ai de la chance qu'un homme tel que lui s'intéresse à une personne aussi insignifiante que moi. Je suis si loin des belles jeunes femmes qu'il fréquente dans son milieu. Mais ces images qui défilent dans ma tête… *Ces images !* Il faut que je les oublie, ou du moins, il faut que je les accepte. *Pour lui.*

J'arpente encore quelques rues et passe non loin du Petit Montmartre. De loin, je vois Axel servir des verres à des clients en terrasse, mais ce n'est pas lui que je désire ardemment rencontrer du regard.

– C’est moi que tu cherches ?

Je sursaute et fais volte-face. Kaël est devant moi, la tête penchée, un sourire glisse sur ses lèvres. Je déglutis tant il est proche et magnifique avec ses lunettes de soleil posées sur le nez.

– Je suis démasquée, admets-je.

Son attention reste fixée sur moi. Sa main ne résiste pas à effleurer mon bras et à le remonter d’une caresse. Ces doigts qui frôlent mon épiderme attisent un frisson exquis le long de mon échine. Mon cœur s’affole. Puis, comme s’il se rappelait à l’instant les récents événements qui nous ont séparés, il ôte la main, son visage se parant d’une expression embarrassée.

– Tu m’as manqué, dit-il, après un petit raclement de gorge.

Ma poitrine se gonfle à ces mots.

– Vraiment ?

Sa bouche approche de mon oreille, il murmure :

– Vraiment.

Je rougis, refoulant mon envie de le toucher et de l’embrasser. Quand il recule, ses fossettes irrésistibles creusent ses joues.

– Je venais justement te voir.

– Oh.

Je ne trouve rien de mieux à déclarer tant sa présence me distrait. Un silence s’installe entre nous.

– Toi, tu me cherchais pourquoi ? demande-t-il, me sondant du regard.

Pour t'avouer que je t'aime ?

Te dire que j'accepte que tu couches avec d'autres femmes, parce que je suis incapable de vivre sans toi ?

Non, je ne peux pas le lui exprimer de cette manière. Un nœud se forme dans ma gorge au souvenir fugace de ce que j'ai vu au studio, mais ce n'est pas ça qui retient mes mots. J'ai juste la trouille de m'épancher sur mes sentiments. *Ça fait si longtemps...*

– Euh… Je… balbutié-je, avant que mes yeux se portent sur la devanture d'un restaurant, je me demandais si tu accepterais de déjeuner avec moi !

C'est la première chose qui m'est venue. Sur sa bouche éclôt un sourire qui dévoile ses dents. *Cet homme est sublime...*

– Avec plaisir, souffle-t-il.

Je contiens la joie qu'a provoquée cette réponse, les joues brûlantes. J'amorce une marche, les mains enserrées sur les poignées de la poussette. Nous prenons la direction de la place du Tertre, les yeux rivés devant nous. Sur le chemin, nous échangeons quelques œillades. Dans ses regards, je sens sa retenue et peut-être un peu de convoitise. Les miens sont chargés de toute la contemplation qu'il m'inspire.

Nous sommes placés dans un coin terrasse du restaurant Chez Eugène. Nous exprimons à peine quelques mots jusqu'à ce que le serveur prenne notre commande. L'embarras a de nouveau jeté son voile sur nous, révélant l'abîme qui s'est creusé, depuis cette terrible journée où je l'ai découvert au studio.

– Tu te souviens de la première fois où nous sommes venus ici ? s'enquiert-il, m'extirpant ainsi de mes pensées déplaisantes.

– Je me rappelle très bien, réponds-je en me remémorant ce moment avec douceur.

Kaël s'apprête à parler lorsque Lilou se met à pleurer dans la nacelle, cherchant son poing pour le porter à la bouche.

– Elle a faim ! deviné-je.

Mes yeux parcourent la terrasse et la dizaine de clients attablés près de nous, ainsi que les touristes qui déambulent sur la place. Je n'ai rien contre les femmes qui allaitent en public, mais je ne suis pas à l'aise pour le faire. En réalité, j'étais si excitée de partager ce moment avec Kaël que j'ai oublié l'heure de la tétée. Je m'en veux de ne pas y avoir pensé et songe qu'il va me falloir rentrer.

– Prends ma place, me prie Kaël en se levant.

Il s'empare d'une serviette blanche posée sur la table.

– Comment ça ?

– Si tu t'assieds là, je serai le seul à te voir.

Je comprends quelle posture il suggère, alors je m'exécute en prenant ma fille dans les bras. Kaël applique la serviette sur mon épaule, pour dissimuler ma poitrine du côté où elle est exposée. Il place ensuite sa chaise tout près de moi, dissimulant ainsi mon corps, désormais dos aux clients.

J'installe confortablement Lilou sur mes genoux, sous l'attention pénétrante de Kaël. Il est si proche que je sens son souffle sur mon cou. Ce dernier s'accélère tandis que mes doigts libres se portent sur ma chemise. J'en défais les boutons en le contemplant, puis passe mon sein au-dessus de mon soutien-gorge. Les yeux de Kaël n'ont pas raté une seconde de cet effeuillage, avant de lentement remonter sur mon visage. Le temps se suspend à cet instant. Je ne suis pas loin de haleter sous l'intensité de son regard.

– Alors… balbutié-je, quelles sont les dernières nouvelles depuis… enfin depuis… ?

J'aurais dit : « Depuis que je t'ai surpris en train de coucher avec une femme » que je ne m'y serais pas mieux prise. *Quelle idiote de remettre ça sur le tapis !* Le charme se brise aussitôt et Kaël baisse la tête, observant Lilou prendre son repas. Ses poings se serrent.

– Tu étais avec elle ce jour-là, et cette pensée me ronge.

M'en voulant pour cette bévue dont ma nervosité est la cause, je place une main rassurante sur la sienne, refusant que ce souvenir ternisse ce moment entre nous. Mes doigts caressent la naissance de ses tatouages. Cet acte provoque une expression de surprise chez Kaël, puis il fuit à nouveau mon regard.

– Je ne sais pas qui a pu nous faire une chose pareille, marmonne-t-il, agacé. Je n'ai jamais voulu te faire souffrir, Zoé. J'en crève, de t'avoir fait du mal, putain !

J'ouvre la bouche pour le tranquilliser à ce sujet, mais il coupe mon élan.

– Avant de te rencontrer, ajoute-t-il, je ne me posais pas de questions. Je pourrais te dire que j'ai fait du X uniquement pour gagner du fric et prendre soin de ma mère, mais ce ne serait pas la vérité. Vivre du sexe me plaisait. Du moins, ça n'a jamais été un problème, jusqu'à toi.

À ces derniers mots, je lui adresse un sourire qu'il ne voit pas. Mes doigts renforcent leur emprise sur les siens quand il déclare :

– Ma mère est atteinte d'une maladie neurodégénérative depuis mon adolescence.

– Kaël…

Mon cœur se serre, ma gorge se noue, mon souffle se coupe, mon esprit n'osant imaginer ce qu'il vit depuis tout ce temps.

– Alors que j'étais à La Ciotat, les médecins lui ont diagnostiqué un cancer à un stade très avancé. À cause de son état et du manque de moyens de l'établissement, elle a dû être transférée pour recevoir les soins appropriés à… sa fin de vie. Ces soins seront pris en charge, mais l'hébergement est beaucoup plus cher. Si je ne suis pas venu te courir après ces derniers temps, c'est parce que je pensais m'envoler pour la Californie demain, afin de trouver un moyen de gagner rapidement cet argent. Je ne savais pas comment te le dire… J'avais si peur de te faire à nouveau souffrir en te l'annonçant. Là-bas, il n'aurait plus été question de te réserver mes baisers, ni de sexe protégé. Je voulais te l'avouer ce jour-là, mais tu m'as… vu.

Les images reviennent hanter mon esprit, mais je les repousse, tentant de m'accrocher au regard fuyant de Kaël. Des larmes envahissent le mien après toutes ces révélations. *Sa mère… La Californie…*

Et alors que la peine me ravage la poitrine, les traits de Kaël s'adoucissent. Son visage se fend même d'un sourire. Je suis rassurée de constater cette expression, mais ne la comprends pas.

– Je ne vais pas partir.

L'étonnement me saisit.

– C'est une histoire de dingue ! lâche-t-il. J'ai été repéré par une agence qui me propose de faire un book et veut même me programmer sur un paquet de shootings. Je vais devoir continuer le X avec Micka quelque temps, car je ne suis pas certain que ça marchera pour moi, mais je ne suis plus obligé de m'envoler pour cette putain de Californie !

– Mais c'est génial ! m'exclamé-je, soulagée de l'entendre.

– Et il y a autre chose de génial, lance-t-il. L'agence veut que ce soit toi qui prennes les photos de mon book.

– Sérieusement ?! Oh, la vache !

Un sourire s'immisce sur ses lèvres. Puis il se les mord et contemple les miennes.

Lilou s'est rendormie sur mon sein. Je la pose doucement dans la nacelle, la joie plaquée sur mon visage à l'annonce de ces dernières nouvelles. Je suis si heureuse pour Kaël, bien qu'une part de moi souffre d'avoir appris ce qu'il va inéluctablement advenir de sa mère. Il mérite tant de connaître le bonheur…

Nos regards se croisent, un silence s'étire. Ses yeux se baissent sur sa main tatouée, quand ses doigts glissent entre les miens.

– Tu me manques, Zoé.

Mon cœur tressaute. Ces mots soudain m'enhardissent et je sais que c'est le moment. *Inspire...*

– Tout à l'heure, tu me demandais si je me souvenais de la dernière fois où nous sommes venus ici, déclaré-je.

J'avale une nouvelle goulée d'air sous ses prunelles qui se figent dans les miennes.

– Ce soir-là, ajouté-je, je t'ai dit que je ne me voyais pas partager ma vie avec un homme qui en satisferait d'autres que moi.

L'éclat dans ses iris d'un bleu enivrant s'assombrit.

– J'ai changé d'avis…

Une lueur d'espoir éclaire soudain ses traits et m'insuffle le courage dont j'ai besoin pour poursuivre.

– … Et je t'aime.

Ses yeux s'arrondissent. Sa bouche s'entrouvre de surprise et mon cœur palpite plus fort.

– Zoé…

– Je t'ai dans la peau, Kaël, le coupé-je, de crainte que la confiance ne me déserte. Alors, si tu veux encore de moi, sache que… je suis prête à… accepter. Je veux dire… j'ai bien réfléchi et…

Expire…

– Je te désire si ardemment que c'en est douloureux. Tu habites toutes mes pensées, alors…

Inspire…

– … Peu m'importe le reste.

Un sourire timide s'empare de mes lèvres aux derniers mots de cette déclaration que je suis fière d'avoir prononcée, même si c'était dans la difficulté. J'ai depuis longtemps conscience que Kaël a capturé mon cœur. Qu'il est au supplice de tant l'aimer. Avoir avoué mes sentiments le rend plus léger.

Les lèvres de Kaël s'ourlent dans une expression presque béate, ma poitrine se gonfle à cette réaction. Mais comme il ne dit rien, mon assurance s'effrite un peu et je passe une main hésitante dans mes cheveux. *Est-ce trop tard ?*

– À moins que tu désires te débarrasser de ta vieille voisine, mère célibataire, bien sûr, plaisanté-je, alors que l'inquiétude s'infiltre en moi.

Ses mains se plaquent sur mes joues

– Jamais, putain !

Sa bouche fond sur la mienne et plus rien n'existe. Je ne perçois pas l'envolée des pigeons qui amorcent une danse au-dessus de la place. Je n'entends plus leurs pépiements ni le bruit ambiant des touristes qui errent autour de nous. Je suis là, suspendue à la volupté de cet instant.

Quand Kaël recule, je suis essoufflée et heureuse. Heureuse de constater le bonheur sur ses traits. Heureuse du soulagement que je devine chez lui.

Son sourire se renforce, ses lèvres se rapprochent. Et je m'envole sous la fougue d'un nouveau baiser…

CHAPITRE 37

KAËL

Elle m'a dit « Je t'aime »…

Et je suis resté comme un con, n'y étant pas préparé.

J'ai espéré ces mots depuis le jour où j'ai décidé de lui réserver ma bouche et je n'ai pourtant rien trouvé à dire de mieux que… *rien.* Je l'ai seulement embrassée, tandis que mon cœur faisait des bonds dans ma poitrine, que mon esprit me criait de lui répéter ses paroles. Elle consent même à accepter le porno, alors putain de merde, pourquoi n'ai-je pas réussi à lui avouer clairement mes sentiments ? Je suis fou de cette femme, donc où est le problème ?

Est-ce sa déclaration enflammée, combinée aux propositions professionnelles de Becky, qui m'effraie ? Après tant d'années à galérer, suis-je devenu si fataliste que j'en ai oublié que le bonheur existait ? *Possible…*

En sortant de Chez Eugène, nous sommes rentrés chez elle. Ses paroles voletaient dans ma tête, mon désir culminait. Elle m'a dit qu'elle était prête à accepter mon métier, alors j'ai souhaité lui faire l'amour dès que possible. Puis j'ai compris que j'allais passer pour un gros pervers à me jeter sur elle aussi précipitamment après notre échange. Sans parler du fait que Lilou éprouve des difficultés à trouver le sommeil en ce moment. J'en suis même à me renseigner sur Internet sur toutes les manières de soulager ses gencives. J'escompte mieux pour Zoé et moi qu'une baise rapide entre deux dodos de sa fille. Il n'est pas question que notre première fois se produise dans la banalité d'une soirée dans son appartement. Lorsque je ferai l'amour à Zoé, je veux prendre mon temps et lui avouer mes sentiments. J'ai mon idée sur la manière dont je m'organiserai, mais le moment n'est pas encore venu. *Vivement...*

Et il n'y a pas que ça… Certes, j'espérais avec force qu'elle accepte d'aller plus loin dans notre relation. Mais quelque chose dans son attitude et dans ses mots m'a inspiré une émotion désagréable, qui a sans doute motivé mon absence de déclaration. Se pourrait-il que Zoé croie qu'elle ne peut prétendre qu'à un homme qui couche avec d'autres femmes, et qu'elle se résigne pour cette raison ? Ce doute qui a envahi mon esprit ne cesse de me tourmenter.

C'est paré de toutes ces pensées que je l'emmène au studio dans lequel nous avons rendez-vous. J'ai été silencieux tout le temps du trajet en métro.

Ma voisine n'a pas cherché à alimenter la conversation, trop occupée à stresser pour son premier job en tant que photographe de mode. Alors je l'ai caressée, étreinte, et j'ai déposé des baisers sur ses lèvres, ses joues et son cou. J'ai murmuré des « Je suis là » et des « Tu seras merveilleuse », et elle m'a souri.

Et je me suis senti aimé.

***

– Zoé, je te présente Rébecca, mon agent.

Ma voisine lui adresse un sourire. Becky l'observe un instant et y répond en l'imitant.

– Le travail que vous avez réalisé pour la galerie Prévost est fantastique.

– Merci, souffle timidement Zoé en jetant un coup d'œil sur moi.

Mes lèvres se courbent, ma main effleure le dos de la sienne. Ce léger contact provoque un spasme sur son bras. Ça me réjouit de constater que je lui fais autant d'effet. Je pense à la surprise que je lui réserve. Il me tarde d'être à la fin de la semaine.

– Ton shooting pour *Citizen Men* a remporté un franc succès, me lance Becky tandis qu'elle nous mène au studio. Tu seras dans le prochain numéro. À la suite de cette publication, tu vas crouler sous les demandes. J'ai d'ailleurs deux propositions à étudier, qui sont tombées pour la Fashion Week de New York. La ville ouvre le bal, et si tu défiles comme tu poses, tu devrais enchaîner avec Londres, Milan et Paris.

– Kaël, c'est génial ! s'exclame Zoé.

Je secoue la tête. C'est trop beau pour être vrai. J'ai le sentiment étrange que quelqu'un va m'extirper d'un rêve et que rien de ce qu'il se passe n'est réel. Pourtant ça l'est… visiblement. Mais quand la vie vous assène des coups aussi violents que ceux que j'ai déjà pris, il est difficile de croire que la chance se présente à votre porte si facilement.

À moins que cette chance s'appelle Zoé. Depuis que je l'ai rencontrée, tout a changé, alors peut-être que…

Becky s'assied sur un fauteuil installé dans un coin du studio, les yeux braqués sur ma voisine. Cette dernière prépare ses réflecteurs, tandis qu'une maquilleuse et une coiffeuse se chargent de moi. C'est la première fois que l'on s'occupe de ma personne avec autant d'attention et je ne suis pas certain d'aimer ça. J'ai des difficultés à rester en place, luttant pour ne pas admirer Zoé. La jeune femme qui s'échine à arranger mes mèches me retient par la nuque et m'empêche de l'observer. J'évite de lâcher un soupir, n'ayant pas le droit de me plaindre du traitement agréable dont on me gratifie. Un sourire s'immisce sur mes lèvres. Ce qui m'arrive est fou… Pourvu que je ne rechute pas trop vite dans les abîmes. Ma petite voix intérieure me crie : « Prudence ! »

Quand on en a fini avec moi, je me place face à l'objectif derrière lequel des yeux chocolat me contemplent. Pour cette séance, je porte un tee-shirt élimé sur un jean clair. Il est prévu que je termine en boxer. Pas à poil, pour une fois. Sauf si Zoé l'exige, et je n'aurai aucun mal à lui obéir, présence de Becky ou pas.

Le shooting commence. Zoé me laisse faire. Parfois elle me demande de lever un bras, afin de dévoiler mes abdominaux saillants sous mon haut blanc. Je ris quand je la découvre décaler sa tête derrière son appareil pour mieux me détailler.

Becky donne quelques instructions et explique à la photographe pourquoi telle ou telle posture est judicieuse pour agrémenter mon book. C'est elle qui m'invite à retirer mon tee-shirt, et je ne manque pas de percevoir le tressaillement de Zoé à cette requête. Je m'exécute et les clichés s'enchaînent.

Finalement, on ne me verra pas nu, mais les poses suggestives laissent deviner la naissance de mes fesses, de mon sexe aussi. Aux rougeurs qui parent le visage de ma voisine, je constate que la vue lui plaît et me mords la lèvre sous l'attention de son objectif. C'est à ce moment-là que Becky disparaît totalement de mon champ de vision. Il n'y a plus qu'elle. *Zoé.*

***

Trois jours plus tard, je suis dans un autre studio. Celui de Micka. Lola et Carry terminent la scène que nous venons de tourner par une fellation. Mes yeux se perdent sur leurs langues qui se délectent de ma chair, mais mon esprit est ailleurs. Depuis que Zoé m'a dit être prête à accepter mon métier, j'arrive à mieux compartimenter mes émotions. Ce qui est étrange, mais bénéfique, d'autant que j'espère bientôt lui annoncer que j'y renonce définitivement pour une carrière de mannequin. Malgré tout, la voix dans ma tête ne cesse de m'avertir de ne pas m'enflammer. Une voix encore bien présente lorsque Matteo et moi entrons dans les douches collectives du studio.

– Ça va me faire bizarre de ne plus tourner avec toi, dit-il, tandis que l'eau se déverse sur son torse en sueur.

– Rien n'est fait, déclaré-je en grimaçant sous la chaleur du jet.

– Ça en prend le chemin. Même Micka s'est fait une raison.

Le réalisateur est content pour moi. Il me l'a dit quand je l'ai prévenu que mes tournages allaient s'espacer. Bien sûr, il aimerait que je poursuive dans le X, mais j'ai été franc. Bien que je lui doive tout, j'arrêterai dès que je serai certain de pouvoir vivre de ma nouvelle profession. Une profession qui devra aussi me permettre de prendre soin de ma mère. Je ne peux donc pas me laisser aller à des espoirs qui pourraient engendrer une rude déception.

– Ce sera plus simple pour Zoé et toi, me lance encore Matteo.

Mes pensées me ramènent à ma voisine et à la surprise que je lui réserve. J'ai hâte, putain !

– Elle est d'accord pour qu'on passe à l'étape suivante, malgré les tournages.

– Sérieusement ?

– Ouais.

Un sourire flotte sur mes lèvres et fait marrer Matteo.

– On dirait un puceau qui va bientôt vivre sa première fois.

– C'est le cas, d'une certaine manière, admets-je.

Car ce sera bien la première fois que je ferai l'amour à une femme que j'aime. Alors oui, c'est sans doute la bonne comparaison. Je repense soudain au choc imprimé sur le visage de Zoé quand je l'ai découverte dans ce même studio, et à cette impression qui me ronge concernant les motivations qui l'incitent à accepter mon métier. Cela tempère aussitôt mes ardeurs et ma gorge se serre. Rien n'est fait… *Ne t'enflamme pas, Kaël !*

Matteo ramasse sa serviette et s'essuie.

– Je vois de nouveau Charlotte, ce soir.

Mes yeux s'écarquillent. Depuis le week-end de l'expo, il ne m'a plus parlé de la meilleure amie de Zoé pour laquelle il a clairement craqué. Je ne suis pas non plus allé sur ce terrain, car je le connais trop bien. Rien ne sert de lui extirper les vers du nez, Matteo est du genre à s'exprimer lorsque bon lui semble. Visiblement, une douche entre mecs à poil a l'air d'être *the* moment.

Je m'empare de ma serviette à mon tour, l'enroule sur mon bassin humide et observe mon ami.

– Hier soir, j'ai rompu avec Suzie, lâche-t-il.

La stupéfaction doit se lire sur ma tronche. Matteo est du genre à apprécier ses habitudes. Il vient de mettre fin à deux ans d'une relation qui semblait lui convenir. Même si elle n'était pas cimentée par un attachement classique, elle n'interférait pas dans son quotidien, le laissait libre de faire ce qui lui plaisait et ne l'engageait à rien.

– Tu l'as quittée pour Charlotte ? me risqué-je à demander.

Ses lèvres dessinent un sourire.

– Ouais.

– Bordel de merde !

– Depuis le soir de l'expo, on se tourne autour, dit-il encore. On n'a pas reparlé de Suzie, car j'ai compris que ma jolie rousse ne me laisserait plus jamais la toucher tant que je serais avec elle.

– Ce n'est pas quelque chose qui t'arrête d'habitude. T'es plutôt du genre à insister jusqu'à ce que les femmes succombent.

Il s'esclaffe, et c'est surprenant. Son visage exprime un bonheur que je ne lui connais pas, tandis qu'il s'assied sur le banc.

– On a beaucoup discuté. Tu savais qu'elle est décoratrice d'intérieur ?

– Zoé me l'a dit.

– La semaine prochaine, elle va bosser avec moi.

– Sérieux ?

– Vendredi dernier, je l'ai emmenée voir un client, car je cherchais une excuse pour passer plus de temps avec elle. Charlotte n'a pas résisté à lui faire des propositions pour l'agrandissement que je suis en train de réaliser. Il l'a embauchée et je la rencontre ce soir pour boucler le projet.

– Et c'est ce qui t'a poussé à rompre avec Suzie ?

Il ancre son regard au mien, amusé.

– Non. Je veux… enfin…

Il se prend la tête dans les mains et éclate de rire. *Putain, mais qu'est-ce qui se passe ?*

– Je vais lui demander de se mettre en couple avec moi.

La mâchoire m'en tombe. Je ne suis pas surpris qu'il veuille mieux connaître Charlotte, mais de là à lui proposer une relation de couple…

– Elle a du caractère, est intelligente, voluptueuse et elle me fait marrer, ajoute-t-il. Je sais qu'elle n'acceptera pas une union libre, mais elle a laissé entendre que le porno ne serait pas un problème tant que… je n'ai qu'elle dans ma vie privée.

Mon sourire lui renvoie ce que ses mots m'inspirent. *Bah merde, alors…*

– J'suis content, mec, dis-je en posant une main sur son épaule.

Il se lève et me fait face.

– Nos vies changent, mon pote.

– J'ai bien l'impression que oui.

***

Eliot et Charlotte se ramènent à l'heure. Je suis surpris de voir Gina et Matteo à leurs côtés quand ils se présentent à ma porte. Je n'ai pas le temps de dire *ouf* que mon meilleur pote me pousse et entre chez moi, suivi de toute la troupe.

– T'es prêt ? s'enquiert-il.

Un peu ahuri, je hoche la tête.

– Parfait ! s'exclame Charlotte. Eliot a préparé le terrain, elle ne va pas en revenir.

Je soupire de soulagement en me rendant dans ma chambre. Depuis des jours que j'attends ça, je trépigne. Ma valise est bouclée, les clés de la voiture que j'ai louée sont dans ma poche. Je n'ai plus qu'à enlever ma voisine avec la complicité de nos amis pour l'emmener à ce fameux week-end en thalasso qu'elle m'a offert lors de mon anniversaire. Pourvu qu'elle dise oui !

– T'as pensé aux capotes ? demande Matteo depuis le salon.

– Euh, on peut éviter de parler capotes quand il s'agit de ma sœur, lâche Eliot.

– Et on en parle de *ma* sœur ? réplique mon pote italien.

– La ferme, Matteo ! rétorque Gina.

Mes amis n'en ont pas conscience, mais après ces derniers jours à ressasser la déclaration de Zoé, je suis redescendu de mon nuage. Certes, elle a changé d'avis concernant le porno, mais, après réflexion, ce n'est pas mon cas. Si c'est le manque de confiance en elle qui la motive à accepter que je couche avec d'autres femmes, je ne peux décemment en faire autant. C'est d'ailleurs ce que je me suis juré depuis le début de notre relation. L'enthousiasme de l'avoir retrouvée et mon empressement à la faire mienne m'ont aveuglé. Je refuse de faire l'amour à Zoé tant que je serai dans la profession. C'est décidé.

Quand je rejoins le salon, je suis plus que prêt et affiche un grand sourire. Mon expression attise ceux de mes amis au moment où mon téléphone se met à sonner. Le nom de Becky s'affiche sur l'écran.

– Allô ?

– Kaël, tu n'es pas encore parti ? Oh, quelle bonne nouvelle !

– J'ai ma valise dans la main, alors je ne vais pas pouvoir rester avec toi en ligne, Beck.

– Tu devrais écouter ce que j'ai à te dire avant de raccrocher.

Mes yeux vrillent vers l'horloge suspendue au-dessus de la hotte de ma cuisine. J'ai déjà dix minutes de retard sur le planning que je me suis fixé. Je grimace.

– Que se passe-t-il ? demandé-je.

– Tu ne vas pas le croire ! La maison Reynolds te veut pour sa prochaine Fashion Week !

– Quoi ?

– Les photos de ton book ont fait un malheur ! J'ai déjà quatre propositions pour des shootings et ta participation est validée pour la Fashion Week de Reynolds à New York. C'est génial !

J'en reste bouche bée et ne sais pas quoi répondre.

– Du coup, je suis navrée, ajoute Becky, mais il va falloir reporter tes projets pour ce week-end. Ce soir, nous avons un dîner de prévu à Cannes, en compagnie du styliste, et un shooting photo à Nice, dès lundi matin, aux aurores. Une chambre a été réservée pour toi à l'hôtel Martinez. Ton vol est dans quatre heures.

– Dans quatre heures ? répété-je, hébété.

– Désolée d'avoir à te presser, mais tu ne peux pas passer à côté d'une telle opportunité, Kaël.

– Je… non, je ne peux pas…

Merde, elle a raison. Si je veux changer de vie, c'est le genre de proposition qu'il serait fou de refuser.

CHAPITRE 38

KAËL

– Tu me donneras les coordonnées de cette photographe, dit Simon, le styliste, en parcourant du regard mon book sur sa tablette.

Le type a les cheveux longs jusqu'à la taille, des tatouages sur le cou et des yeux perçants. Son assistant et amant, si j'en crois les attentions de ce dernier pour Simon, valide chacune de ses exclamations.

– Sublime ! lance encore le créateur.

– Je suis ravie qu'elles te plaisent, s'enthousiasme mon agent.

Becky boit du petit-lait. Bien qu'agacé d'avoir eu à reporter mon week-end en tête à tête avec Zoé, j'ai rapidement compris que ce rendez-vous était décisif. Simon part pour New York le lendemain et son agenda est plus chargé que celui d'un ministre. Si la bookeuse a tenu à ce que nous venions à la dernière minute, c'est qu'elle sait que cet entretien est crucial pour ma carrière.

Le styliste ne s'exprime que par des phrases courtes et efficaces, de celles que déclarent les personnes qui n'ont jamais le temps de s'attarder sur des détails et qui n'en ont que faire.

– Très bien, enchaîne-t-il. On se voit bientôt à Paris pour les essayages.

Les lèvres de Becky dessinent un sourire, tandis qu'elle pose la main sur ma cuisse et y serre ses doigts. Le clin d'œil qu'elle m'adresse semble signifier : « C'est gagné. »

Lorsque nous quittons le restaurant, je reviens sur le sens de ce geste.

– Je croyais que tout était déjà réglé pour la Fashion Week.

– Ça l'est, en théorie. Mais Simon tient à rencontrer tous les mannequins. Si le feeling ne passe pas, il revient sur sa décision. Je ne compte plus le nombre de fois où il m'a fait le coup, d'où l'importance de ce rendez-vous.

Nous rentrons à l'hôtel et montons dans l'ascenseur qui nous mène à l'étage où se trouvent nos chambres. Quand je m'apprête à ouvrir la porte voisine à la sienne, je sens ses yeux se poser sur moi.

– Un problème ?

– Oh, non ! lâche-t-elle, tandis qu'elle s'empourpre. Je… te souhaite une bonne nuit. On se retrouve à midi dans le hall. Une voiture nous attendra pour nous emmener jusqu'à Nice.

Puis un air joyeux marque ses traits et elle se rend dans sa chambre.

Dans mon lit, mes yeux se perdent sur le plafond. Je pense au fait que j'aurais dû me trouver en compagnie de Zoé, à l'heure qu'il est. Un sourire ourle mes lèvres. Au regard des dernières nouvelles au sujet de ma carrière, j'ai laissé un message à Micka, mais il tourne en Espagne actuellement. J'espère qu'il me rappellera rapidement afin que je puisse vite retrouver ma voisine. Je souhaite lui annoncer que le porno, c'est terminé. Alors j'espère que le réalisateur l'acceptera sans rechigner, malgré les quelques scènes qu'il me reste à tourner.

J'ai longtemps rêvé de ce moment où Zoé ne serait qu'à moi, où je pourrais la toucher, l'étreindre et me fondre en elle. Je suis reconnaissant pour tout ce qui m'arrive, évidemment, mais je peux difficilement refouler ma frustration de ne pas être avec elle, paré de cet élan de joie qui m'assaille en imaginant ma nouvelle vie. Elle me manque, et c'est à peine si je l'ai vue depuis qu'elle m'a avoué ses sentiments, et que je n'ai pas été foutu de lui dévoiler les miens en retour. Ma gorge se serre à cette pensée. J'suis un putain de lâche !

Mon esprit me ramène à notre premier baiser, à sa bouche que je dévore, à ces caresses que nous avons échangées un peu plus tard, à ce feu qui court en moi depuis que je la connais. Ma main se faufile sur mon torse, descend jusqu'à mon sexe et l'empoigne. Mes va-et-vient sont assez brutaux, à l'image de cette frustration que je peine à contenir. Je jouis presque trop vite et soupire, car je ne suis toujours pas rassasié.

***

Nous arrivons à l'hôtel de Nice, le dimanche en début d'après-midi. L'établissement est moins luxueux que celui de Cannes et je m'y sens plus à l'aise. Je ne suis pas habitué à l'opulence et bien que j'escompte changer de carrière, le milieu de la mode paraît un peu trop superficiel à mon goût. On est loin du porno et de la franchise de Micka.

Je suis libre de visiter la ville jusqu'au rendez-vous convenu avec Becky, à dix-neuf heures au restaurant de l'hôtel. Mes yeux s'écarquillent quand elle me rejoint, vêtue d'une robe en soie, dont le bustier enserre sa poitrine en deux monts généreux. Les boucles de ses cheveux noirs cascadent sur ses épaules nues, son visage légèrement maquillé m'adresse un sourire enjôleur.

– On attend quelqu'un ? demandé-je, surpris.

Elle rit et s'installe devant moi avec grâce.

– Non, Kaël. Il n'y aura que nous deux.

Mon regard se baisse sur mon jean et mon tee-shirt gris.

– Rassure-toi, dit-elle, cette tenue te sied à ravir.

Mon visage incrédule se relève sur elle. Serait-elle en train de flirter ? Si cette impression se confirme, il faudra que je mette un terme à ses élans, d'autant qu'elle sait que mon cœur est déjà pris. Le sait-elle ? Soudain, je m'aperçois que je ne le lui ai jamais vraiment dit.

– Écoute, Beck, je suis…

– … sur le point de faire une grande carrière ! termine-t-elle, enthousiaste. C'est pour cette raison que j'ai voulu m'apprêter, on va fêter ça !

Elle commande du champagne et sourit en permanence. Son engouement est contagieux, ce qui me pousse à mettre de côté cette impression fugace en faisant tinter ma coupe contre la sienne.

– À ton futur succès ! lance-t-elle.

Le dîner se poursuit tandis que Becky me dévoile ses projets me concernant, et qui me permettront d'arrêter le X. Je songe à Micka à qui je vais devoir annoncer la nouvelle. J'attends toujours son appel. Il sera heureux pour moi, je suppose, mais j'aimerais autant en avoir la certitude.

C'est à peine si je peux y croire, mais plongé dans le regard joyeux et déterminé de la bookeuse, je commence à considérer que je vais enfin changer de vie. Une vie qui m'offrira tout ce que je souhaite : de quoi prendre soin de ma mère et de vivre librement ma relation avec Zoé. Mes pensées se perdent sur ma voisine, mais j'en suis extirpé quand Becky pose sa main sur la mienne.

– Je suis heureuse pour toi, Kaël.

Sa paume est chaude sur mes doigts. Ses yeux me contemplent, alors que les miens observent la bouteille de champagne presque vide.

– T'as trop bu, Beck.

– Sans doute ! s'esclaffe-t-elle.

Elle retire sa main et la passe délicatement dans sa longue chevelure. Nous terminons le repas dans une ambiance agréable, ponctuée de nos rires et de quelques échanges chaleureux. J'ai décidé de fêter mon changement de vie et siffle ma dernière coupe en la remerciant.

– Je n'y suis pour rien, dit-elle, c'est à toi que tu dois ton futur succès.

J'ai du mal à y croire et secoue la tête avec un sourire en coin.

– Tu t'y feras, ajoute Becky en ancrant son regard dans le mien.

– Tu as quelqu'un dans ta vie ? m'enquiers-je en reposant ma coupe vide.

La surprise sur son visage ne se fait pas attendre. Des rougeurs attaquent ses joues, puis elle se tortille sur sa chaise.

– Si ça te gêne de m'en parler, ne me réponds pas, déclaré-je en riant.

– Oh, non ! C'est juste que… non, je n'ai personne.

Au fond de moi, j'aurais aimé qu'elle me dise être en couple. Cela m'aurait évité de me faire des films face à son attention qui devient plus pénétrante, au fil des minutes. Ou alors c'est le champagne. *Ouais, c'est forcément le champagne.*

Il n'empêche que j'ai du mal à m'en convaincre et préfère décliner le dessert que me propose le serveur.

– Tu t'en vas déjà ?!

– J'suis K.-O., répliqué-je, et je n'aimerais pas être à la bourre pour le shooting, demain.

Elle se lève et s'approche pour me faire la bise. Ses lèvres s'attardent sur ma joue, aussi, je me recule rapidement et lui adresse un clin d'œil aimable.

Dans l'ascenseur, je repense à ce qu'il vient de se passer. *OK, donc Beck craque sur moi quand elle est bourrée.*

Une fois dans ma chambre, je consulte mon smartphone. Ma déception est à son comble quand je découvre que je n'ai aucun message de Zoé. Je ne l'appelle pas, de peur de la déranger si elle s'occupe de Lilou. D'ailleurs, il n'y a pas de « si », elle s'occupe forcément de Lilou.

Je file prendre une douche, les nerfs étrangement à fleur de peau, tandis que mes pensées se bousculent. Serait-elle fâchée contre moi de l'avoir abandonnée à Montmartre, alors que nous étions censés passer le week-end ensemble ? Impossible. Elle ne savait même pas que je lui réservais cette surprise. Alors pourquoi ce silence ? Mes réflexions me taraudent encore quand je m'étends sur mon pieu, vêtu d'un simple boxer. Je m'empare de mon portable et appelle Matteo.

– Je te manque déjà, mon frère ? lâche-t-il.

Je ris. Mon pote aura toujours un effet salvateur sur mes humeurs.

– T'aimerais bien, hein ?

– Pas vraiment, je suis en charmante compagnie.

C'est alors que j'entends la voix de Charlotte s'élever derrière lui.

– T'as cru que c'était le moment de décrocher ton téléphone ! s'emporte-t-elle.

Matteo s'esclaffe. Au râle que j'entends juste après, je devine que cet enfoiré n'a pas hésité à me répondre durant un instant d'intimité avec sa jolie rousse.

– C'est mon meilleur pote ! dit-il. C'est important qu'il sache que je suis heureux.

J'entends le son d'une claque.

– Aïe !

– OK, Matteo, je te rappelle plus tard.

Il ne me répond même pas et la conversation se termine dans un grondement rauque qui s'affranchit de sa gorge. *Putain ! Ce con passe une meilleure soirée que moi !*

Je raccroche en souriant, heureux pour mon ami. Cette expression sur mon visage ne m'a toujours pas quitté lorsque l'on toque à la porte. Mes yeux s'écarquillent quand je découvre Becky derrière.

– Euh… tu… bafouille-t-elle, tandis que son regard s'attarde sur mon torse, puis un peu plus bas.

Face au voile qui recouvre ses pupilles d'un bleu profond, je comprends qu'elle est ivre et lui souris.

– Tu devrais aller dormir, Beck.

Ses iris se relèvent sur moi, ses lèvres charnues se courbent.

– Ouais, t'as raison, exprime-t-elle après un trop long silence.

– Bonne nuit.

Elle m'adresse un signe de la main avant de se tourner et de rejoindre sa chambre en titubant. Je referme la porte, mais je n'ai pas le temps de me glisser entre mes draps que l'on toque à nouveau. Cette fois, je soupire et ouvre, prêt à repousser de nouveau Becky, que l'alcool désinhibe un peu trop à mon goût.

– Beck, ça ne m'int…

Mais je suis coupé dans mon élan. Mon cœur rate un battement, ma bouche s'en décroche de surprise, ma respiration s'accélère.

– Salut, Kaël.

– Zoé ?

CHAPITRE 39

ZOÉ

Plus tôt, en début d'après-midi

Je viens de coucher Lilou quand on toque à la porte. Je suis épuisée. Ses gencives la font souffrir et elle dort peu en ce moment. J'aime ma fille plus que tout, mais je reconnais que je souhaiterais parfois retrouver ma vie d'avant. Celle qui me permettait de faire ce que je voulais sans contrainte. Je secoue la tête à cette pensée honteuse. D'autant que je me fourvoie, car avec Adam, je n'ai jamais pu faire ce que je voulais…

Je repense à ce jour où j'ai explicitement avoué mes sentiments à Kaël. J'espérais enfin faire l'amour avec lui et vivre pleinement notre histoire. Je suis décidée désormais. Impatiente, même ! Je ne fais qu'y penser… Sans doute aussi parce que cela fait presque un an que je n'ai pas touché un homme. La perspective de fusionner avec le corps de Kaël me remplit constamment de désir. Une pulsion qui ne me quitte plus et qu'il me tarde tant d'assouvir. *Ça fait si longtemps...* Mais ce jour-là, à peine sommes-nous rentrés de Chez Eugène que Lilou a décidé qu'il n'était pas l'heure que sa mère s'envoie en l'air. Ses pleurs ont interrompu une étreinte torride dont je me souviens encore. À ma deuxième tentative de rapprochement, elle s'est de nouveau réveillée, et j'ai abandonné l'idée...

Avec le recul, je n'ai pas vraiment eu l'impression que Kaël ait été aussi empressé que moi. En réalité, j'ai eu assez peu de contacts avec lui après lui avoir dit « Je t'aime », et cela commence à m'inquiéter. Il n'a pas répondu à ma déclaration. Pas avec des mots en tout cas, et encore moins avec des actes. Bien sûr, je me souviens de la première nuit où nous avons dormi ensemble, lorsqu'il m'a dit : « Je suis fou de toi », mais il avait bu, et j'étais encore enceinte. Peut-être s'est-il lassé, depuis ? Peut-être se dit-il que Lilou est un obstacle à notre relation ? Peut-être que je ne lui plais plus...

Des doutes... Toujours des doutes...

En ouvrant la porte, un peu désemparée par ces pensées qui tournicotent en permanence dans mon esprit, je ne peux réprimer l'élan d'enthousiasme qui me saisit en imaginant que Kaël est derrière elle. Lorsque je tombe sur Eliot, mes épaules s'abaissent de déception.

– Ah bah, super ! Je vois que tu es ravie de voir ton frère, ingrate !

Je lui souris et l'enlace. Notre étreinte dure plus longtemps que d'ordinaire, Eliot resserre ses bras autour de moi.

– Quelque chose ne va pas ? me souffle-t-il à l'oreille.

Je m'écarte et le rassure d'un regard.

– Tout va très bien, dis-je en le faisant entrer.

Eliot m'adresse une œillade circonspecte et se place au milieu du salon, ses yeux s'attardant sur la caricature de Kaël et de moi. Je l'ai fait encadrer et l'ai suspendue près de la fenêtre.

– Si tout va bien, pourquoi sembles-tu si maussade ?

– Je ne suis pas maussade, le contré-je, je souris depuis que tu es arrivé.

– Je les connais, tes sourires, Zoé. Tu te protèges avec eux, comme tu le faisais durant ta relation avec Adam.

Sa remarque me désarçonne. Pour autant, quand il se retourne pour me faire face, mon fameux sourire ne m'a pas quittée.

– Je suis juste un peu fatiguée.

À ces mots, il sort son portable et tape dessus avant de le ranger dans sa poche. Quand il relève la tête, ses lèvres s'incurvent étrangement.

– Quoi ? lâché-je.

– Ne me la fais pas à l'envers, ma sœur, je te connais trop. Ce petit air de déception quand tu as ouvert la porte, tu crois que je n'ai pas compris d'où il te vient ?

Je l'observe, ahurie.

– T'aurais voulu que ce soit Kaël, ajoute-t-il. Ça ne va pas entre vous ?

Je m'assieds sur le divan et baisse mes yeux sur la table basse. Je repense à ce jour où j'ai débarqué au studio de tournage, aux images qui envahissent mon esprit. Cependant, je les ai digérées depuis. Je l'aime, ma décision est prise, peu importe son métier. Certes, je voudrais bien savoir qui nous a fait un coup pareil, mais je ne souhaite pas gâcher notre relation avec mes incertitudes qui n'en sont plus. Au contraire, j'aspire à aller plus loin, car il n'est pas question que je le perde.

Puis mes songes me ramènent à ce texto d'Adam : « Je ne peux pas. » Au fond de moi, j'ai tellement peur que Kaël m'abandonne aussi que j'ai besoin qu'il me rassure. Or, depuis que je lui ai avoué mes sentiments, je crains de m'être fait des illusions. Si c'est le cas, je crois que mon cœur ne s'en remettra pas. Je relève le regard sur Eliot.

– Je ne pense pas qu'il soit amoureux de moi.

– Tu parles de Kaël ?

– Eh bien, oui ! De qui d'autre, franchement ?

Il me toise d'un air blasé.

– Lève-toi, m'ordonne-t-il.

– Je suis bien, assise.

– T'es surtout bien reloue !

Puis il part du côté de la porte et l'ouvre. Soudain, Gina, Matteo et Charlotte s'écrient : « SURPRISE ! » et Lilou se met à pleurer. Les sourires crispés de mes amis expriment un *oups !* qui me fait lever les yeux au ciel. Je porte l'index à ma bouche en soupirant d'amusement et vais replacer le doudou de ma fille près de son visage. Elle se rendort, *ouf* !

– Que me vaut cette visite impromptue ? m'enquiers-je. Ce n'est pas mon anniversaire, il me semble.

Ils se jettent des coups d'œil.

– Justement, déclare Eliot, Papa et Maman veulent qu'on le fête chez eux cette année.

– Quoi ? Mais je n'ai aucune envie de fêter l'approche de la quarantaine avec mes parents !

– Je ne suis pas certain que tu aies vraiment le choix. Maman a déjà tout prévu.

– Comment ça ?

– Toutes les personnes ici présentes seront de la fête, ainsi que Kaël bien sûr.

– Papa invite Kaël et…

Mon regard s'oriente vers Matteo, et je me demande si la culture pornographique de mon père va jusqu'à l'Italien au corps d'Apollon.

– … toute la bande ?

– Ouais, affirme joyeusement mon frère. Le week-end prochain, nous le passerons tous en Normandie.

– Kaël est au courant ?

– Pas encore, mais tu l'inviteras toi-même, quand tu le verras.

– Autant aller le voir maintenant et le lui proposer, dis-je en me tournant vers la porte d'entrée.

Ça me fera une bonne excuse pour lui parler.

– Il n'est pas là ! me lance Charlotte, avec un curieux rictus.

– Oh.

Mon air déçu n'échappe à personne. Je me retourne vers la cuisine, m'apprêtant à servir des cafés à mes amis. La paume de mon frère s'élève soudain devant moi et stoppe mon élan.

– Fais ta valise.

Mes yeux s'écarquillent. Puis ils se portent sur Gina qui ricane, sur Matteo, tout sourire, et sur l'expression enjouée de Charlotte qui tape dans ses mains.

– Comment ça, « fais ta valise » ?

Charlotte me chope par le bras et me le tire jusqu'à ce que nous parvenions dans ma chambre.

– Tu prends une robe de soirée, des vêtements pour deux jours et des dessous en dentelle. Ah, et une nuisette sexy, aussi. *Très* sexy !

Ma mine perplexe ne lui échappe pas. Elle se gausse.

– Un bikini sera utile peut-être, réfléchit-elle tout haut en ouvrant mon placard.

– Mais qu'est-ce que tu fiches ? Je ne peux pas partir comme ça !

– C'est pourtant exactement ce que tu vas faire !

– Lilou est en plein sevrage, ce n'est pas possible.

Elle fait volte-face et cale ses poings sur ses hanches.

– J’y ai pensé. Tu vas tirer ton lait et nous laisser quelques biberons.

– Mais je…

– Chut.

– Quoi, chut ? m’insurgé-je.

– Fais ta valise !

– Mais je vais où ?

– T’occupe !

– Pas question, putain ! lâché-je, agacée.

– Très bien, lance-t-elle en revenant à mon placard. Si c’est ça, je vais la faire moi-même. J’ai toujours eu meilleur goût que toi, de toute façon. Oh, cette robe, Zoé ! C’est celle qu’il te faut !

J’observe la tenue et roule des yeux.

– Je ne rentre plus dedans !

Elle crispe les lèvres.

– Ah, dommage. Bon bah, celle-ci alors !

Elle extirpe de ma penderie une robe vaporeuse et la jette sur le lit. Puis elle s’emploie à dénicher d’autres vêtements et réitère son geste. Quand elle a terminé, Charlotte se carre devant moi et plante son regard vert pomme dans le mien.

– Va te doucher et prépare-toi.

Elle s’apprête à quitter la pièce, je la retiens par le bras.

– Je ne peux pas partir comme ça ! répété-je.

– Même pour rejoindre un acteur de charme plus sexy que Christian Hogue[2] ?

---

2. Christian Hogue est un modèle américain et un influenceur.

– Oh, c'est vrai qu'il lui ressemble ! s'écrie Gina depuis le salon.

– Pour rejoindre Kaël ? relevé-je, surprise. Mais il…

Elle soupire avant de me couper la parole.

– Kaël avait prévu de passer le week-end avec toi et avait tout manigancé pour t'enlever hier, avec notre complicité. Un rendez-vous professionnel a fait capoter l'affaire, alors t'imagines notre déception ! On avait réglé ça au cordeau. Cela dit, c'est Kaël qui était le plus dégoûté d'entre nous, forcément. Il avait bien les boules de remettre ça. Alors on s'est dit qu'il fallait changer de plan. On n'a pas pu t'avoir de vol hier, mais dans moins de trois heures, tu décolles pour Nice, ma cocotte, donc magne-toi un peu !

– Il voulait… il voulait partir avec moi ? comprends-je, stupéfaite.

– Ouais, lance Matteo derrière moi, ce qui attire mon attention sur lui. Paraît que t'es OK pour le porno, alors il s'est dit qu'il fallait que votre première fois soit…

– Mais tais-toi, bordel ! s'insurge Charlotte.

– Amen ! lâche Eliot depuis le salon.

Matteo éclate de rire. Charlotte me contourne et lui tape franchement sur l'épaule, avant de me dire :

– Kaël n'est au courant de rien. Alors maintenant, écoute-moi : douche. Vêtements sexy. Lait maternel. Dépêche-toi !

Puis ils partent tous deux en direction du salon. J'entends Eliot et Gina expliquer qu'ils vont aller chercher de l'alcool pour la soirée, ce qui me pousse à retourner auprès d'eux.

– Qui va garder Lilou, exactement ?

Gina et Eliot se figent dans l'entrée, pris en faute. Charlotte soupire encore.

– Matteo et moi.

Mes yeux glissent vers l'Italien. Il hausse la tête, pas peu fier de cette responsabilité. Je suis plus dubitative sur sa capacité à prendre soin d'un bébé, mais lui adresse tout de même un sourire rassurant, quoiqu'un peu tendu malgré tout. Charlotte sera avec lui, alors bon.

– J'ai cinq sœurs, ne l'oublie pas ! ajoute Matteo.

– L'une d'elles n'a pas de mômes, je te signale, lui balance Gina. Et c'est pas comme si t'avais déjà changé les couches des enfants d'Angelina, d'Isabella, de Graziella et de Giulia !

– Tant que je n'ai pas à le faire pour le tien, ça me va ! ironise-t-il en jetant un regard aiguisé sur mon frère.

Eliot rougit, visiblement pas prêt à cette discussion.

– Des bières ! Il nous faut des bières ! s'exclame-t-il.

Puis il attrape la main de Gina et s'enfuit. Je m'esclaffe et retourne dans ma chambre, sans prendre le soin de fermer derrière moi. Je sors ma valise cachée sous mon lit, le cœur battant à tout rompre, tandis que l'allégresse s'empare de moi.

Alors Kaël avait prévu de passer un week-end en amoureux avec moi ! Je comprends tout désormais : s'il a été si peu empressé ces derniers temps, c'est qu'il réservait nos étreintes pour ce week-end ! Ma poitrine se gonfle à cette pensée. Il voulait que nous soyons seuls pour que ce moment compte. Peut-être même qu'il ne m'a pas exprimé clairement ses sentiments pour cette raison. Du moins, c'est l'espoir qui naît en moi. J'hésite à sauter de joie alors que je file sous la douche. Quand j'en ressors, j'entends un gémissement étouffé depuis la porte entrouverte.

– Calme-toi, *raggazzo*, susurre la voix mielleuse de Charlotte, plus rauque qu'à l'accoutumée.

– J'ai envie de toi.

Oh la vache !

Elle glousse. Ma bouche en tombe quand je perçois les bruits manifestes d'une série de baisers. Je ne résiste pas au désir de jeter un coup d'œil dans le salon et découvre Matteo enlaçant tendrement Charlotte, et qui l'embrasse avec douceur. Le sourire qui s'imprime juste après sur le visage de ma meilleure amie m'enveloppe d'un voile d'émotions. Je n'ai jamais vu cette expression chez elle, je ne l'ai jamais connue amoureuse. Aujourd'hui, je constate à quel point ce sentiment l'irradie. Il illumine ses traits, il rayonne dans ce regard qu'elle lui adresse. Quant à Matteo, qui replace lentement une mèche de ses cheveux derrière son oreille, il est évident qu'il en est fou. *Je fonds*...

Cette vision m'incite à me presser. Je veux ça ! Je veux que Kaël me regarde de cette façon, et si je suis honnête avec moi-même, je sais que c'est déjà le cas. Mais nous n'avons jamais passé l'étape des attouchements, bien que certains aient été plus poussés que d'autres. J'imagine alors son corps au-dessus de moi, sa bouche me dévorant, ses mains m'explorant. Et je panique !

Presqu'un an que je n'ai pas touché un homme. Adam disait que je n'étais pas expressive au lit. Il clamait même que si j'avais quelques qualités – qualités qu'il n'a jamais vraiment évoquées –, le sexe n'en faisait pas partie.

Et j'ai tant changé...

Dans la salle de bains, l'épiderme encore humide après cette douche expéditive, je m'observe. La psyché me renvoie le corps d'une femme qui approche la quarantaine. Ma peau n'est plus aussi lisse. Mon ventre est strié de fines cicatrices et n'a toujours pas retrouvé son galbe d'antan. À l'exception de ceux de mes jambes, mes muscles ont quasiment tous disparu.

Pourquoi plais-je à Kaël ?

– T'as fini ?! s'écrie soudain Charlotte.

Je reste un instant plantée devant mon miroir, soupire et ferme mon vanity. Un dernier regard sur mon reflet et je m'habille. Car même si je ne comprends pas ce qui l'attire chez moi, il n'est pas question que mes doutes m'empêchent de profiter de chaque seconde que je passerai avec Kaël.

Ces moments seront peut-être de courte durée. Peut-être même que notre relation ne dépassera pas l'année. Je m'en moque et vais le rejoindre, le cœur empli d'espoir, le corps transi à l'idée de le revoir.

***

Le vol a duré à peine une heure. Je serai à l'hôtel pour dix-neuf heures quinze, d'après le chauffeur de taxi. Mes yeux se perdent sur les rues de Nice, le cœur martelant ma poitrine à l'idée de ce qui m'attend. J'ai tant d'espoirs sur ces retrouvailles avec Kaël.

Quand j'entre dans le hall de l'établissement, le réceptionniste m'indique sa chambre. Je m'y précipite, munie de ma valise cabine qui roule sur le tapis sombre recouvrant le sol du couloir. Lorsque je toque à sa porte, je tremble d'excitation. Derrière ce battant, je serai enfin seule avec lui, sans contrainte, sans responsabilité. *Décidée.* J'inspire, mais personne n'ouvre…

Comprenant qu'il n'est pas dans sa chambre, je me résous à retourner dans le hall de l'hôtel et à y patienter. Je distingue un canapé confortable dans le fond et décide de m'y installer. De là, j'aurai une vue imprenable sur les allées et venues des clients.

Je m'approche de l'espace convoité lorsque mon regard est attiré par le restaurant. Je me fige en apercevant Kaël en compagnie de son agent. C'est alors que cette dernière pose la main sur la sienne.

Le fait qu'il ne la retire pas immédiatement me coupe la respiration. Je me recule, refoulant ma peine, puis je constate que Rébecca est apprêtée comme si elle se rendait à un bal, tandis que Kaël est en tenue décontractée. Quand il décline la carte des desserts que le serveur lui tend, et que je le vois se lever, je me précipite dans l'ascenseur afin de rejoindre l'étage de sa chambre. Ma gorge se comprime dans un étau. Je trouve un coin discret et patiente, ne sachant comment interpréter ce que je viens de découvrir. *Ce n'était qu'une paume sur sa main. Juste une paume sur sa main.*

Rébecca et Kaël se séparent dans le couloir et j'expire un *ouf* de soulagement. À aucun moment il n'a eu l'air d'avoir l'intention de la faire entrer dans sa chambre et cela me rassure. Mais je suis si chamboulée que j'ai besoin d'un peu de temps pour calmer mes nerfs. J'envoie donc un texto à Charlotte pour savoir si tout va bien avec Lilou, et attends sa réponse. Un « T'inquiète ! » s'affiche sur mon portable. Je hausse un sourcil, constatant qu'elle est peu loquace. J'escomptais un peu plus que deux mots, mais soit.

Je prends une profonde inspiration, enfin prête à rejoindre Kaël. Je fais un pas et recule. Bon sang, je suis terrifiée ! Je sais qu'il y a de grandes chances pour que nous fassions l'amour et je l'espère, mais mon cœur va s'arrêter si je ne me détends pas. Alors que je me pose pathétiquement ces questions dans mon coin, je distingue la bookeuse sortir de sa chambre et toquer à la porte de Kaël. Mon souffle s'accélère, mes poings se serrent, je lutte pour ne pas traverser le couloir et lui balancer ma valise cabine à la figure. *Ouais… c'est une bonne idée, ça !*

Sauf que je veux voir ce qu'il va se passer. Je veux savoir si Kaël l'a invitée à le rejoindre. Quand je la découvre éconduite et qu'elle retourne dans sa chambre, toute penaude, mon grand sourire ne pourrait mieux exprimer ce que j'éprouve. Ma poitrine se gonfle. Mon corps se relaxe. Mes pensées s'apaisent.

Alors il est temps, et c'est à mon tour de toquer à sa chambre, le cœur battant la chamade.

Quand il m'ouvre, je vois bien que le regard dur qu'il m'adresse ne m'est pas destiné, car dès qu'il saisit que c'est moi derrière cette porte, le bonheur que je lis sur son visage brise toutes mes défenses.

Je suis à lui.

Lorsqu'il fond sur ma bouche et m'enlace si fort que j'en étoufferais, je nage dans la béatitude.

Vraiment je te veux, Kaël.

CHAPITRE 40

KAËL

Elle est là, dans mes bras, et je n'en reviens toujours pas. Je la serre plus fort contre moi. Je devine que nos amis sont à l'origine de cette surprise, mon cœur se gonfle d'être aussi bien entouré.

Tandis que j'embrasse le front de Zoé, mes pensées me ramènent à ce qu'était mon existence, avant notre rencontre. Et quelle rencontre… Mon quotidien n'était que le porno, mon humeur sombre et l'inquiétude qui me collait à la peau. Non pas que je n'angoisse plus pour ma mère, comment serait-ce possible ? Simplement, depuis que ma voisine est entrée dans ma vie, tout est plus supportable, et je souris. Beaucoup. Comme maintenant, alors que je prends son visage en coupe et dépose un baiser sur ses lèvres.

– Tu m'as manqué, soufflé-je contre sa bouche. Tellement manqué.

D'une impulsion, je l'attire à l'intérieur. Nos langues dansent l'une contre l'autre, mon cœur cogne si fort que je suis certain qu'elle peut sentir chacun de ses battements contre sa poitrine. Je m'écarte et mes yeux s'arriment aux siens.

– Tu ne t'y attendais pas, n'est-ce pas ? me dit-elle avec une moue espiègle.

– J'avoue, réponds-je, un sourire plaqué sur mon visage en la contemplant

Son regard scanne la chambre et mes pensées s'envolent. Nous sommes seuls. Elle n'est plus enceinte, déterminée à sauter le pas, ma décision est prise concernant le porno, et Lilou n'est pas là. Rien n'est susceptible de nous déranger. À cette idée, mon souffle s'accélère. Ses doigts remontent mes bras, ses index s'attardant sur les dessins qui les parcourent. Mon sourire se dissipe, je suis presque… intimidé.

– Il paraît que tu voulais me kidnapper, hier ?

– Je désirais t'emmener à ce week-end thalasso que tu m'as offert pour mon anniversaire.

Ses iris chocolat reviennent à moi et s'éclairent.

– Et je suis là, maintenant, murmure-t-elle.

– Oui, tu es là.

Et je l'attire encore contre moi pour l'embrasser avec fougue. Puis ses lèvres se détachent des miennes, serpentent lentement sur mon visage et se logent près de mon oreille.

– J'ai envie de toi, Kaël.

Je déglutis, car je sais enfin qu'elle est tout à moi. Que les mots qu'elle m'adresse sont chargés de la confiance qu'elle me porte, des sacrifices qu'elle est prête à faire *pour moi.* J'aurais préféré avoir eu Micka au téléphone avant qu'on en arrive là, mais j'enlace à nouveau Zoé et cette pensée me déserte. Je plante ma bouche au creux de son cou, mon corps s'enflamme à ses caresses. Je n'arrive pas à y croire. *Enfin...*

Avec difficulté, je recule, glissant mes doigts autour des siens, et je l'attire vers le lit.

– Tu es sûre ? susurré-je.

Je pose la question, car je vois bien qu'elle tremble. J'ai conscience qu'elle n'a pas fait l'amour depuis longtemps. Dois-je lui dire que je ne l'ai jamais vraiment fait ? Que chaque étreinte que j'ai connue avec des femmes était dénuée de sentiments ? C'est une première pour moi aussi, et j'ai subitement la trouille de ne pas savoir faire, de ne pas savoir lui prouver ce que je ressens pour elle.

Un sourire ourle agréablement ses lèvres. Ses doigts quittent les miens. Elle se les triture de nervosité un instant, puis hoche timidement la tête, avant de se mettre sur la pointe des pieds, requérant un nouveau baiser. Alors je m'emporte, mes mains s'orientent sous ses fesses, je la soulève et la plaque contre moi. C'est si soudain que je lui arrache un petit cri de surprise, puis un éclat de rire. *Putain, ce son à mes oreilles est la plus belle mélodie qui soit !*

Ses jambes s'enroulent autour de ma taille, ma bouche fond sur la sienne.

– Zoé…

Nos langues s'entremêlent. Ses mains glissent sur mon dos, effleurent mes épaules et remontent jusqu'à mon visage. Je la dépose délicatement sur le lit, peinant à quitter ses lèvres, tandis que mes doigts s'emparent des pans de son haut. Je le lui ôte et découvre son soutien-gorge noir en dentelle. Sa couleur contraste avec sa peau de lait que je dévore. Ma bouche sinue jusqu'à son ventre et le gémissement que j'attise me fait bander si fort que les coutures de mon boxer menacent de craquer. Ses mains s'enfouissent dans mes cheveux, tandis que je dézippe son pantalon. Je me redresse et le lui retire, les yeux rivés sur la culotte assortie aux dessous qui emprisonnent ses seins. Je m'approche et nos peaux se rencontrent à nouveau, nos langues fusionnent. Mon sexe, enfermé derrière le tissu de mon caleçon, se frotte au sien. Nos corps ondulent. *Je vais crever si je ne vais pas plus loin.*

Alors je m'arrête. Quelques secondes de silence. Nos respirations erratiques. Nos yeux qui s'accrochent. Et j'ôte mon boxer, avant de reprendre ma place, soudain troublé. Et si je n'étais pas à la hauteur pour elle ? Après une si longue attente, après tous ses sacrifices, elle mérite le meilleur, le divin ! Suis-je celui qu'il lui faut ? Mes réflexions s'estompent quand je dégrafe son soutien-gorge. Ses seins se libèrent, mais je peux à peine les voir, car elle porte ses mains à sa poitrine en tournant la tête sur le côté.

– Laisse-moi t'admirer, Zoé, chuchoté-je en approchant les doigts de son buste.

Ils se saisissent de ses bras et les écartent, m'abandonnant le loisir d'admirer ce que je ne vais pas tarder à chérir de mes lèvres. Zoé se mord les siennes. Ma main se porte désormais sous son menton que je relève.

– Regarde-moi.

Elle s'exécute. Je lis toute sa pudeur et sa crainte dans ses yeux dont la couleur m'a toujours fasciné. Je l'étreins, retrouvant sa bouche quand nos corps se heurtent. Mes lèvres sinuent sur la naissance de ses seins, s'emparent d'un mamelon que je lèche avidement, tandis que mes doigts se glissent sous sa culotte, rencontrant son intimité humide qu'il me plaît de tourmenter. Puis je lui ôte ce dernier rempart en dentelle, admirant ses courbes et les traces du temps sur sa peau que je chéris, alors qu'elle les considère comme des imperfections. Elle tente à nouveau de se défaire de mon regard, mais je l'en empêche.

– Tu es si belle…

Un sourire illumine son visage empourpré. Un rire se saisit d'elle, puis se meurt dans un soupir quand ma bouche s'invite entre ses cuisses brûlantes. Ma langue se faufile dans les plis de sa chair. Ses assauts ont tôt fait de la faire trembler et mes doigts se chargent d'accentuer son plaisir. Zoé se cambre, le visage en feu. Ma main libre s'empare d'un sein et le caresse. Mes baisers glissent lentement sur son ventre frémissant, puis sur ses tétons dressés d'excitation. Mon sexe douloureusement dur approche du sien.

– Je te désire depuis si longtemps, soufflé-je contre sa bouche.

Ses yeux me contemplent, mon cœur s'affole. Je me redresse et m'empare de ma sacoche posée sur la table de chevet. J'en extirpe un préservatif, tentant en vain de contrôler ma respiration. Putain, je suis si excité et si gauche que je ne me reconnais pas. Est-ce l'attente qui m'a rendu si maladroit ? J'ai déroulé des centaines de capotes sur ma queue, mais là, mes mains tremblent, bordel ! Les doigts de Zoé s'emparent de ma nuque, tandis que les miens s'affairent à enfiler ce putain de latex.

– J'ai tant rêvé ce moment, susurre-t-elle entre deux baisers.

Nos bouches se dévorent. À l'aide de mes genoux, j'écarte un peu ses jambes et positionne mon sexe devant son entrée. Un instant, je réprime mon élan et fige mon visage au-dessus du sien. Nos souffles se mêlent. Nos yeux se soudent. Le moment est chargé d'une tension qui manque de me faire vriller. Et alors je déclare :

– Je suis amoureux de toi depuis le premier jour, Zoé. Mes sentiments pour toi sont si forts que je crains de devenir fou. Je t'aime tellement…

Une boule se forme dans ma gorge. Je n'ai jamais été si disert sur mes émotions et je flippe. Ses yeux s'emplissent de larmes. Son sourire m'envoie une décharge si forte dans la poitrine que j'en déglutis.

Elle est parfaite. Elle est à moi.

Alors je la pénètre, et au grondement rauque qui s'échappe de ma gorge, elle constate tout le plaisir que j'éprouve à me perdre en elle. Enfin nos corps fusionnent. Mon visage s'enfouit dans son cou quand j'aborde les premiers va-et-vient. Mon cœur s'emballe et je me retiens d'y aller plus fort, plus vite, car… *bon sang*… c'est si bon que je vais mourir de désir pour elle.

– Kaël… chuchote-t-elle, alors que ses bras s'enroulent autour de mon torse.

Ses ongles s'enfoncent dans mon dos. Elle gémit et je m'écarte, avide de découvrir les expressions que je lui inspire. Et bordel, je ne vais pas tarder à jouir quand je vois ses yeux mi-clos, sa bouche entrouverte et ses joues rosies.

– Regarde-moi, dis-je encore.

Ses pupilles voilées par le désir me contemplent. Mon bassin remue avec lenteur contre le sien. Mon souffle est erratique. Chacun de mes coups de reins me procure un plaisir qui m'est inconnu.

Maintenant, je sais.

Aucune baise quelle qu'elle soit ne rivalise avec la puissance d'un acte charnel consenti sous l'égide de l'amour. Elle m'aime et je l'aime. Et toutes celles que j'ai connues avant elle disparaissent de mon esprit.

Ses doigts effleurent mon échine, avant de se loger sur mes fesses. La pression que je ressens sur mes muscles m'enjoint à intensifier mes à-coups, et quand je m'y attelle, Zoé pousse un petit cri de jouissance. Ses gémissements m'enivrent lorsque je soulève son corps. Je veux la voir alors qu'elle me chevauche, et me repaître de ses complaintes. Ses mains se posent sur mon torse. Elle ondule, lentement. Ses cheveux cascadent sur ses seins, alors je les écarte pour mieux les toucher, tourmentant ses tétons, tandis qu'elle me regarde, le souffle malmené. Je me redresse et ma bouche fond sur ses mamelons, avant de retrouver la sienne. Elle accélère le rythme et c'est si bon que je rejette la tête en arrière, ce qui lui laisse tout le loisir de dévorer mon cou. Je m'offre à elle, corps et âme, la serre contre moi. Nos mouvements deviennent désordonnés. Je la fais basculer sur le dos sans me retirer. Cette fois je suis plus impétueux et ses soupirs m'encouragent.

– J't'aime, putain.

Ma voix est rauque. Nos peaux claquent l'une contre l'autre, puis Zoé se tend et gémit longuement. Son corps tremble sous l'orgasme qui la foudroie, tandis que je m'abreuve de son expression béate. Alors je vrille et hâte mes assauts, jusqu'à ce que je me déverse dans le préservatif en refoulant un cri. Je frissonne, esquisse encore quelques mouvements décousus, puis je me plaque contre elle, un sourire imprimé sur mes lèvres.

Elle soupire et lâche un petit rire. Ses doigts se faufilent sur ma nuque. Son autre main me caresse le dos. Je m'écarte et la dévisage, mon regard plus admiratif que jamais.

– C'était incroyable, dit-elle, les joues encore rougies de nos ébats.

– C'était mieux qu'incroyable, corrigé-je, le souffle court.

J'applique des baisers sur ses lèvres qui me sourient, puis me retire, nouant la capote avant de m'en débarrasser au pied du lit. Pas question que je me lève et quitte le contact de la peau de Zoé.

Elle se blottit contre moi, reposant sa tête sur mon torse. Mes doigts s'enfouissent dans sa chevelure. Je prends conscience que la tendresse de cet instant m'est étrangère. Je n'ai connu que des relations d'un soir, que du sexe sans le moindre attachement. Ce que je vis là est inédit.

Après quelques minutes, sa main chemine sur mon torse et caresse mes abdominaux. Sa bouche dévore mon cou, puis se glisse plus bas, jusqu'à mon piercing au téton qu'elle lèche sans complexe.

– Audacieuse Zoé, soufflé-je, la langue passant sur mes lèvres.

Son visage se relève. Ses yeux s'ancrent aux miens. Le regard taquin qu'elle me lance me dévoile ses intentions. Mon désir resurgit contre sa hanche, ce qui amplifie le sourire qu'elle m'adresse. Je me saisis de son menton.

– Il me semble t'avoir expliqué que j'étais quelqu'un d'endurant.

Elle rit et répond :

– Ça fait si longtemps que j'espère en avoir la preuve.

Putain !

– Faut pas me le dire deux fois !

Et à nouveau, nos corps dansent.

Et à nouveau, nous nous aimons…

CHAPITRE 41

ZOÉ

C'était merveilleux. Et vraiment, le mot est faible. Nos corps en sueur sont collés l'un à l'autre, nos souffles se mélangent lorsque son visage se porte au-dessus du mien. L'expression épanouie sur mes traits attise un sourire chez Kaël. Le mien dévoile mes dents.

Je tremble encore de ces étreintes. Jamais je n'ai connu pareille union. Il est à moi et je suis à lui. Quand il m'a dit « Je t'aime », je crois que j'ai pleuré. La puissance de ses sentiments s'est infiltrée dans chacun de ses coups de reins, de ses caresses, de ses baisers…

Je savais Kaël résistant. Après tout, on n'embrasse pas une carrière d'acteur de charme sans quelques compétences. Nous avons pris une douche, nos corps incapables de se quitter, et nous avons recommencé.

Nous avons regagné le lit après nous être essuyés. Et nous avons de nouveau recommencé.

Je ris, et je suis éreintée. De cette fatigue enivrante que procurent les ébats nocturnes. Mon sourire ne m'abandonne plus quand ma joue se pose sur son torse tatoué. Mes lèvres appliquent un baiser sur sa peau. Ses bras se resserrent sur moi, et je m'endors, bercée par ses battements de cœur, l'esprit embrumé par une nuit d'amour qui restera gravée en moi à jamais.

Le lendemain, je me réveille, seule. Ma déception est vite atténuée par le petit mot qui m'attend sur l'oreiller.

Je suis parti à mon shooting. J'espère qu'ils ont de quoi cacher mes cernes, car tu m'as épuisé...

Je pouffe de rire.

... J'espère aussi que je ne devrai pas faire la gueule sur les photos, car putain, impossible d'effacer mon sourire.

Que m'as-tu fait, Zoé ?

Je devrais rentrer pour le déjeuner.

On ira à la plage.

Je t'aime.

K.

Mon cœur se gonfle. Je vais m'envoler.

À midi, je suis prête. L'hôtel vient de me livrer un panier contenant quelques sandwichs que j'emporterai à la plage. J'ai adopté une tenue légère au-dessus d'un bikini, car il fait chaud dans le Sud en cette saison. Assise sur le balcon de la chambre de Kaël, je goûte les rayons du soleil qui caressent ma peau. Ça fait si longtemps que je n'ai pas pris un moment pour moi que je ne boude pas mon plaisir. De là où je me trouve, j'aperçois l'entrée de l'établissement. Quand Kaël sort d'une voiture, mon cœur s'affole. Puis je vois Rébecca s'en extirper à son tour et mon humeur se rembrunit. J'ai bien observé son comportement, hier soir. Certes, elle avait l'air ivre, mais je ne suis pas idiote. Lors de notre premier shooting dans son studio, j'ai remarqué ses regards. Elle est tombée sous le charme de Kaël, et comment lui en vouloir ? À le voir d'ici, la démarche féline, le corps parsemé de dessins sous un visage sublime, quelle femme ne craquerait pas ?

Et alors le doute me saisit. Adam m'a dit une fois que je n'étais ni assez belle ni assez douée au lit pour retenir un homme. Il clamait souvent que j'avais de la chance qu'il ne me quitte pas. Pendant que Kaël et Rébecca cheminent jusqu'à l'entrée, c'est à cela que je pense. Je n'oublie pas les intentions de la bookeuse, la veille, bien que rien dans l'attitude de mon amant ne dénote une quelconque attirance pour cette femme. *Et cette nuit*...

Je me filerais des claques. *Si tu n'as pas confiance en toi, Zoé, aie confiance en lui !*

Les réminiscences des sensations de nos étreintes m'enveloppent, le désir résurgent se loge dans mon ventre. Mes doigts se portent à ma bouche à ces souvenirs. Quand Kaël ouvre enfin la porte et m'aperçoit sur le balcon, je sais à son regard que je ne suis pas la seule à espérer les revivre.

Il se jette sur moi, ses paumes s'emparant de mon visage, avant de fondre sur mes lèvres. Mes mains se logent sur ses fesses. Il rit.

– On n'a pas le temps, Zoé, mais c'est pas l'envie qui me manque ! Allez viens, la voiture attend.

Je soupire quand il s'écarte de moi.

Lorsque nous arrivons sur la crique, mes yeux s'ébahissent devant l'horizon.

– Ça existe encore des plages désertes en plein mois d'août ?

La main de Kaël tire sur mon bras.

– C'est ici qu'on a fait le shooting ce matin, lance-t-il. Beck est du coin, elle y connaît les endroits les plus tranquilles.

J'arrête mes pas à la mention de son agent.

– Beck ? répété-je.

Kaël se retourne, ses sourcils se haussent de surprise.

– Bah, quoi ?

– D'abord Rébecca, ensuite Becky, maintenant Beck. Je suis certaine qu'elle doit apprécier son dernier petit nom. C'est étonnant qu'elle ne t'ait pas demandé de passer la journée avec elle, ici.

Mon amant semble perplexe. Puis un sourire en coin s'imprime lentement sur son visage.

– Putain, tu m'excites quand t'es jalouse.

Il s'approche dangereusement. Je détourne la tête au moment où il souhaite m'embrasser.

– Moi, je n'ai pas de petit nom.

Il éclate de rire et s'empare d'autorité de ma nuque, avant de placer sa bouche près de mon oreille.

– Zoé est déjà un petit nom.

Je tente de me défaire de son étreinte. Il ne me laisse pas faire.

– T'aimerais que je t'appelle comment, Beauté ? susurre-t-il.

Je soupire.

– Beauté, c'est pas si mal. Même si je n'en suis pas une.

Sa main libère ma nuque, descend doucement sur la courbe de mon cou. La pulpe de ses phalanges caresse ma clavicule, tandis que ses iris bleus aux éclats dorés me fixent avec intensité. Puis ils se baissent sur ses doigts, qui viennent défaire les boutons de ma robe. Elle chute à mes pieds, alors que son regard se relève avec lenteur. *Oh, la vache, ce qu'il est sexy !*

– T'es chiante, Zoé, lâche-t-il avant de passer sa langue sur sa lèvre inférieure. Quand vas-tu comprendre que tu es la plus belle femme que j'ai jamais rencontrée ?

Je secoue la tête.

Il s'approche. Son visage me domine. Puis il retire son tee-shirt et je n'en mène pas large.

– Je t'interdis de ne pas me croire à ce sujet.

Je hausse les épaules, d'un air effronté. Un sourire taquine le coin de ses lèvres, puis il se baisse subitement et me soulève sans cérémonie. Je pousse un petit cri, tandis qu'il s'approche de la mer. Je n'ai pas le temps de protester que nous nous immergeons tous les deux dans l'eau. Puis il se redresse et son corps se colle au mien. Sa peau humide contre la mienne me fait frémir. Il m'embrasse et me caresse jusqu'à ce que ses doigts se logent dans mon dos, tirant lentement sur la cordelette de mon haut de bikini. J'ai un léger mouvement de panique, jetant mon regard alentour afin de vérifier que l'endroit est bien désert. Puis, rassurée, je me laisse enfin aller sous le rire de Kaël. Mon audace me pousse même à me hisser sur ses épaules et à enrouler mes jambes autour de ses hanches. Je sens son sexe s'ériger sous mes fesses et en frissonne.

– Putain, Zoé !

Ses lèvres englobent mes mamelons, ma tête se jette en arrière. Quand mon visage se replace face au sien, ce que j'y lis me submerge. Son désir voile ses yeux, sous sa chevelure ébouriffée et mouillée.

– Il faut que je te parle de quelque chose, déclare-t-il, plus solennel, avant de se taire quelques instants.

Je l'observe, ne comprenant pas le sérieux soudain de son silence.

– Ma décision était prise depuis un moment, mais c'est officiel, à présent, ajoute-t-il. J'ai appelé

Micka ce matin. Je lui ai dit que le X, c'est fini pour moi.

Ses mots me coupent le souffle. Ma bouche s'entrouvre. Mes yeux se baissent sur son sourire incomparable.

– Tu… tu n'avais pas à faire ça, bégayé-je de surprise, et si…

– « Si », rien du tout, me coupe-t-il. Impossible pour moi de continuer après cette nuit, Zoé. Je suis à toi, seulement à toi. Et tu es à moi, seulement à moi.

– Seulement à toi, répété-je d'une voix tremblante, refoulant des larmes de bonheur qui ne demandent qu'à jaillir.

Je me jette sur ses lèvres, le serre dans mes bras, ris contre sa bouche et m'en empare de nouveau. Il en perd l'équilibre et nous tombons dans l'eau, avant que nos corps se retrouvent. Se touchent. Se délectent, jusqu'à ce que Kaël s'écarte un peu, le regard chargé d'une expression étrange.

– Encore quelque chose à me confier ? m'enquiers-je.

Il se mord la lèvre inférieure, passe une main hésitante dans ses cheveux humides et se lance :

– Les acteurs de X font très régulièrement des tests et je… enfin… les miens datent de la veille de mon départ et… je suis clean, je n'ai jamais baisé sans capote… alors si…

Je pose un index sur sa bouche.

– Je prends un contraceptif, et j'ai aussi fait un test avant l'accouchement, et depuis je n'ai pas… alors si…

Son visage s'éclaire. Son regard devient ténébreux quand son sourire laisse place à une expression carnassière. Ses mains se glissent doucement sur mes hanches et détachent mon bas de maillot qui vient flotter près de nous. Puis il ôte son bermuda et le jette sur la plage. Ses doigts se faufilent sous mes fesses, m'intiment de m'enrouler autour de lui, avant de venir se loger en moi. Il capture mes gémissements de ses baisers, tandis qu'il me tourmente, et lorsqu'enfin il me pénètre, ses yeux s'écarquillent sous la sensation de la peau nue de son sexe accueilli dans la chaleur du mien. Il sourit et me serre dans ses bras, alors qu'il me gratifie de ses assauts. Puis il me dit qu'il me désire comme un fou, et je peine à croire que c'est réel.

Pourtant, ça l'est.

Il est en moi.

À moi.

Seulement à moi.

CHAPITRE 42

ZOÉ

C'est le jour de mon anniversaire. Depuis notre retour, la passion entre nous ne s'est pas tarie. Certes, il est plus difficile de trouver des moments d'intimité avec Lilou qui demande de l'attention, mais nous ne manquons jamais de jouir des rares instants de calme qu'elle nous offre pour profiter l'un de l'autre. Je suis claquée, il faut bien l'avouer. Mais Kaël a le don d'éveiller mes sens en toutes circonstances, et je ne me fais pas prier. Comme ce matin au réveil, où, avant de partir, il a eu une façon bien à lui de fêter mes trente-sept ans. Je rougis à ce souvenir.

Mon sourire ne m'a pas quittée depuis notre première nuit, et tandis que je l'attends dans mon appartement, je pense et repense à lui. Jusqu'à ce que Charlotte vienne me chercher en compagnie de Matteo, le visage écarlate d'avoir gravi la Butte, et plus tard l'escalier de mon immeuble.

– T’es prête ?

J’affiche une expression enjouée. Matteo consulte son portable.

– Kaël est en bas. Go, les filles !

Je prends le cosy dans lequel j’ai installé Lilou et laisse ma valise aux bons soins de l’Italien.

Alors que nous parvenons sur le seuil du bâtiment, ma mâchoire se décroche au moment où je découvre Kaël au volant d’une Fiat 500 turquoise. *Euh…*

– Tu déconnes, ou quoi ?! lâche Matteo. T’avais pas plus petit qu’un pot de yaourt ?

Kaël soupire et hausse les épaules.

– Ils n’avaient pas plus grand.

À cet instant, je bénis mes parents d’avoir investi dans un lit de bébé et une poussette pour ma fille. C’est à peine si le coffre se ferme avec nos valises disposées dedans.

À cause de ses longues jambes, Matteo occupe le siège passager, à l’avant. Kaël m’aide à attacher Lilou à l’arrière, puis glisse un regard aimant sur moi. Un baiser plus tard, Charlotte et moi prenons place aux côtés de ma fille, collées l’une à l’autre et songeant aux deux heures de route qui nous séparent de la maison de mes parents. Ça va être long !

***

Les bouchons parisiens nous ont fait perdre du temps. Dès notre arrivée, Charlotte et moi gémissons en nous extirpant de la voiture. Kaël porte le cosy et

Matteo sort les valises. Mon visage se tourne vers le seuil de la maison où j'ai vécu toute mon enfance. Mon père nous y attend en tapant du pied. Il fait partie de ces gens qui ne sont jamais en retard. Il dit souvent que la ponctualité est une qualité dont Eliot et moi n'avons pas hérité. Son soupir me confirme qu'il se fait la réflexion à l'instant même.

Il accueille Charlotte d'une accolade, avant de se crisper à la vue de Kaël et de Matteo. Puis il me serre dans ses bras, tandis que ma mère se glisse derrière lui.

– Bon anniversaire, mon cœur, dit-il en m'embrassant tendrement sur le front.

Maman prend le relais et invite mes compagnons de voyage à entrer, avec une expression joyeuse. Dans le salon, Eliot et Gina sont affalés sur le canapé. Mon frère vient m'enlacer, répétant les mots de mon père.

– Dommage qu'à trente-sept piges, tu ne saches toujours pas être à l'heure, lâche ce traître en jetant un clin d'œil à Papa.

Je lève les yeux au ciel. Ma bouche mime silencieusement : « En-foi-ré. »

– Si c'est pour te féliciter d'avoir été ponctuel une fois dans ta vie, mon fils, déclare Papa, épargne ta salive, je te rappelle que tu as oublié le gâteau d'anniversaire.

Eliot se renfrogne, penaud. Je ricane et m'installe sur un fauteuil. Kaël pose le cosy à mes pieds, où Lilou est toujours endormie.

Mon père est debout, le visage ne laissant paraître aucune émotion. Kaël et Matteo sont plantés pas loin, les bras ballants. Charlotte s'assied sur un coude du divan et ma mère, tout sourire, observe ce petit monde baigné dans un silence gêné.

– Bien, lance-t-elle, je vais vous montrer vos chambres. Gina, Matteo et Kaël, suivez-moi.

Ils s'exécutent aussitôt. Face au regard appuyé de Papa, Charlotte détourne lentement le sien vers moi. D'un accord muet, nous nous levons et partons à l'étage, en compagnie d'Eliot. Un rire sarcastique s'échappe de la gorge de mon père devant notre fuite.

– N'étaient-ils pas adorables ? s'extasie Maman en montrant les photos encadrées dans le couloir.

Une multitude de clichés d'Eliot et de moi, enfants, tapissent tout un mur. Quand nous étions adolescents, mon frère et moi évitions d'inviter nos amis à l'étage, car chaque étape de nos vies y est immortalisée et ça nous embarrassait. Mais ma mère les adore, alors comment le lui reprocher ? Je sais qu'elle les contemple tous les jours depuis que nous avons quitté le foyer.

Matteo s'esclaffe face à une photo où je serre Eliot dans mes bras après un tour de manège. Mon frère ne doit pas avoir plus de trois ans et son sourire, à la fois craintif et édenté, est à fondre.

– Le petit frère dans les jupes de sa sœur. Comme c'est mignon ! raille-t-il.

Eliot se renfrogne et le fusille du regard.

– Rassure-toi, Matteo, il a trouvé d'autres jupes où se réfugier, depuis, lâche Gina en adressant un clin d'œil à Eliot.

Un sourire gagne les lèvres de mon frère, avant qu'il ne rougisse comme un ado, sous les yeux écarquillés de ma mère. Matteo grogne. Eliot se reprend et attrape Gina par la taille, avant de la serrer contre lui. J'entends les mots qu'il lui souffle à l'oreille.

– Et comme il me tarde de rapidement te l'ôter cette jupe !

Gina glousse et l'embrasse. J'écarquille des yeux ronds et tente d'effacer cette phrase de mon esprit.

Laissant tout ce petit monde derrière moi, je prends la main de Kaël et l'emmène jusqu'à ma chambre. Quand il y entre, son regard subjugué en embrasse tous les coins. Il n'y a pourtant pas de quoi se pâmer. Le papier peint à fleurs est immonde, mais mes parents n'ont jamais voulu en changer depuis mon départ. Le bureau est toujours le même, assorti au lit double en bois rustique, qui n'apporte rien de moderne à la déco surannée. Ce que Kaël contemple, ce sont les clichés qui habillent les murs. Toutes sortes de paysages que j'ai capturés durant mon adolescence. Un élan de nostalgie m'envahit alors que je les observe.

– Tu as toujours nourri cette passion, n'est-ce pas ? demande Kaël.

– Ma grand-mère, mamie Jo, m'a offert mon premier appareil quand j'avais neuf ans. Ça a été comme une révélation lorsque je l'ai tenu entre mes mains.

– J'aurais aimé avoir un don comme le tien, déclare-t-il, sans que ses yeux quittent la vue immortalisée des falaises d'Étretat.

– Tu as le don d'embrasser la lumière, Kaël.

Il se tourne et m'adresse un clin d'œil.

– Cette lumière vient de toi, Zoé.

Un sourire pointe sur mes lèvres, rapidement imité par les siennes.

– Oh, les tourtereaux ! nous interpelle mon frère. C'est l'heure de l'apéro.

– On devrait y aller, soupiré-je. C'est un incontournable chez mes parents.

Nous gagnons la véranda où la table est dressée.

– J'ai oublié la tapenade, Marie, lance mon père à ma mère en posant doucement une main dans le creux de ses reins, tu veux bien aller la chercher ?

– Bien sûr, mon amour.

Kaël s'installe sur un siège, comme choqué d'avoir assisté à cette scène. N'a-t-il jamais connu ça avec ses parents ? S'aimaient-ils comme les miens s'aiment ? Puis je me rappelle ses mots. Sa mère est tombée malade alors qu'il était adolescent. Ils doivent être rares, ses souvenirs de ce genre, et ça me serre le cœur de le deviner.

Les verres s'entrechoquent et je suis couverte de cadeaux. Kaël se lève et contourne ma chaise, avant de glisser un collier autour de mon cou. Je saisis le pendentif qui y est suspendu pour le contempler.

C'est un cadenas en or blanc, où les lettres Z et K sont gravées. Je l'observe avec émotion, tandis qu'il me souffle à l'oreille :

– Avant d'en accrocher un sur une rambarde de Montmartre.

Subjuguée par le symbole, je me lève et l'enlace, mes lèvres se posant sur les siennes avec fougue. Un raclement de gorge de mon père me ramène doucement à la réalité.

– C'est l'heure du repas, tranche-t-il sous les rires de mon frère et de Matteo.

Une fossette de Kaël se dessine sur le coin de sa joue, avant qu'il retourne s'asseoir.

Papa dresse les entrées et le plat principal. Ici, chacun peut se servir à son rythme, mais personne ne touche à son assiette tant qu'il ne l'a pas décrété. D'un geste solennel, mon père pose ses coudes sur la table et place son menton sur ses poings serrés. On dirait presque qu'il s'apprête à faire une prière, mais je sais qu'il n'en fera rien. Je crois bien qu'il se délecte de ce moment où chacun des convives est suspendu à ses lèvres. Ses yeux se rivent sur moi, puis sa voix grave s'élève.

– Je suis fier de toi, ma fille, dit-il, à mon grand étonnement.

Pas que mon père soit avare en compliments, mais il en exprime rarement devant témoins.

– J'ai la plus belle petite-fille que la Terre ait portée et une enfant courageuse pour l'élever, ajoute-t-il avant que son regard ne glisse sur Kaël et Matteo, assis l'un à côté de l'autre.

Il soupire.

– Bien sûr, peu de pères peuvent se targuer d'avoir deux acteurs porno à leur table…

Ma mère pouffe, imitée par mon frère. Mes globes oculaires vont sortir de leurs orbites.

– Oh, mais Kaël a arrêté le X ! s'exclame joyeusement Charlotte.

Papa hausse les sourcils et observe mon amant, le front plissé, comme s'il le jaugeait. Un sourire en coin, à peine perceptible, pointe à la commissure de ses lèvres. Je ne peux réprimer le mien en l'apercevant.

– C'est une information intéressante, déclare-t-il en se tournant vers ma meilleure amie, merci Charlotte.

Cette dernière, pas peu fière, pose sa main sur celle de Matteo qui se retient d'éclater de rire.

– Francesco Duro, n'est-ce pas ? lance mon père en levant le regard vers lui.

Matteo se tend, toute envie de rigoler disparue.

– Oui, monsieur.

– Alain. Appelle-moi, Alain.

– Très bien, Alain.

L'Italien se racle la gorge sous l'expression hilare de Charlotte. Papa reprend :

– Moi, je t'appellerai plutôt Matteo, si tu veux bien.

– Aucun problème.

Je pouffe. Puis mon père ajoute :

– Bienvenue à ma table, mangez, maintenant.

Et personne ne se prive. Le repas est délicieux. Gina se régale tant que des miettes se logent autour de sa bouche. Eliot prend une serviette et la lui essuie sans la quitter des yeux. Ceux de Papa se lèvent au plafond. Ceux de Matteo aussi.

Le reste du dîner se déroule dans une ambiance agréable. J'observe mes amis, ma famille et Kaël, en pensant que je n'ai jamais été aussi heureuse qu'à présent. Lors de ces événements, Adam savait se faire passer pour quelqu'un de sympathique auprès de mes proches, avant d'essayer de me convaincre de m'isoler d'eux dès que nous étions seuls. En huit ans, j'ai failli couper les ponts avec tout mon entourage, à cause de lui. À cause de moi, surtout. *Je l'ai laissé faire.* Tel un serpent, il a pris son temps pour faire en sorte que ma solitude soit complète. À chaque fois que je voulais sortir en compagnie de mes amis, il grognait, disant que ça ne lui plaisait pas que j'y aille seule. Alors je l'invitais à venir avec moi, et il se faisait un malin plaisir de me gâcher ces moments.

« Tu bois encore ? »

« Si tu prenais un peu soin de toi, tu pourrais porter des robes sexy, comme ta copine. »

« C'est moi, ou tes potes n'en ont rien à foutre que tu sois là ? »

Jamais il ne se révélait désagréable ou vexant devant mes amis, il l'était seulement avec moi.

Distillant son venin à mon oreille, semant la graine du doute au fil du temps, jusqu'à ce que ses paroles me paraissent sensées et m'enjoignent à y croire.

Mais jamais il n'a réussi à me séparer de ma famille. Jamais ! Et quand je vois Kaël en discussion avec mon père, parlant des services de location de voiture débordés en cette saison, et les rires de Papa lorsque mon amant lui explique la tête qu'il a faite en découvrant la Fiat 500 qu'on lui proposait, mon cœur dégringole dans ma poitrine. Les gens que j'aime sont tous ici. L'homme que j'aime est ici. J'ai presque peine à croire à ce que je considère comme le paradis.

CHAPITRE 43

KAËL

Je suis le père de Zoé jusqu'à son bureau. Je n'en mène pas large, putain ! Il est du genre charismatique et pourrait me bouffer d'un regard. Je ne compte pas me laisser impressionner, mais je caresse tout de même l'espoir de me faire apprécier de lui. Pour Zoé, et pour moi, aussi. J'ai observé la relation qu'il entretient avec sa femme, et j'en ai été subjugué. C'est ce que je veux avec sa fille, or je sais que pour la rendre pleinement heureuse, cela passera par la bénédiction d'Alain. Honnêtement, j'ai presque cru l'avoir gagnée lors de ce dîner, mais tandis que je suis ses pas dans le couloir dans un silence ténu, je commence à douter.

Nous parvenons à son bureau. Il ferme la porte derrière moi, ce qui ne fait qu'accroître mon embarras. Puis j'entrevois un rictus ourler ses lèvres et je comprends qu'il se délecte de ce petit jeu. C'est de bonne guerre. Je suis un ex-acteur porno et je fais l'amour à sa fille. Enfin, ça, il ne le sait pas. Il doit quand même s'en douter et bizarrement, je me sens un peu mal à l'aise à cette pensée.

– Assieds-toi, m'invite-t-il en désignant un fauteuil devant son bureau

Il s'avachit sur le sien en soupirant, puis il dit :

– Neil Jordan, hein ?

– Plus maintenant.

Ses yeux d'un noir profond me fixent.

– Je ne te cache pas que je suis heureux de l'entendre. Un whisky ?

– Volontiers.

Il se lève et ouvre un minibar, verse l'alcool dans deux verres et me tend le mien.

– Raconte-moi un peu qui tu es, Kaël.

Je ne m'attendais pas à cette question. Je me tortille sur mon siège et m'envoie une gorgée de courage. Dès qu'il se rassied, j'inspire et me lance :

– J'ai vingt-six ans. Ma mère est malade depuis environ dix ans. J'ai fait une carrière dans le porno pour lui éviter de finir dans un mouroir. Voilà à peu près tout ce qu'il y a à savoir sur moi, Alain. J'ai conscience que vous auriez préféré que votre fille tombe amoureuse d'un type plus fréquentable, mais…

– Ne me dis pas ce que je dois penser de toi, Kaël, me coupe-t-il d'une voix sévère. Je sais déjà tout ce que tu viens de me raconter et crois-moi, tu es loin de connaître mon opinion à ton sujet.

Il porte son verre à ses lèvres, ses iris sombres soudés aux miens.

– J'aime mes enfants plus que tout au monde, ajoute-t-il, comme Zoé aimera sa fille plus que tout au monde. Tu réalises où tu mets les pieds en partageant sa vie ? Tu penses être prêt à faire figure de père auprès de Lilou ? Si c'est du sérieux pour toi, pose-toi la question. Une relation avec une femme plus jeune et sans attaches t'offrirait…

– Je ne veux pas d'une autre femme. Je veux Zoé et je veux Lilou, aussi. J'adore cette gamine.

– Et que se passera-t-il quand la petite apprendra que tu as tourné dans des films X ?

Cette question me désarçonne. J'admets que je n'y ai jamais pensé. Je blêmis en baissant les yeux. Dans mon esprit, je suis certain de vouloir vivre aux côtés de Zoé. Je ne me serais pas permis d'entrer dans sa vie sans avoir conscience de ses responsabilités. Cela n'a jamais été pour un coup d'un soir. Dès que je lui ai réservé ma bouche, je savais dans quoi je m'embarquais. *Mais Lilou...* Quand elle sera adolescente et que des petits cons lui colleront mes vidéos sous le nez, que va-t-elle penser ? J'en chialerais à l'instant en imaginant qu'elle pourrait me le reprocher.

– Je suis désolé de te tourmenter, lance Alain qui ne cesse de m'observer, mais je veux être certain que tu as les épaules pour elles, tu comprends.

Mon regard se relève sur le père de Zoé.

– Vous avez raison, peut-être que je ne suis pas celui qu'il leur faut.

Un sourire s'imprime sur ses lèvres.

– Ce n'est pas ce que j'ai dit, me corrige-t-il. À la lumière de cette soirée, et des paroles que tu viens juste de prononcer, je pense même tout le contraire.

Je le considère, hébété.

– Ma fille a morflé avec Adam, continue Alain. Lui n'était pas quelqu'un de bien.

Veut-il dire que moi, je le suis ?

Il se relève et se place près de mon fauteuil. Je me redresse et lui fais face. Il pose une main sur mon épaule.

– Toi, tu as pris soin de ta mère et tu prends soin de ma fille et de ma petite-fille. Franchement, j'ai eu des doutes au début et je pense que tu peux aisément comprendre pourquoi. Mais, je vais te l'avouer et je ne te le dirai qu'une seule fois : je suis content que ce soit toi.

Ma bouche s'entrouvre de surprise. Je retiens mes larmes en songeant à mon propre père. Lui n'a pas posé une main sur mon épaule depuis plus de dix ans. Lui ne m'a jamais dit qu'il était « content que ce soit moi », son fils. Je crois qu'Alain perçoit l'émotion qui me bouleverse quand il m'adresse un clin d'œil et m'invite à sortir du bureau.

– Allez, viens, fiston, on commence à peine le digestif.

– « Fiston », répété-je, ahuri.

– Ouais, t'emballe pas, ricane Alain en traversant le couloir. Souviens-toi que ma femme et moi avons eu la malchance de te connaître « avant » que tu rencontres Zoé, et dans des circonstances que je préfère oublier.

Je retiens mon rire, mais pas le bonheur intense que ses mots m'ont insufflé. Quand nous regagnons la véranda, mes yeux s'accrochent à ceux de Zoé. Son inquiétude se lit sur ses traits. Mon expression la rassure et je lui souris. Putain, ouais, je lui souris.

***

Je me fais virer de la salle de bains par Matteo et Charlotte, sans avoir eu le temps de passer un tee-shirt.

– Merci mon pote ! me lance mon ami en claquant une bise sur ma joue. Notre chambre est à côté de celle des parents, et Charlotte refuse de…

– Grouille-toi ! l'interpelle cette dernière en le tirant à l'intérieur de la pièce.

La porte se ferme devant moi et je me marre. Je traverse le couloir et entre dans la chambre où Zoé m'attend, allongée sur le lit. Sa mine enjouée laisse deviner qu'elle a apprécié sa soirée. Je me glisse sous les draps et l'enlace, avant de l'embrasser. Ses mains se faufilent sur mon dos nu, puis plus bas sur mes fesses.

– Non, non, non, Beauté. Je ne te ferai rien dans la maison de tes parents.

Sa mine défaite me provoque un éclat de rire.

– Tu déconnes ?

– Pas du tout, affirmé-je.

Elle jette sa tête sur l'oreiller en soupirant. Je me cale sur le flanc, tandis qu'elle imite ma position.

– Mon père t'a dit de ne pas me toucher, c'est ça ?

– Pas du tout.

Elle me sourit, comprenant que ma décision s'apparente à une marque de respect et que je ne changerai pas d'avis.

– OK, capitule-t-elle, que t'a-t-il dit, alors ?

Je repense à ma conversation avec Alain en passant une mèche de ses cheveux derrière son oreille.

– Il m'a dit qu'il donnait sa bénédiction pour notre relation.

– Encore heureux ! s'exclame-t-elle. On n'est pas au Moyen Âge !

– C'était important pour moi, Zoé.

Elle se blottit contre mon torse, ses doigts glissent le long de mes abdominaux.

– Si c'est important pour toi, alors ça l'est pour moi.

Son visage se relève. Sa main sinue cette fois sous l'élastique de mon boxer, et quand la mienne tente de la retenir, elle l'écarte d'une petite tape.

– Zoé…

– Quoi ? Tu as dit que tu ne me toucherais pas. Tu n'as pas dit que je ne pouvais pas le faire !

Je passe la langue sur ma lèvre inférieure, amusé par son enthousiasme.

– Je préférerais que… oh !

Je ne peux réprimer cette interjection quand elle empoigne ma bite sans ménagement.

– Tu préférerais quoi, exactement ? me susurre-t-elle à l'oreille.

Je peine à trouver mes mots quand elle entame des va-et-vient langoureux sur mon sexe qui durcit dans sa main. *Putain…* Elle ôte sa chemise de nuit et me fait taire d'un baiser, enroulant sa langue à la mienne en accélérant le rythme de ses doigts. Je court-circuite carrément lorsqu'elle se dresse au-dessus de moi, ses cheveux couvrant ses seins nus, mon membre toujours sous son emprise. Quand sa bouche dépose des baisers sur mes abdominaux, et plus tard sur mon aine, je me retiens de jouir. Mais ce n'est rien comparé à l'instant où je sens ses lèvres s'emparer de ma queue. De surprise, je tressaute et enfouis les mains dans sa chevelure, afin de relever son visage. Elle me sourit, et je me liquéfie face à ses yeux déterminés et avides.

– Bon sang, Zoé, je…

Sa bouche glisse le long de mon sexe et me coupe la chique, tandis que ses doigts me pressent les bourses. Je la regarde faire, le souffle court. Une ride se forme sur mon front sous le plaisir qu'elle me donne en me suçant de cette façon. De mes mains, je passe sa chevelure sur le côté, afin de ne rien rater de ce délicieux spectacle. C'est si bon que j'en retiens mes grognements, de peur qu'on m'entende, alors que je suis en train de vivre la meilleure pipe de mon existence ! La meilleure parce que je l'aime. Putain ouais, j'aime cette femme qui m'étonne chaque jour, que j'admire, qui…

– Bordel de merde ! lâché-je, surpris, alors que j'empoigne ses cheveux. Je vais venir ! Zoé, je vais…

Elle passe lentement sa langue autour de mon gland et me reprend en bouche sans tenir compte de mon avertissement. Je parviens à l'écarter à temps, tandis qu'un râle sourd s'échappe de ma gorge. Ma tête se jette en arrière et je me déverse sur mon ventre, luttant pour ne pas me plier en deux. Quand elle se redresse, mon visage affiche un sourire béat.

– T'as aimé ?

J'éclate de rire et passe un doigt sur ses lèvres.

– Je ne crois pas avoir joui aussi vite depuis mon adolescence, alors ouais putain, j'ai aimé.

Elle semble soulagée par mes paroles. Comment peut-elle encore douter ?

***

Matteo et Charlotte décident de rentrer avec Eliot et Gina. Au regard de la berline que conduit le frère de Zoé, comparée au pot de yaourt que je me trimballe, on ne peut pas le leur reprocher.

– Occupe-toi bien d'elles, me lance Alain en me serrant la main.

Marie m'enlace et me tapote la joue, avant que tous deux adressent leur au revoir à Zoé.

Sur la route, on chantonne sur des airs de rock vintage qui passent à la radio. On sourit, on discute, on rigole en imaginant les embrouilles de Matteo et Gina, coincés dans la même voiture pour les deux prochaines heures.

Le surlendemain, je dois partir pour New York. Je suis pressé de commencer ma carrière, mais j'ai la trouille aussi. Je n'ai jamais défilé. On va me trouver naze, c'est certain. Mais maintenant que j'ai définitivement abandonné le X, j'ai intérêt à assurer…

De plus, je n'ai pas envie de laisser Zoé à Paris. Ce ne sera que deux semaines de séparation, mais ça me désole de la quitter après ces derniers jours. Elle pose une main sur ma cuisse. Sa paume est chaude, et je souris. Contrairement à Zoé, je n'ai jamais été en couple. Je ne connais pas tous ces petits signes d'affection que je relève.

Je ne me suis jamais senti aussi bien de ma vie. Et alors que nous nous approchons de Paris, une idée me vient.

– Je voudrais te présenter ma mère, déclaré-je à Zoé.

Ses yeux chocolat se figent dans les miens, tandis que nous patientons derrière un feu rouge.

– J'aimerais beaucoup la rencontrer.

Un sourire glisse sur mes lèvres. Je n'ai jamais présenté une femme à ma mère. Elle ne se rappellera pas cette rencontre, c'est certain. Mais moi, je saurai qu'elle a existé. Je saurai qu'avant de partir, elle aura vu la seule autre femme que j'aie jamais aimée. Comme je sais que ce ne sera pas facile pour Zoé, je préfère la prévenir de ce qui l'attend.

– Elle pourrait ne pas remarquer qu'on est là.

Sa main se resserre sur ma cuisse. Elle ne dit mot, mais son regard me renvoie toute sa sollicitude. Je n'ai besoin que de ça.

CHAPITRE 44

ZOÉ

Le lendemain, mon cœur bat à tout rompre alors que Kaël s'apprête à ouvrir la porte de la chambre où séjourne sa mère. J'inspire en repensant au chemin que nous venons de parcourir dans les méandres de l'établissement. Ici, les résidents sont tous atteints de maladies neurodégénératives telles qu'Alzheimer ou Parkinson. Dans le couloir, une femme en fauteuil roulant est secouée de spasmes violents. Un patient à moitié nu porte une couche et se cogne au mur avant d'aller la rejoindre. Une infirmière le rattrape, afin de le ramener à sa chambre. Mon cœur se brise pour eux… et pour Kaël. En un court instant, je prends conscience avec effroi de ce que provoquent ces maux sur les êtres humains, alors que lui baigne dans cet environnement depuis de longues années. Si je l'admirais avant, je suis aujourd'hui ébahie par son courage. Cet homme a un mérite que peu possèdent.

– Maman ? dit-il, après avoir ouvert la porte.

Pas de réponse. Nous entrons et je rencontre enfin Valérie D., étendue dans son lit, serrant une peluche contre elle en fredonnant un air que je ne saisis pas.

– Maman, répète Kaël, j'ai quelqu'un à te présenter.

Sa mère ne détourne pas les yeux et continue de chantonner des paroles inaudibles. Mais je crois reconnaître une mélodie de Jean-Jacques Goldman.

– C'est Zoé, Maman, insiste-t-il. Tu sais, la femme dont je t'ai parlé lors de mes dernières visites.

Mon regard se pose sur mon amant qui semble habitué à la tristesse de ce moment. Moi, elle me terrasse, tandis que je fais face à cette femme amaigrie, perdue dans ses pensées, ou à son absence de pensées. Ma main se glisse dans celle de Kaël et je retiens mes larmes. L'espoir dans ses yeux me donne le courage de prendre sur moi, car si je suis brisée par cette scène bouleversante, qu'en est-il de lui ? Puis c'est une petite voix fluette qui m'extirpe de mes réflexions pénibles.

– Zoé ? Comme la voiture ?

Je suis étonnée par la rapidité d'élocution de Valérie, mais Kaël m'a expliqué ce qui m'attendait durant le trajet. Certaines idées se fixent dans son esprit, parfois longtemps, parfois quelques minutes, parfois quelques secondes, puis disparaissent.

Un sourire se dessine sur le visage de mon amant. Il pouffe et me tire le bras, jusqu'à ce qu'il s'asseye sur le lit, tout près de sa mère. Cette dernière lève les yeux sur lui et pose une main chétive sur sa joue.

– Que tu es beau, Kaël.

– Tu n'es pas objective.

Le regard de Valérie se perd de nouveau dans le brouillard. Sa main retombe. L'autre serre la peluche, puis son attention se porte sur moi.

– Je n'aime plus les yaourts, déclare-t-elle d'un ton vif.

Je crois qu'elle me prend pour une infirmière. Ma voix chevrote un peu quand je dis :

– Je n'aime pas tellement ça, moi non plus.

Elle me sourit. Et c'est dans ce sourire que je constate sa ressemblance frappante avec Kaël, que je n'avais pas saisie jusque-là. La maladie a ravagé ses traits, puis son cancer a achevé de les dévaster. Mais ce sourire… C'est un cadeau du ciel pour l'homme dont je suis éprise. Il se reproduit sur son visage, tandis qu'il serre les doigts de sa mère, sa poitrine se gonflant à cette expression. Puis les yeux de Valérie se dévoilent, comme la brume disparaît après l'aurore.

– C'est elle, Kaël ?

– Oui, Maman, c'est elle.

– Elle est belle.

Kaël passe le dos de sa main sur sa joue. Je le devine ému. Je le suis tout autant, sachant que j'ai une chance inouïe d'assister à ce moment de lucidité. Un nouveau sourire ourle les lèvres de Valérie quand elle s'adresse à son fils.

– J’aimerais vraiment avoir des petits-enfants. Il faut vous y mettre ! J’aimerais tant, Kaël !

Devant ce soudain enthousiasme, le corps de Kaël se crispe. Ses doigts se resserrent sur les miens, comme s’il cherchait du courage à travers ma paume. Nous savons tous les deux que Valérie risque de ne pas passer l’année, et cette pensée m’est insupportable. J’imagine à peine ce que lui doit éprouver.

Une idée me vient et je lâche la main de Kaël pour m’emparer de mon sac. J’en sors une photo et la présente à sa mère.

– Voici votre petite-fille, Valérie. Elle s’appelle Lilou.

Ses doigts frêles se saisissent de l’image. Ses yeux l’observent, ébahis, et s’emplissent soudain de larmes. L’une d’elles dévale sa joue, avant que son regard ne se relève sur son fils.

– Elle est si magnifique !

– N’est-ce pas ?

La voix de Kaël est tremblante. Il serre les dents pour contenir l’émotion qui le submerge. Je le sais, car sa main chaude retrouve la mienne, ses iris embués me cherchent. Il murmure un « merci », puis revient à Valérie qui ne se lasse plus d’admirer la photo.

– Elle commence à gazouiller, dit-il, et même à se marrer. Elle souffre des gencives, mais fait enfin ses nuits. Et c’est pas trop tôt, car sa mère est épuisée.

– Elle est si jolie, déclare encore Valérie.

Kaël continue de faire les éloges de Lilou. Je sais qu'il en parle avec fougue pour garder l'esprit de sa mère avec nous, mais tous les détails qu'il exprime au sujet de ma fille sont autant d'émotions qu'on m'injecte directement dans le cœur. Et cette fois, je pleure, incapable de retenir les larmes que chacun de ses mots provoque. Des larmes de joie pour ma fille, mêlées à celles de mon chagrin pour Valérie.

– Elle n'aime pas être sur le ventre, poursuit Kaël, mais balade-la en poussette et tu peux être certaine qu'elle s'endort au bout de dix mètres. Elle a un grain de beauté au-dessus du genou, comme toi. Quand elle sourit, c'est comme si les couleurs autour d'elle devenaient plus vives. C'est sublime. Sa petite voix est douce, mais t'inquiète pas qu'elle sait la forcer quand elle se met à pleurer. Elle aime être bercée dans les bras et…

Ceux de Valérie retombent mollement sur ses jambes. Ses mains relâchent la photo. Ses yeux se voilent et se tournent lentement vers la fenêtre, puis elle fredonne de nouveau.

Kaël se fige, observant sa mère dans un soupir. Je sais qu'il a l'habitude. Pas moi. Je suis dévastée. Mais je tiens. Je tiens pour lui. Alors je prends la photo de Lilou qui repose sur les cuisses de Valérie et la place sur la table de chevet près de son lit. Lui se lève, embrasse sa mère sur une joue, lui dit qu'il l'aime et se tourne vers moi. L'expression dans son regard me bouleverse, mais il me sourit quand même, prend mon visage en coupe et pose un tendre baiser sur mes lèvres. Un baiser presque désespéré, de ceux que l'on donne pour s'insuffler le courage d'avancer.

Quand la porte se ferme derrière nous, Kaël inspire profondément. Un moment de silence plus tard, il me prend par la main et nous quittons cet endroit. Je songe alors qu'aucun homme ne sera jamais son égal à mes yeux. Aucun n'a tant de mérite. Lui qui pense qu'il n'est bon qu'à exhiber son corps ne se doute pas de qui il est vraiment. Je compte bien faire de mon mieux pour qu'il le sache, à l'avenir.

Nous rentrons à Montmartre, sans doute plus proches que nous ne l'avons jamais été.

CHAPITRE 45

KAËL

New York

– C'est parfait ! s'extasie Simon, le créateur de la maison Reynolds. N'est-ce pas, chéri ?

« Chéri », *alias* Christopher, son compagnon, a l'air moins emballé. Depuis quatre jours que je suis arrivé, il me fusille du regard. Simon m'adresse des compliments sans arrêt et commence à discuter contrat d'exclusivité avec Rébecca. Si je le décroche, je serai l'égérie de la marque et ma carrière sera lancée. Alors ouais, que Christopher aille se faire voir avec ses œillades jalouses et que son mec me mate tant qu'il veut, bien que je ne sache pas vraiment ce qu'il me trouve, tant je me sens gauche. Et c'est à nouveau le cas aujourd'hui, tandis que j'entame pour la énième fois la répétition du défilé sur le podium. Dans quelques heures, il s'agira d'assurer. Les plus influents directeurs de magazines de mode internationaux seront au premier rang pour évaluer ma prestation. Une goutte de sueur glacée glisse le long de mon échine à cette pensée.

Je retourne à l'hôtel, les mains moites et le cœur battant. Dès que je suis dans ma chambre, je prends une douche, enfile mon costume et appelle Zoé.

– Alors, prêt pour ce soir ? demande-t-elle.

Sa voix me fait du bien et m'apaise, comme toujours.

– Je me pisse dessus.

Elle s'esclaffe.

– Tu as tourné dans des films durant des années, tu sauras les charmer comme tu as su le faire avec toutes tes groupies.

Je secoue la tête derrière mon smartphone.

– Ouais, sauf que je ne portais rien sur moi dans mes films, Zoé. C'est plutôt mon cul qui les charmait.

– Je suis bien contente qu'il n'y ait plus que moi qui puisse le toucher.

Un sourire s'immisce sur mes lèvres.

– Petite coquine dépravée.

Son rire attise le mien. Puis j'en reviens au défilé.

– Je vais porter une veste de costume sur mon torse nu, et un bermuda chelou. Franchement, je n'arrive pas à comprendre que ce genre de fringues se vendent.

– Pas des fringues, Kaël. Des vêtements de luxe !

– C'est dingue, si tu veux mon avis.

– Tu m'appelleras après ta soirée ? s'enquiert-elle. Je veux tout savoir.

– Ça marche. Il y a une fête prévue sur un rooftop de Manhattan. Cette ville est incroyable !

– J'ai eu l'occasion de m'y rendre souvent avec le *Glob'Trotteur*. Profite de son ambiance, elle est géniale.

Je n'ai jamais vraiment voyagé. Dès que j'ai posé un pied dans la Grosse Pomme, j'ai été subjugué. Tout me paraît énorme, ici. Bien sûr, je préfère l'architecture romantique de Paris, mais je dois reconnaître que New York a son charme, et que ses habitants sont bien plus accueillants que les Parisiens. Néanmoins, la nourriture française me manque. Je n'ai pas trouvé d'équivalent, même dans les plus grands restos où j'ai eu l'occasion de dîner avec Rébecca et d'autres mannequins.

On toque à la porte de ma suite. C'est justement mon agent qui vient me chercher. Je consulte ma montre en soupirant. Je n'ai jamais plus de trente minutes à moi, c'est usant. Je fais un signe de main à la bookeuse, lui signifiant que j'arrive. Elle reste dans l'entrée, juchée sur des talons vertigineux, les courbes engoncées dans une robe fourreau noire pailletée.

– Je dois y aller, Beauté.

– Tu seras parfait, Kaël, m'encourage Zoé. Je penserai fort à toi durant les prochaines heures.

– OK, mais ne m'imagine pas dans mon accoutrement ridicule !

Elle pouffe, et je souris de l'entendre encore se marrer.

– Étrangement, tu ne portes pas souvent d'habits dans mes songes.

Une virgule se forme au coin de mes lèvres.

– Ah ouais ? Et ça t'arrive souvent de m'imaginer à poil ?

– À peu près toutes les secondes depuis que tu es parti pour New York. Bon, j'avoue que j'évite lorsque j'ai Lilou dans les bras, mais quand elle dort…

Je passe la langue sur ma lèvre inférieure. Elle m'excite, putain !

– Et quand elle dort, tu fais quoi ?

Rébecca est toujours dans l'entrée, mais je m'en cogne. Pas question que cette conversation se termine. Mon stress s'est envolé et je durcis dans mon boxer aux paroles de Zoé. Elle patientera.

– Je me caresse, pourquoi ?

– Bordel, Zoé ! lâché-je. T'as conscience que je ne peux pas défiler avec la gaule ?!

– Oh, tu bandes ?

Bon sang... Zoé m'avait caché ce pan de sa personnalité. J'en ris, car je sais qu'elle n'est pas toujours très à l'aise de s'exprimer sur le sujet, et je crois qu'elle-même se découvre ce trait de caractère. Mais plus les jours passent, plus elle prend confiance, j'adore ça.

– Je dois y aller, Beauté. Je t'aime.

– Je t'aime aussi.

Je raccroche en inspirant profondément. Cette conversation m'a requinqué. J'attends un peu que mon sexe dégonfle avant de me tourner vers Rébecca.

***

– *You were amazing !*

– *You were fabulous !*

– *You have a gift. I'm totally falling for you*[3] *!*

Putain, je capte rien à ce que ces femmes me racontent. Alors je souris, comme un con. À leur expression enthousiaste, je crois que ça sent bon. Le principal, c'est que Simon soit content de ma prestation. Il s'entretient d'ailleurs avec Rébecca pendant que je m'enfile une coupe de champagne, en compagnie de ces dames influentes, d'après mon agent.

Ce défilé était dingue. Lors de mon dernier passage, j'étais si heureux que ça se termine que j'ai souri en me pointant sur le bout du podium. Mon sourire a été accueilli par des applaudissements, alors je ne me suis pas fait prier et j'ai balancé un clin d'œil. Puis je me suis souvenu que les autres mannequins faisaient tous la gueule en défilant, me demandant si je n'avais pas fait une connerie, finalement. Dès mon retour dans les *backstages*, j'ai été

3. « Tu as été incroyable ! / Tu as été fabuleux ! / Tu as un don. Je craque complètement pour toi ! »

rassuré. Simon m'a littéralement sauté dessus pour me féliciter.

Apparemment, personne n'a jamais imposé de faire la moue sur les défilés. Je me demande alors pourquoi c'est devenu si ordinaire de voir des hommes et des femmes tirer une tête de six pieds de long, lors de ces événements. Il paraît que c'est à cause de la rédactrice du plus grand magazine de mode au monde. Elle fait toujours la tronche, mais si tu lui décroches un semblant de rictus, t'as gagné ses faveurs. Simon m'a dit qu'on avait presque vu ses dents lors de mon dernier passage. Il en était abasourdi.

J'ai aussi été soutenu par cette fameuse chanteuse américaine de country, Glory Parker. Celle qui a posté des photos sur Instagram, après sa visite de la galerie Prévost. Je suis flatté qu'elle soit venue à New York uniquement pour me rencontrer. J'ignorais à quel point elle est célèbre aux États-Unis, comme j'ignorais qu'elle a une sacrée descente. On a trinqué avec quelques verres tout à l'heure et je suis un tantinet éméché. Je n'ai absolument rien compris à ce qu'elle m'a dit, mais elle aussi semblait contente pour moi. J'hallucine total.

Je consulte ma montre, il est six heures du matin à Paris. Je ne vais pas appeler Zoé maintenant. Lilou se lève plutôt vers sept heures. Je me siffle une autre coupe, tandis que Rébecca se pointe, tout sourire.

– Tu l'as, Kaël ! Tu l'as !

– J'ai quoi ?

– L'exclusivité ! s'exclame-t-elle en frappant dans ses mains.

Je déglutis. *Quoi ?*

– Oh là là, tu te rends compte ! Tu es la future égérie de la maison Reynolds ! Je suis tellement heureuse pour toi !

Je n'en reviens pas. Les mots se bloquent dans ma gorge. Il y a forcément un loup quelque part. Tout ça, ce n'est pas possible. Ça ne peut pas être réel, sérieusement !

– On va fêter ça ! lance ma bookeuse en passant son bras sous le mien.

Je la suis, les yeux écarquillés de stupeur.

– Christopher est en train de préparer ton contrat, ajoute-t-elle. Il le déposera dans ta suite, tout à l'heure. Il faudra le signer *fissa*, car Simon s'envole demain pour Los Angeles, et je ne prendrai pas le risque qu'il change d'avis.

Nous parvenons jusqu'au bar. Je suis si choqué par la nouvelle que j'en oublie d'être réjoui. Pourtant, je le suis. *Bordel... L'égérie de Reynolds !*

– Kaël ! T'as assuré ! insiste mon agent. T'as travaillé dur pour ça. Tu m'as écoutée et tu as appliqué les conseils de Simon. Ta spontanéité a fait le reste, ton charme aussi. Sois heureux et trinque à ton succès !

Quelques mannequins hommes se joignent à nous. Ils me félicitent. Moi qui croyais que le milieu de la mode était un univers de rapaces, je n'ai eu jusque-là que d'excellentes surprises. Les mecs sont cool avec moi. Cela dit, je ne comprends rien à ce qu'ils racontent, mais je suis assez clairvoyant pour associer leurs sourires à des paroles bienveillantes. Les filles sont sympas aussi. L'une d'elles, une Française du nom de Sarina, a posé avec moi, il y a deux jours. La nana est canon et loin d'être idiote. Ce n'est en revanche pas le cas de Chelsea, qui est justement en train de sniffer de la drogue sur la petite table d'un box, non loin de moi. Elle n'a pas arrêté de me coller en gloussant durant le shooting qu'on a fait ensemble. L'adage se vérifie avec elle : la beauté ne fait pas tout.

Les coupes s'enchaînent et je décide d'arrêter avant de m'écrouler. Ma bookeuse est pompette et tente de me retenir, alors que je m'apprête à quitter les lieux.

– Rébecca…

– Tu ne m'appelles plus Beck ?

– Ce n'est pas très professionnel, répliqué-je en lui adressant un clin d'œil, histoire de faire passer la pilule.

En réalité, je ne l'appelle plus par son petit nom, car je sais que ça contrarie Zoé. Et pour rien au monde je ne veux qu'elle se tracasse pour une femme qui ne représente rien pour moi. Il n'y a qu'elle. Et si j'ai un peu de chance, il n'y aura *plus* qu'elle.

Rébecca ne semble pas s'offusquer et pouffe de rire. Elle est bourrée, et moi je ne suis pas loin de l'être, alors je me tourne et fais quelques pas.

– Attends, Kaël ! lance-t-elle en me retenant par le bras. Christopher va bientôt passer pour récupérer le contrat, mais d'abord un dernier verre, d'accord ? C'est un grand jour !

Puis elle s'esclaffe et opère un demi-tour rock'n'roll. Je stoppe mes pas et me tiens proche de l'entrée. Rébecca enchaîne les accolades et revient avec sa coupe bien entamée, et une autre, pleine, qu'elle me tend. On trinque et on boit cul sec.

Il est temps de rentrer.

CHAPITRE 46

ZOÉ

Il ne m'a pas appelée ce matin. Je crains que le défilé se soit mal passé. Je lui envoie donc un message pour me rassurer. La réponse ne tarde pas.

La nuit fut courte et je ne suis pas
dans mon assiette.
Rien de grave.
Hâte de te voir demain.

Il ne me dit pas s'il est content de lui ni si sa prestation a plu au styliste de Reynolds. S'il n'en parle pas, c'est sans doute qu'il n'est pas satisfait.

J'espère que tu ne couves rien.
Prends soin de toi.
J'ai hâte d'être à demain !

Je prépare ma fille et me rends à l'étage du dessous. Ma voisine, Mme Bouillon, m'accueille avec un grand sourire et s'ébahit devant la frimousse de Lilou.

– Mais quel amour, cet enfant ! Vous devez être heureuse qu'elle fasse enfin ses nuits.

Je souris à ces mots. Les murs ici sont si fins que la septuagénaire pourrait être en mesure de donner l'heure de mes repas aux cliquetis de mes couverts quand je les dépose dans l'évier.

– Je vous avoue qu'il n'est pas désagréable de pouvoir dormir des nuits complètes.

– Des nuits parfois courtes, commente Mme Bouillon avec un air taquin.

Je me mets à rougir, comprenant très bien qu'elle fait référence à Kaël qui passe plus de temps chez moi que chez lui. Je me pince les lèvres pour ne pas rire.

– Profitez-en ma petite, renchérit ma voisine en prenant Lilou dans ses bras. Je vous envie !

Je lui tends le sac à langer et de quoi préparer des biberons. C'est la troisième fois que Mme Bouillon garde Lilou et j'ai été ravie d'apprendre qu'elle avait investi dans un lit parapluie uniquement pour elle. Ma voisine voit peu ses petits-enfants, alors je crois que ma fille comble ce manque.

– Je devrais en avoir pour cinq ou six heures, dis-je en plantant un bisou sur la joue de Lilou.

– Prenez votre temps. Elle et moi allons bien nous amuser. N'est-ce pas, ma chérie ?

Puis elles entrent dans l'appartement du deuxième, Mme Bouillon gagatisant, comme je le fais si souvent quand je suis en compagnie de mon enfant.

***

– Alors, c'était comment ? me demande Charlotte, avant même que j'aie posé une fesse sur ma chaise.

Dès que je suis assise, la serveuse de La Bonne Franquette s'enquiert de ma commande. Une fois seule avec ma meilleure amie, je pousse un petit cri de joie.

– C'était top ! Hector, le modèle espagnol que je shootais, était adorable.

– Beau gosse ?

– À ton avis, Charlotte ? Il est mannequin !

– Ouais, pas faux.

Je lui explique alors tout de mon premier shooting, dirigé par un magazine parisien en vogue. Hector était mon premier modèle, après Kaël. Je craignais de ne pas apprécier travailler avec d'autres hommes que mon amant à la beauté si sensuelle, mais Hector était très sympa et m'a dit avoir passé un bon moment. Je dois encore faire le tri dans mes photos, avant de les envoyer par e-mail au rédacteur du magazine dans la soirée.

Pour me lancer dans le métier, il a fallu que je m'adapte en investissant dans un appareil numérique dernier cri. Une dépense que je ne regrette pas finalement, car je suis bluffée par ses prouesses. Bien sûr, on ne me fera pas changer d'avis sur la qualité des photos en argentique, mais si je veux bosser, il me faut bien faire quelques concessions.

– Moi aussi, j'ai décroché un contrat avec le client de Matteo.

– C'est génial, Charlotte !

– Ce qui est génial, c'est la façon dont mon grand Italien veut fêter ça.

– Et il veut fêter ça comment ? m'enquiers-je, m'attendant à une réplique lascive, dont Charlotte a le secret.

– Il m'emmène à Rome la semaine prochaine. Il veut me présenter ses parents.

La mâchoire m'en tombe.

– T'es sérieuse ?

– Ouais !

Mes paumes se posent sur mes joues et je souris, quand mes yeux perçoivent l'éclat brillant dans ceux de Charlotte. Elle est heureuse. Je pleurerais de la voir si épanouie tant elle m'est chère.

– Et Kaël, son défilé ? demande-t-elle, avant de porter sa tasse de café à ses lèvres.

– Il ne m'en a pas encore parlé. Apparemment, il ne se sentait pas très bien ce matin.

– Il a dû faire la fête toute la nuit. À mon avis, il a chopé un sacré mal de crâne. Les soirées organisées dans ce milieu sont réputées pour leur beuverie.

– Ça ne me rassure pas.

– Oh, ça va, Zoé ! Ce type est fou de toi.

Mes joues s'empourprent aux souvenirs qui me traversent l'esprit. Je suis tellement folle de lui, moi aussi.

– D'ailleurs, ajoute Charlotte, on n'a pas vraiment eu le temps de parler de ce qu'il s'est passé à Nice.

– Pour cela, il aurait fallu que tu te décolles de la bouche de Matteo quelques secondes.

Elle s'esclaffe.

– Si c'était que sa bouche !

Je pouffe devant ses sourcils qui se haussent deux fois.

– Allez, raconte.

– C'était… incroyable !

– C'est tout ?

Charlotte semble déçue. Mon sourire ne me quitte plus devant sa mine blasée.

– C'était si différent d'avec Adam.

– Tu m'étonnes. Ce type avait un balai dans le cul.

– Je m'en rends compte à présent. J'imaginais que c'était moi qui n'assurais pas au lit, mais Kaël a l'air de penser tout le contraire.

– Oooooh…

Charlotte est tout ouïe. Normal quand on sait que je n'ai jamais été très diserte sur le sujet.

– Je ne vais pas te donner tous les détails…

Son soupir me fait sourire.

– … mais j'arrive à me montrer audacieuse avec lui.

Charlotte écarquille des yeux ronds et interpelle la serveuse :

– Champagne !

Une heure plus tard, je rentre après avoir trinqué à ma vie sexuelle retrouvée. Mme Bouillon me rend ma fille avec regret, ce qui m'amuse. Au début, je n'étais pas à l'aise à l'idée de confier Lilou à ma voisine. Elle a la réputation d'apprécier les cancans, mais est aussi considérée comme une femme douce et adorable. Je sais aujourd'hui qu'elle mérite ces éloges.

Après son repas, je donne le bain à ma fille, la couche et file prendre une douche, avant de feuilleter un journal. Il me tarde que la nuit passe afin de retrouver Kaël demain matin. À cette heure, il doit être à l'aéroport, à attendre son vol. Je lui envoie un texto et le signe d'un « Je t'aime ». Je me fonds dans les draps et il ne me faut pas longtemps avant de me rappeler ma dernière conversation avec Kaël. Mes mains glissent sous ma nuisette et se faufilent entre mes jambes en pensant à lui. Je soupire et me délecte des images de lui qui défilent dans mon esprit. Il réveille quelque chose en moi, une émotion sensuelle qui palpite dans mon ventre, qui me grignote les reins et qui m'embrase. Et tandis que je me caresse, je souris de la chance d'avoir rencontré un homme sincère qui m'a insufflé cette audace qui m'a toujours fait défaut.

Une vibration m'extirpe soudain de mes songes, invitant ma tête à s'orienter vers l'écran de mon portable allumé. C'est un message d'un numéro inconnu. Je clique sur la notification et tombe sur l'image floue et figée d'une vidéo. Perplexe, j'appuie sur la touche de lecture et blêmis face à ce que je découvre. Kaël et Rébecca sont dans un couloir, probablement d'un hôtel. Bras dessus, bras dessous, ils titubent jusqu'à la porte d'une chambre. Rébecca se serre contre lui et mon cœur éclate en morceaux quand Kaël la prend dans ses bras, posant un baiser sur son front. Puis il tire sur sa main et l'entraîne à l'intérieur. Mon souffle se coupe. Mon teint devient livide. Des larmes montent à mes yeux et dévalent mes joues lorsque l'image suivante le montre torse nu sous ses draps, sa bookeuse lovée contre lui, tous les deux endormis.

La vidéo de vingt et une secondes s'arrête.

Vingt et une secondes... C'est donc tout ce qu'il aura fallu pour réduire mon cœur en miettes.

Je pose mon portable, la respiration hachée, l'esprit aux abois. Et comme si ce n'était pas assez dur, je reprends mon smartphone et enclenche de nouveau la vidéo, espérant que c'était un mirage, une erreur, un cauchemar, je ne sais pas… *Ce n'est pas possible*. Alors je la regarde encore, et la douleur qui creuse un trou béant dans ma poitrine me lance si fort que j'en viens à la masser pour tenter de l'apaiser. Mes larmes sont inarrêtables. En position fœtale, je la visionne une dernière fois. Mes sanglots me secouent. La peine me dévaste. Je serre mes bras autour de mes jambes.

Et je pense à lui… me foutant bien de savoir qui a bien pu m'envoyer ça.

Je pense à tout l'amour que je porte à Kaël.

Je pense que j'ai été idiote de croire qu'il m'aimait. Que je pouvais être aimée. Rébecca a son âge, est jolie, souriante et pleine d'énergie. Elle n'a pas d'enfant et une carrière déjà bien établie.

À côté d'elle, moi, qui je suis ?

CHAPITRE 47

KAËL

On vient d'atterrir et j'ai encore la gerbe. Rébecca m'emboîte le pas, mais je la repousse.

– Kaël, je suis désolée.

– Je m'en fous, je rentre de mon côté.

Je la laisse plantée là et file en direction de la sortie. Je prends un taxi, le cœur au bord des lèvres. Le vol a été un cauchemar. Jamais aucune cuite ne m'avait provoqué un mal de crâne aussi carabiné. Je somnole, avec toujours l'envie de gerber.

Je me sens un peu mieux dès que je pose le pied à Montmartre. L'air frais qui caresse mon visage est salvateur. Même si je suis encore patraque, je suis bien content de rentrer enfin chez moi.

Il n'est pas six heures du matin. Je ne peux décemment pas réveiller Zoé et Lilou, alors que je ne pense plus qu'à les serrer dans mes bras depuis ce putain de réveil à l'hôtel. Sur le palier, je m'arrête un instant devant la porte de ma voisine, puis me décide à rejoindre mon appart. Je prends une douche expéditive avant de foncer dans mon lit. Je m'endors comme une masse, à peine ai-je posé ma tête sur l'oreiller.

Quand mes yeux s'ouvrent, je consulte aussitôt ma montre. Merde… il est déjà treize heures. J'avais promis à Zoé de passer la voir dans la matinée. Je m'en veux à mort et ce mal de tête me revient en pleine poire dès que je me lève. Je prends un cachet de paracétamol, me brosse les dents et m'habille en vitesse. Puis je me rue sur le palier et toque à la porte de Zoé. Au moment où elle s'ouvre, je suis prêt à me jeter sur elle pour l'enlacer, mais c'est Charlotte qui se trouve devant moi, me fusillant du regard. Elle s'empare des clés et de son portable, avant de me pousser en arrière et de refermer derrière elle, visiblement furax. *C'est quoi son problème ?*

– Zoé n'est pas là ?

– Si, répond-elle d'un ton polaire.

Je plisse les yeux et m'approche, prêt à la contourner. Sa main se dresse, se plaque sur mon buste et le bloque.

– Laisse-moi passer.

– Non, Kaël.

– Bordel, Charlotte, je veux la voir !

– Pas elle.

Mes épaules s'affaissent d'un coup. Je ne comprends pas.

– Je pensais que t'étais un type bien, jamais je ne t'aurais cru capable de lui faire tant de mal.

– Mais t’as craqué, j’ai…

– Elle pleure sans arrêt. C’est à peine si elle arrive à s’occuper de sa fille, alors laisse-la tranquille !

Je me fige, éberlué.

– Quoi ? Mais, merde, qu’est-ce qu’il se passe ? Pourquoi elle pleure ?

– T’es sérieux, Kaël ? Tu ne t’en doutes pas ?

Mes yeux roulent dans mes globes oculaires. Je ne capte rien, sans parler de ce fichu mal de crâne !

– OK, très bien, ajoute Charlotte, si c’est comme ça…

Elle me tend son smartphone et clique sur une vidéo un peu floue. Quand je découvre les images qui défilent, je deviens livide.

– C’est quoi ça ? Mais… c’est pas ce que tu crois !

– Vraiment ? Parce qu’à tes yeux, faire un câlin à ta bookeuse, l’embrasser sur le front, l’attirer dans ta chambre et dormir avec elle, ça te semble normal ?

Les mots se bloquent dans ma gorge qui se noue. Je fais un pas et tente de contourner Charlotte qui s’interpose.

– Zoé ! crié-je.

Charlotte me tire par le bras. Je la repousse sèchement.

– Zoé ! répété-je, aux abois.

– Laisse-la ! me hurle son amie.

– Va t’faire foutre ! craché-je en tambourinant sur la porte.

C'est alors qu'une grande main se saisit de mon épaule et me force à reculer. Je fais volte-face et me plante devant Matteo qui vient d'arriver.

– Lâche-moi, merde !

– Rentre chez toi, déclare-t-il sèchement.

– Même pas en rêve. C'est un putain de malentendu !

Charlotte profite de ce moment pour pénétrer dans l'appartement de ma voisine, tandis que Matteo me toise, circonspect.

– Rentre chez toi, Kaël, m'enjoint-il plus calmement.

Je ne comprends rien. Je titube presque lorsque je me défais de son emprise.

– Allez viens, dit-il.

Dans mon coin cuisine, mon pote verse le café. Je suis sur le canapé, la tête dans les mains.

– C'est un cauchemar, bordel !

Ma migraine me lance. Je ne parviens pas à réfléchir. Mes nausées reviennent. Je dois m'élancer jusqu'aux toilettes pour vomir l'eau que j'ai ingurgitée en me levant. *Mais bon sang, qu'est-ce qui m'arrive ?*

Une fois l'estomac vide, je me sens un peu mieux, même si je me cognerais bien le crâne contre les murs.

Matteo me tend une tasse. Je l'observe avec une certaine crainte en pensant que je vais bientôt gerber son contenu. Mais je dois remettre mes idées en place, car je ne comprends rien à ce qu'il se passe.

Je remercie mon ami et en bois une gorgée en grimaçant.

– OK, maintenant raconte-moi ce que tu as fait cette nuit-là, à New York.

Je plisse les yeux, tentant de faire resurgir des souvenirs inexistants.

– Je ne sais pas. J'ai quitté la fête du rooftop, un peu éméché.

– Un peu ? T'as l'air encore carrément dans le gaz, mec.

– Je ne te le fais pas dire. On devait rentrer avec Rébecca pour signer le contrat de Reynolds.

– Le contrat ?

– Ouais, j'ai décroché l'exclusivité avec la maison haute couture.

– J'suis content pour toi, déclare Matteo en posant une main sur mon épaule. Et après, qu'est-ce qu'il s'est passé ?

– Je ne sais pas, putain !

Je me lève, agacé. La douleur me torpille le cerveau.

– Donc t'as signé le contrat et…

– Je sais même pas si je l'ai signé ! crié-je.

– Attends, je capte pas.

– Je ne me souviens de rien, Matteo. De rien ! Je me suis réveillé avec Rébecca dans les bras. Je l'ai jetée de mon lit et je suis allé vomir mes tripes. Voilà la première chose dont je me rappelle après avoir quitté la soirée.

Mon ami prend son menton entre son pouce et son index. Il réfléchit.

– Kaël, cette vidéo, elle…

– J'ai pas couché avec elle.

– Kaël…

– Non, c'est pas possible.

Mais alors que je lui parle, le doute me saisit et des larmes de rage me montent aux yeux. J'attrape ma tasse de café à moitié pleine et la balance contre le mur.

– Ce. N'est. Pas. Possible ! hurlé-je.

Matteo se redresse et enserre mes bras de ses grandes mains.

– OK, Kaël. Calme-toi, y a forcément une explication à tout ça.

J'inspire difficilement. Mais les mots de mon pote me font du bien.

– Je veux voir Zoé.

– Pas maintenant. Laisse un peu couler.

– Mais qui lui a envoyé cette vidéo ? C'est comme la fois où elle a reçu un SMS pour se pointer au studio. Elle m'a vu en train de baiser, putain !

– Attends, quoi ?

J'explique à Matteo ce qu'il s'est passé ce jour-là. Il en pâlit.

– Alors c'est pour ça que Micka a installé un digicode au studio ! comprend-il. Je ne m'en souviens jamais, de son foutu code !

– C'est pas le sujet, là, mec.

– Ouais, t'as pas tort, concède-t-il en se grattant la tête. Donc, si je saisis bien, ça fait deux fois qu'elle reçoit des messages pour la piéger, c'est ça que tu me dis, Kaël ? Mais c'est quoi le but ?

– Nous séparer, ça semble clair.

– Mais à New York, tu…

– Je n'ai pas couché avec Rébecca !

Et cette fois, c'est une certitude. Je n'ai jamais éprouvé la moindre attirance pour mon agent. On me voit en train de la serrer dans mes bras, la faire entrer dans ma chambre, mais c'était forcément pour signer ce contrat ! Je peux me montrer tactile quand j'ai un coup dans le nez, je… ça fait *tilt* !

– Le contrat ! m'écrié-je soudain, avant de me saisir de mon téléphone.

L'assistant styliste répond d'une voix ensommeillée. J'enclenche le haut-parleur pour que Matteo ne rate rien de la conversation. Je suis tellement à la rue que j'ai besoin de ses neurones.

– Christopher, c'est Kaël.

Au soupir que j'entends, je sais qu'il n'est pas emballé par mon appel. Ce mec ne peut décidément pas me blairer.

– T'as pas compris quand je t'ai dit qu'il n'est pas question que je me réjouisse que tu sois l'égérie de la marque ? Simon fait une grosse connerie, si tu veux mon avis.

– Quand m'as-tu dit ça ?

– Quoi ?

– Quand m'as-tu dit ça, bordel ?!

– Hey, détends-toi, la starlette ! tonne-t-il avec son accent américain à couper au couteau. Il n'est pas question que…

– Christopher, je t'assure que là, maintenant, j'en ai clairement rien à foutre d'être l'égérie de la marque. J'ai pas signé le contrat d'ailleurs, si ?

– Bien sûr que si ! Pourquoi crois-tu que j'aie dû me déplacer en pleine nuit pour le récupérer ? Du reste, t'as eu l'air de l'avoir bien fêté avec Rébecca, à l'hôtel.

Le sang déserte mon visage. Mes mains tremblent. Mes jambes vont flancher. Mon regard accroche celui de Matteo comme si, de cette manière, il pouvait m'insuffler le courage de ne pas m'écrouler.

– Co… comment ça ? balbutié-je.

– Ouais, forcément, tu ne te souviens pas, lâche Christopher, blasé. Tu dormais comme une masse quand je suis arrivé deux minutes après toi, mais vu ce que vous aviez picolé… Vous ne m'avez même pas aperçu quand je vous attendais dans le hall de l'hôtel, trop occupés à vous marrer comme des baleines !

– Deux minutes après moi ? Dans ma suite, tu veux dire ?

– Ouais.

Les rouages de mon cerveau se mettent en branle, malgré la migraine que je me tape. J'inspire profondément. Mes jambes flageolent.

– Christopher, peux-tu m'expliquer exactement ce que tu as vu à partir de la seconde où j'ai foutu un pied dans cet hôtel ?

Un silence s'étire au bout de la ligne. Il n'est pas difficile de deviner que le compagnon de Simon se demande ce qu'il me prend. Puis il dit :

– T'étais dans les vapes, complètement bourré. Rébecca te soutenait et riait, car elle était bien pompette, elle aussi. Elle essayait de te charmer, mais tu l'envoyais chier. D'ailleurs, à chaque râteau, tu lui faisais un câlin pour te faire pardonner. Tu n'arrêtais pas de crier « Mon cœur est à Zoé ! », c'était d'un pathétique.

Putain...

– J'ai réglé mon whisky au bar avant de prendre l'ascenseur, peut-être deux minutes après vous. Quand je suis arrivé, la porte de ta chambre était ouverte. T'avais enlevé tes sapes et tu dormais en caleçon. Rébecca s'assoupissait à tes côtés. J'ai tenté de te réveiller, mais t'avais l'air mort. J'ai eu plus de chance avec Becky. Puis cette gourde m'a dit que t'avais signé le contrat dès que t'étais rentré, alors je l'ai pris et je me suis barré. Voilà, c'est bon ? On peut faire comme si cette conversation n'avait jamais existé ?

Matteo et moi échangeons un regard sévère.

– Merci Christopher. Et désolé pour…

– Te casse pas la tête, Kaël. J'en ai vu d'autres dans ce milieu. Je te dirais bien *à jamais*, mais comme tu es désormais le chouchou de Simon, je sais qu'on va être amenés à se voir souvent.

Un léger sourire s'imprime sur mes lèvres.

– Merci quand même.

Et il raccroche après un soupir.

– T'as pas couché avec elle, lâche Matteo.

Je fais les yeux ronds.

– T'es lent ou tu le fais exprès ?

– Non, j'suis content, mec.

– Moi aussi, putain. J'ai douté et je te jure que si j'avais fait un truc pareil, je t'aurais demandé de me foutre une raclée.

– Eliot veut s'en charger, lance-t-il. Mais t'inquiète, il cogne comme une fillette.

Ignorant sa vanne, j'expire un souffle de soulagement.

– Je dois voir Zoé.

– C'est pas une bonne idée, Kaël. Attends un peu.

– Mais elle doit savoir que c'est un coup monté !

– Justement, mec. La priorité est peut-être de trouver qui est le connard qui vous a fait un coup pareil.

– C'est peut-être une femme.

– Rébecca ?

– Je ne la connaissais même pas quand Zoé est venue au studio.

– Bah, peut-être qu'elle te connaissait, elle ! Après l'expo, tes films de cul ont fait un carton. D'ailleurs merci, hein, je croule sous les propositions grâce aux scènes qu'on a tournées ensemble.

Je secoue la tête devant le sourire de Matteo. Ce mec est incorrigible.

– Si c'est elle, je te jure que je vais le lui faire payer.

– Mouais, marmonne-t-il, attends quand même d'avoir des preuves. Parce qu'elle serait vachement tordue, la nana, pour avoir fait ça. Puis bon, son objectif est de faire de toi sa poule aux œufs d'or, et ça a l'air bien parti. Alors OK, elle veut te mettre dans son lit, mais de là à mandater quelqu'un pour te filmer avec elle dans une chambre ! Et si tu pionçais, elle aurait pu aisément se foutre dans des positions bien plus compromettantes que celles qu'on a vues dans cette vidéo, tu ne crois pas ?

Il n'a pas tort. Mon crâne me lance à m'en arracher les cheveux.

– Reste ici, repose-toi et dors, me prie Matteo en plaquant ses mains sur mes épaules. Ce qu'a raconté ce type au téléphone ne colle pas avec le Kaël que je connais. T'as forcément avalé quelque chose de pas clair pour être encore dans cet état. Je vais aller voir Zoé et tout lui expliquer. Tu me fais confiance ?

Je l'observe, la mine grave. Ma respiration se calme un peu. Je serre les poings et je réponds :

– Toujours.

– Bien.

Un sourire compatissant s'immisce sur ses lèvres, puis il me quitte. La solitude qui me happe aussitôt qu'il a fermé la porte est un supplice. J'entre dans ma chambre et fixe le mur.

Il y a juste une cloison qui me sépare d'elle, alors pourquoi ai-je l'impression qu'il y a plus de kilomètres entre nous que lorsque j'étais à New York ?

Je m'effondre sur mon lit, serre ma tête entre mes mains, me retenant de chialer.

***

Une semaine passe. Je deviens fou. Zoé est partie chez Eliot avec Lilou.

Matteo m'a dit : « Seulement quelques jours. » D'après lui, Zoé l'a cru, mais alors pourquoi ne veut-elle pas me voir ? Pourquoi ne répond-elle pas au téléphone, à mes messages ?

Je guette son retour. Mon prochain shooting est dans deux semaines, puis je devrai retourner à New York pour mon intronisation en tant qu'égérie de la maison Reynolds. Une soirée en grande pompe est prévue spécialement pour moi, et je compte bien demander à Zoé de m'accompagner. Mes dernières photos sont sorties dans des magazines de mode. Sarina et Chelsea, les mannequins avec lesquelles j'ai posé, m'ont envoyé un texto pour me féliciter. Leurs copines sont jalouses, d'après elles. Ça aurait pu me faire marrer, mais depuis mon retour, je ne souris plus.

Un bruit sur le palier m'incite à bondir du canapé. Je ne prends même pas la peine de regarder à travers le judas et ouvre aussitôt la porte. C'est Charlotte qui s'apprête à entrer chez ma voisine. Elle se retourne.

– Désolée, ce n'est que moi, dit-elle.

– Comment va Zoé ? Et Lilou ? Dis-moi qu'elles vont bien !

Je débite ces mots à une vitesse alarmante. Mon cœur me martèle les côtes. Il faut qu'elle me réponde, il faut vraiment qu'elle me réponde !

– Elles vont bien. Je suis venue chercher des pyjamas pour la petite, ceux qu'elle a deviennent trop étroits.

Le soulagement me fait longuement expirer.

– Elle grandit vite cette gamine, déclaré-je en pensant avec tendresse à la frimousse de Lilou.

Elle me manque, elle aussi, putain ! Charlotte m'adresse un sourire compatissant. Je plante mon regard déterminé dans le sien.

– Je veux voir Zoé.

– Attends un peu, elle…

– Elle ne me croit pas ? Sérieusement ? Enfin, je ne lui aurais jamais fait ça !

Elle prend une inspiration et referme la porte avant de pénétrer chez moi.

– T'as une sale tête, Kaël.

– Que dois-je faire pour la voir ? dis-je, me foutant totalement de la tronche que j'ai.

– C'est elle qui viendra.

– Mais pourquoi ne veut-elle pas qu'on discute ?

– Tu ne comprends pas ?

Je reste là, planté devant la meilleure amie de la femme que j'aime, et je ne pige pas. Non, bordel, je ne pige carrément pas pourquoi je ne peux pas être avec Zoé !

– Kaël, cette vidéo, c'est plus ça le problème. Cette histoire fait resurgir des sentiments pénibles chez elle. Je sais que tu ne comprendras pas, mais elle voit ce que toi, tu ne vois pas.

– De quoi tu parles ?

– Elle voit que tu as plus de dix ans de moins qu'elle. Elle voit que tu plais aux femmes, qu'elle ne pourra jamais rivaliser physiquement avec celles que t'as baisées toutes ces années, ni avec celles auprès de qui tu vas poser pour tes photos. Elle voit qu'elle a une gamine et que tu as sans doute mieux à faire que de t'occuper d'elles, alors que ta carrière décolle. Bientôt, tu seras entouré de splendides mannequins, toutes plus belles les unes que les autres, et elle aura quarante ans avant même que tu fêtes tes trente.

– Mais bordel, elle n'a pas le droit de penser à ma place ! Je m'en cogne, de ces nanas, et je veux Lilou dans ma vie ! Elle ne peut pas me quitter, hein ? Elle ne va pas me quitter, Charlotte ?

Elle baisse les yeux, et le long silence qui suit manque de me faire crever.

– Adam l'a détruite.

Ma bouche s'entrouvre à ces mots. Que vient-il faire là-dedans, lui ? Zoé n'en a jamais véritablement parlé. Et j'avoue que la mention du nom de cet enfoiré me hérisse le poil. D'ailleurs, je serre les poings à son évocation. Mais là, je me tais, car Charlotte, qui n'est pourtant pas du genre à s'épancher, s'apprête sans doute à me livrer ce que j'ai besoin de savoir. Et j'ai besoin de savoir pourquoi Zoé pense ces choses-là avec une telle conviction qu'elle remet en cause notre relation.

– Il l'a isolée de tous ses proches, ajoute-t-elle, même de moi. Il ne pouvait pas m'encadrer, mais ça, je ne l'ai pas su tout de suite. Il a bien failli réussir avec ses parents et Eliot, mais ils n'ont jamais laissé faire. Je crois qu'Alain a vu avant nous qui ce mec était vraiment. Je te jure qu'il avait l'air charmant. On lui aurait donné le bon Dieu sans confession. Zoé est tombée amoureuse de lui et au début, elle était heureuse. Puis, au fil du temps, il s'est employé à la garder sous son emprise, à la manipuler, à la rabaisser. « Pas belle. Pas foutue de faire un plat. Trop grosse. Trop maigre. Une calamité au lit. Une photographe ratée. » Voilà les mots qu'il s'est plu à distiller dans son esprit durant des années. Il ne désirait pas d'enfant. Il disait que ma meilleure amie ne saurait pas être une bonne mère, et elle l'a cru, putain ! Puis un jour, il a décidé qu'il en voulait, parce que je suppose qu'il a perçu un changement chez Zoé. Elle venait me voir plus souvent. Eliot faisait tout pour qu'elle sorte à nouveau. Adam a dû penser qu'elle allait lui échapper, et c'est pour cette raison qu'il a accepté de concevoir Lilou. Uniquement pour conserver son emprise sur Zoé.

Charlotte fait une pause. Me parler lui coûte, car je devine qu'elle culpabilise. Moi, je contiens ma rage contre cet enfoiré et respire plus vite. Mes phalanges blanchissent sur mes poings serrés. Je songe à Zoé, à ce qu'elle a vécu, à ce que nous avons vécu, et à ce que ce mec a implanté dans son esprit pour que sa confiance se brise. Je veux la prendre dans mes bras, lui dire qu'elle est parfaite, belle, généreuse, aimante, que je veux faire d'elle la femme de ma vie, car, putain, je l'aime !

– Si tu savais comme je m'en suis voulu de l'avoir laissée dans cette galère, continue Charlotte. Je lui ai reproché de s'être éloignée pour un mec, ce qui était juste, au final. Ce que je ne savais pas, en revanche, c'est qu'Adam la persuadait qu'elle n'était pas foutue de garder une amie, que si je ne lui téléphonais plus, c'était parce que je m'en moquais d'elle. Et Kaël, crois-moi, c'était tout le contraire !

– Tu n'as pas à me convaincre, Charlotte, je sais.

Elle hoche la tête.

– T'as pas un peu d'alcool ?

Je lui sers une bière et en prends une par la même occasion. Cette conversation m'a fichu la haine. Si avant j'avais des griefs contre le père de Lilou, aujourd'hui je veux lui faire mordre la poussière.

– Eliot et moi étions si contents qu'elle emménage à Montmartre, poursuit Charlotte après une longue gorgée. Puis tu es apparu et j'ai vu ma copine s'épanouir de nouveau, ravaler son amertume et même reprendre son boulot. À mes yeux, t'es un putain de messie, Kaël. Un messie qui a fait du porno, certes, mais personne n'est parfait !

Je laisse échapper un soupir amusé, puis je ris avec Charlotte. Ce genre de rire dont on a besoin après une conversation qui vous arrache les entrailles. Puis ces rires se dissipent et nos mines redeviennent graves.

– Je dois y aller, dit-elle en se levant.

Elle siffle le reste de sa bière et fait claquer sa bouteille sur le plan de travail. Je regarde partir Charlotte, puis l'interpelle.

– Va-t-elle revenir bientôt ?

– J'en suis certaine. Eliot est généreux, mais il a déjà donné dans la cohabitation avec sa sœur, et il n'y avait pas Lilou, à cette époque. Il ne va pas tarder à péter les plombs.

Un petit sourire s'inscrit sur mon visage.

– Merci Charlotte.

– De rien, lance-t-elle en m'adressant un clin d'œil.

– Charlotte !

– Ouais ?

– Je savais Matteo intelligent. Ça ne m'étonne pas qu'il soit fou de toi.

Les joues de la petite amie de mon pote se colorent et ses lèvres se courbent. Quand elle part, je m'empare *illico* de mon portable et contacte Patrick en allumant une clope.

– Pat ?

– Oh, Kaël ! Ça va mon grand ? J'ai pu voir ton défilé sur le câble, et j'ai acheté ce matin les magazines où tu poses. T'as vraiment du talent, mon garçon !

– C'est gentil, Pat. Dis-moi, tu te souviens quand je t'ai demandé de mettre une photo de côté ?

– Celle que tu ne voulais pas que je vende à l'expo ? Oui, elle est toujours ici.

– Parfait. J'arrive !

CHAPITRE 48

ZOÉ

J'ai cru Matteo. Pas tout de suite, je le reconnais, mais finalement je l'ai cru. Prostrée sur le divan d'Eliot, je regarde la télé éteinte, les yeux dans le vague, et je pense à Kaël.

– Lève-toi, m'ordonne mon frère.

Mon regard se lève lentement sur lui.

– Pardon ?

– Lève. Toi.

Il m'observe avec dureté, et c'est rare qu'il arbore cette expression si sérieuse. Cela me rappelle ma dernière année de vie commune avec Adam, quand Eliot tentait de me convaincre de le quitter, et que je ne le faisais pas. Je sais que je l'ai déçu à ce moment-là, comme je le fais maintenant, sans doute.

– Tu veux que je parte, c'est ça ?

– Je veux que tu prennes l'air !

– Je n'en ai pas envie.

– Est-ce que j'ai l'air de m'en soucier, de ton envie ?

Ces mots acerbes me surprennent. Je fronce les sourcils et replie mes jambes sur moi. Mes bras s'enroulent autour d'elles. Pas question que je bouge d'ici.

Eliot soupire et se place à côté de moi, orientant son regard devant lui.

– Je t'aime, frangine, mais là, tu fais n'importe quoi.

Mes yeux se baissent sur mes genoux.

– Je ne veux plus… J'ai Lilou maintenant et…

– C'est pas Lilou, le problème. C'est toi, Zoé. Charlotte m'a dit que Kaël dépérit, et toi aussi. Enfin, y a que moi qui trouve ça débile que tu sois là à broyer du noir pour un truc qui ne s'est même pas produit ? Je te jure que si je chopais le connard qui t'a fait ça…

– Je ne veux plus souffrir, le coupé-je. Quand Kaël prendra conscience que je ne suis pas faite pour lui, je ne m'en remettrai pas.

– Mais putain, arrête ! crie soudain Eliot.

Je sursaute et l'observe. Il respire vite et serre les poings.

– Quoi ? lâche-t-il. Tu voudrais que je te console comme je l'ai fait les premiers jours, quand tu es venue ici ? Eh bien, c'est fini, ça, Zoé ! Ce type t'aime ! Il a abandonné le porno pour toi. Il te rendait heureuse. Et maintenant, tu te trouves toutes les excuses du monde pour ne pas le voir, parce que t'es lâche !

– Je ne te permets pas de…

– Oh, si, je vais me permettre ! Je veux que tu rentres chez toi, que tu lui parles, et que tu te bouges le cul !

– Tu me vires, c'est ça ? lâché-je, stupéfaite. Parce que je t'empêche de vivre ton amourette avec Gina et que Lilou pleure trop à ton goût !

C'est bas ce que j'exprime, mais je lui en veux. J'en veux à la terre entière, et surtout à moi-même. Je sais que Kaël ne m'a pas trompée, mais ce qu'il s'est passé m'a dévastée et je ne saisis pas pourquoi je n'arrive pas à m'extirper de ma torpeur, de mes doutes, de mes tourments qui me hantent chaque minute qui passe et qui m'engloutissent. Je me sens usée, triste, et ne parviens plus à retrouver les sourires qui m'ont été arrachés. On me veut du mal. Et l'un des rares en ce monde à me vouloir du bien est si parfait à mes yeux que j'ai conscience de lui être infiniment inférieure. C'est juste que lui n'a pas encore ouvert les siens. Quand il le fera, la souffrance que j'ai éprouvée en découvrant cette maudite vidéo ne sera rien en comparaison du calvaire que je vivrai quand il me quittera. Car Kaël me quittera, comme Adam, quand il se rendra compte que je ne suis bonne à rien. Il aura plus de classe, plus d'élégance dans les mots qu'il choisira pour cette rupture, mais il le fera. Il est jeune et bientôt, il comprendra que je n'ai rien à lui offrir, à part des responsabilités qui ne devraient pas être les siennes.

Matteo m'a dit qu'il a décroché un contrat d'exclusivité avec Reynolds. Je suis si heureuse pour lui. Il le mérite tant, et je suis soulagée de constater qu'en ce monde, certains laissent encore leur chance à des hommes avec un vécu tel que celui de Kaël. Même s'il a fait du porno, personne ne peut plus ignorer son talent. Parce qu'il a une présence si singulière qu'il est impossible de ne pas le remarquer. Et tant d'autres vont encore s'en apercevoir dans les années à venir. Comment puis-je rivaliser avec sa carrière ? Ces femmes qui vont l'entourer ? Le laisser vivre sa vie sans les responsabilités que je lui impose me semble le mieux pour lui. Et je suis prête à lui sacrifier mon bonheur.

Eliot se lève sans un mot. Mes yeux se dirigent sur Lilou qui gazouille tranquillement dans son transat. Un petit sourire atteint mes lèvres en la contemplant. Quelques minutes plus tard, un bruit sur ma gauche attire mon attention. C'est Eliot qui tire deux valises dans l'entrée. Les miennes !

– Qu'est-ce que tu fais ?!

– Je te vire de chez moi.

– T'es sérieux, là ?

– Ouais. Prépare la petite et enfile ta veste. Je vous emmène à Montmartre.

– Quoi ? Non !

Je sais ce qu'il fait. Il a passé ces derniers jours à me consoler, à me secouer, à tenter de m'extirper de ma léthargie. Je me fais honte, mais je n'arrive pas à sortir la tête de l'eau et Eliot l'a bien compris. S'il se montre si dur, c'est qu'il change de stratégie. Mes faiblesses me sautent aux yeux. Et je pleure, encore, et je me filerais des gifles parce que je… je veux me sortir de cet état déprimant, mais je n'y arrive pas !

Voyant que je ne bouge pas, Eliot se charge d'habiller Lilou, puis il me tend ma veste.

– Gina attend en bas, on descend.

Comment protester ? Je n'en ai plus la force…

***

Nous montons l'escalier de mon immeuble. Mon cœur tambourine comme un malade dans ma poitrine. J'ai peur de revoir Kaël. Je crains de croiser son regard, et bon sang, je m'en veux d'être comme ça, je m'en veux tellement !

Parvenus sur les marches du dernier étage, Eliot et Gina se figent devant moi. Je ne comprends pas ce qui leur arrive, alors je les pousse de façon à former un passage et observe ce qui peut bien expliquer cette réaction subite. Mes yeux s'écarquillent. Des larmes les investissent quand je découvre le cadre doré suspendu au milieu du mur du palier. *Notre baiser… Notre premier baiser…* Je fais un pas de plus, contemplant le corps de Kaël lové contre le mien, son bras tatoué sur mon ventre de grossesse, sa bouche posée sur la mienne… Revoir cette photo de nous est comme un électrochoc. Elle me donne la sensation de me hisser au-dessus de la surface de l'eau dans laquelle je me noyais, et de reprendre une goulée d'air. Sous mes yeux, le cliché témoigne du début de notre amour, et mes souvenirs m'emportent à la sensation de ses lèvres sur les miennes, à ces mots qu'il me susurre, à nos étreintes, à son regard sur moi. Son regard !

Puis, sans réfléchir, je gravis les dernières marches et m'élance jusqu'à sa porte où je toque, le souffle erratique, le cœur prêt à me briser les côtes, car je veux le voir, maintenant ! Mais comme personne ne vient ouvrir, mes épaules s'affaissent, mes larmes débordent. Je me tourne vivement. Mon frère affiche un sourire chargé de l'émotion que je lui inspire à cet instant où enfin, je suis redevenue celle que je veux être : la compagne de Kaël. Oui, je le veux avec certitude et plus rien ne pourra me convaincre du contraire, car ce qu'il a fait là, en nous exposant sur ce mur témoin de notre rencontre, a rallumé la vie en moi.

– Appelle-le, déclare mon frère en m'adressant un clin d'œil.

Je hoche la tête aussitôt et m'exécute. La déception est rude quand je tombe sur sa messagerie, et je songe au mal que j'ai dû lui faire en refusant ses appels.

– Il doit être au Petit Montmartre, lance Gina. Va le chercher, on s'occupe de Lilou.

Sans un mot, je souris à cette proposition et me rue dans l'escalier que je dévale au pas de course. Puis je cours. Je cours si vite que mes poumons me brûlent. Quand je parviens enfin au bistro, je reprends mon souffle et plaque une main sur ma poitrine pour calmer mon cœur affolé. Je pénètre à l'intérieur et aperçois immédiatement Axel, les yeux rivés sur le bar qu'il nettoie avec un torchon. Quand il les lève sur moi, il semble attristé. Je m'approche dans l'incompréhension, car son attitude m'envoie des signaux alarmants. Un mauvais pressentiment me saisit et me glace les os, à tel point que j'en frissonne.

– Elle… commence-t-il, elle est morte.

Ses mots me figent, m'enveloppent de leurs ténèbres, car je sais de qui il parle et je sais pourquoi ça le touche. Kaël est son ami, et sa mère a rejoint les étoiles. Les larmes atteignent mes yeux à une vitesse fulgurante et mon corps se met à trembler des spasmes que provoquent mes sanglots. *Seigneur... Il a appris cette terrible nouvelle et je n'étais pas là.*

Sous le choc, je m'apprête à tomber à genoux, mais Axel est là et me soutient avant que je ne m'effondre. Il m'invite à m'asseoir et s'installe à mes côtés.

– J'ai croisé Kaël à la sortie de son appartement, quand je lui ai ramené la photo qu'il avait mise de côté, à la galerie, dit-il. Je l'ai observé la suspendre et j'ai bien senti que quelque chose n'allait pas. Puis il a fini par se confier sur sa mère, parce que j'ai insisté… Il ne voulait en parler à personne, et il est parti.

– Où est-il, maintenant ? demandé-je, la gorge si serrée que mes mots en sortent dans un murmure.

– Chez son père. L'enterrement a lieu demain, dans son village natal.

Mes yeux embués se lèvent sur Axel.

– Merci de m'en avoir parlé.

Le barman m'adresse un petit sourire. Je le quitte et m'élance de nouveau. Mais cette fois, je cours pour endiguer le chagrin qui me saisit et la culpabilité qui m'étreint. Kaël a toujours été là pour moi quand j'ai eu besoin de lui. Et moi, je lui ai fait défaut. Mes larmes redoublent et mes foulées s'allongent. Au pied de mon immeuble, j'en hurle.

CHAPITRE 49

ZOÉ

Matteo, Charlotte, Axel, Patrick, Eliot et Gina sortent de leurs voitures respectives, la mine grave. Plus loin, mes parents approchent de l'église. Devant ses portes, un homme vocifère contre une femme qui porte un large chapeau noir sur la tête.

– T'as pas été foutue de lui rendre visite ces dix dernières putains d'années et c'est maintenant que tu te pointes ! hurle-t-il. Dégage !

La femme pose sa main sur sa poitrine, l'expression outrée, puis tourne les talons en pestant. C'est alors que cet homme se dirige vers nous, écarquillant des yeux rouges de chagrin. Je n'ai aucun mal à reconnaître les traits de Kaël dans la courbe des siens.

– Vous êtes qui, vous ?

– Des amis de Kaël, répond Matteo.

L'homme nous toise, puis baisse la tête avant d'entrer dans l'église sans un mot. Nous le suivons et constatons qu'il n'y a personne, si ce n'est la silhouette de Kaël qui se distingue de dos, au premier rang.

Notre groupe s'approche dans un silence solennel. Le père de Kaël part s'installer aux côtés de son fils qui garde la tête baissée. Le prêtre s'avance près de son pupitre, tandis que ma famille et mes amis s'installent à quelques rangées de l'homme que j'aime. Des larmes montent à mes yeux quand je parviens jusqu'à lui. Il ne me remarque pas, trop affligé et perdu dans ses pensées. Alors je m'assieds à côté de lui et glisse mes doigts entre les siens. À cet instant, il relève la tête et la dirige lentement vers moi. Ce que je lis sur son visage me bouleverse et je ne peux retenir l'élan qui me pousse à le prendre dans mes bras. Son front se réfugie dans mon cou, un sanglot le traverse et me brise le cœur. Mais je suis là… Je suis là, à ses côtés, et s'il le veut bien, je le serai toujours. Puis les paroles du prêtre s'envolent dans l'enceinte de l'église et ma main reste soudée à celle de Kaël.

***

L'inhumation a été rapide. Elles le sont toujours, alors que ce moment chargé d'adieux mériterait plus que quelques minutes, à mon sens. Le cercueil a été mis en terre sur un air de Jean-Jacques Goldman. Je n'ai pas été surprise de ce choix au souvenir de la voix de Valérie qui fredonnait des paroles de l'artiste lorsque je l'ai rencontrée. Kaël n'a pas pleuré, alors je l'ai fait pour lui. Son père non plus, mais le voile de chagrin qui s'est drapé autour de ces deux hommes était douloureusement visible pour chacun d'entre nous. Kaël a serré la mâchoire tout du long, les yeux cernés rivés sur cette boîte en bois contenant le corps de celle qui lui a donné le jour. Et plus je lui serrais la main, tâchant de lui apporter du réconfort, plus mes pensées allaient vers Valérie que je remercie d'avoir créé un homme tel que lui.

La gorge nouée, nous sommes tous allés chez Didier D., le père de Kaël. Ce dernier n'a pas lâché un mot depuis l'église et chacun respecte son silence. D'un tempérament bourru, il a grogné quand son fils nous a demandé si nous voulions boire quelque chose et s'est retiré dans la cuisine. Depuis, nous ne l'avons pas revu.

Mon père a une main posée sur l'épaule de Kaël et lui déclare des paroles qui semblent le toucher. Je ne les entends pas de là où je suis, et observe mon amant avec toute l'empathie que j'ai pour lui. Voyant qu'il exprime quelques mots à Papa, je me lève, désireuse d'en adresser moi-même au sien. Je me rends donc dans la cuisine et tombe sur Didier, les mains posées sur l'évier, les yeux rivés sur la plaine qui se déploie sous la fenêtre.

– Je tiens à vous présenter mes condoléances, monsieur D.

Il se retourne lentement, avant que son regard perçant ne me détaille de haut en bas.

– Mmm… Merci, lâche-t-il, presque sèchement.

J'approche d'un pas.

– J'ai rencontré votre femme il y a peu, et…

– C'est vous la mère de la gamine sur la photo ? me coupe-t-il.

Je hoche la tête. Lui secoue la sienne.

– Je suis allé la voir la veille de sa mort, déclare-t-il, elle m'a dit que j'étais grand-père. Deux secondes de lucidité et elle m'a dit ça ! Un putain de mensonge !

Je pâlis, mais ne me laisse pas intimider par le ton qu'il emploie. Je ne fuirai pas. Je ne fuirai plus.

– Je comprends que vous vous mettiez en colère, affirmé-je, hésitante, mais si j'ai de la chance, votre fils acceptera peut-être de partager ma vie. Alors voyez-vous, ce n'est pas un mensonge à mes yeux. Car même s'il n'est pas le père biologique de ma fille, sachez que pour moi, il est bien plus important que celui qui n'a pas voulu profiter de cet honneur.

J'inspire, parce que mes mots me bouleversent plus que je ne l'imaginais. Ils ne semblent cependant pas émouvoir cet homme aux traits ravagés par le chagrin qu'il refoule dans l'amertume.

– Une mère célibataire qui s'acoquine avec un ex-acteur porno, c'est ça que vous voulez pour votre fille ? crache-t-il. Vous devez avoir un grain, ce qui ne m'étonnerait pas. Mon fils n'a jamais su choisir les gens de son entourage.

Cette fois, je me crispe. Mais je n'abandonne pas.

– Pensez ce que vous voulez, déclaré-je. Kaël a fait plus pour moi que n'importe quel homme et…

– Sauf moi, tu l'oublies ? lance mon père, derrière moi.

Papa s'approche et se tient à mes côtés, considérant Didier avec dureté.

– Vous savez, dit-il à son intention, ça n'a pas été simple pour moi d'accepter que Zoé fréquente votre fils.

– Vous m'en direz tant ! lâche Didier, sarcastique.

– Mais quand j'ai su que cet homme a sacrifié sa jeunesse pour prendre soin de sa mère et pour vous permettre de garder cette maison, j'ai révisé mon jugement.

Ces mots provoquent un léger sursaut chez le père de Kaël. Le mien renchérit :

– Ce que vous avez vécu est un cauchemar, et je n'ose imaginer la douleur qui vous ronge et qui vous a rongé toutes ces années.

Didier grogne, les yeux fuyants. Papa ne se laisse pas désarçonner pour autant.

– Si je suis ici, à vous parler, c'est pour vous dire que je serais heureux que votre fils devienne mon gendre. Je le respecte pour ses choix et ceux qu'il n'a pas eus. Et si vous, vous ne savez pas être fier de lui, alors je le serai à votre place. Certes, il n'est pas parfait, comme aucun enfant ne l'est. Là-dessus, croyez-moi, les miens m'ont coûté un début de calvitie.

Un petit rire s'échappe de la gorge de Didier qui reporte son attention sur mon père, surpris d'avoir eu cette réaction spontanée. Un silence s'étire, durant lequel je consulte du regard Papa, le remerciant silencieusement pour ses paroles.

– Je…

Les mots se meurent dans la bouche du père de Kaël qui inspire profondément. Un nouveau silence s'abat sur la pièce, chargé du désarroi qui broie cet homme depuis des années.

– Je sais ce que vous pensez, reprend-il. Mon fils est… il lui ressemble tant. C'était insupportable… Sans elle, je n'étais pas un bon père, je ne savais pas…

Il se tait de nouveau.

– Personne ne sait comment élever ses gosses, Didier, commente Papa. Mais j'ai toujours convenu qu'une bonne bière aidait à me faire oublier mes lacunes à ce sujet. Vous en avez ?

Le père de Kaël observe le mien un instant. Puis il opine du chef et part en chercher deux dans le réfrigérateur. Avant de le refermer, il me cherche du regard et demande :

– Vous en voulez une ?

Je lui souris en réponse. Quand il me tend la bouteille décapsulée, je m'en empare et le remercie. Après ça, il fouille dans sa poche arrière de pantalon pour en extirper la photo de Lilou. Il l'observe un instant.

– Elle la tenait quand elle est partie.

Je retiens mes larmes à ces quelques mots. Celles de Didier viennent embuer ses yeux, tandis qu'il déglutit. Un bruit derrière moi me fait sursauter. Je me tourne et fais face à Kaël qui s'approche de son père. Ce dernier lève son regard tourmenté sur son fils, puis lentement pose sa bière et le prend dans ses bras. Cette scène émouvante se charge d'une intensité bouleversante quand enfin Kaël lui rend son accolade. Papa m'attrape alors la main, puis nous quittons la pièce, le cœur empli d'un sentiment puissant. Celui d'avoir assisté à un moment précieux. Les retrouvailles d'un père et de son fils.

CHAPITRE 50

KAËL

J'attends Zoé sur le palier, contemplant la photo suspendue au mur. Face à ce cliché et ce qu'il représente, un voile de douceur s'enroule autour de moi. Après ces dernières heures, c'est tout ce dont j'ai besoin. J'ai retrouvé la femme qui m'a accordé ce premier baiser, et repense avec émotion à tout ce que nous avons vécu.

Ma mère aurait adoré Zoé et Lilou, et je crois que mon père aussi les appréciera. D'ailleurs, il n'a pas rendu la photo de la petite, après que je lui ai parlé d'elle. C'était étrange d'échanger à nouveau avec lui, sans qu'on s'engueule, sans qu'il me juge. Comme si la mort de Maman lui avait ouvert les yeux sur une réalité : il n'a plus que moi.

Des bruits de pas dans mon dos m'informent que Zoé vient me rejoindre. Je me tourne et constate que Mme Bouillon a accepté de garder Lilou cette nuit. Je m'en réjouis car depuis l'enterrement, c'est à peine si nous avons parlé. Je ne sais pas ce qu'elle éprouve ni si elle a digéré cette histoire de vidéo. Après le supplice de son absence des derniers jours, je devrais entamer une discussion avec elle à ce sujet, mais je n'ai aucune envie de revenir là-dessus. *Pas aujourd'hui.* Eliot vient à peine de nous déposer et je suis las. Cette journée a englouti mes forces.

Alors, les yeux arrimés à ceux de Zoé qui s'approche, je n'espère qu'un baiser et la chaleur de ses bras pour m'insuffler l'énergie qui me manque. Je suis exaucé quand elle se met sur la pointe des pieds, requérant ce geste qu'il me devient vital de lui accorder. Mes mains se posent sur la chute de ses reins, et tandis que mes lèvres retrouvent les siennes, je la serre contre moi, et, putain, que c'est bon d'éprouver de nouveau sa chaleur, sa lumière ! Elle est revenue éclairer ses yeux chocolat.

– Je te demande pardon, murmure-t-elle. Pardon, Kaël.

J'écarte un peu la tête, admire ses iris mouillés de larmes, et lui dis :

– Ne me quitte plus.

– Plus jamais.

Un sourire se forme sur mes lèvres. Le premier depuis des jours. Ma main se glisse dans celle de Zoé, puis je tire sur son bras. Nous entrons dans mon appartement et je l'embrasse. Notre étreinte se prolonge, alors que la nuit tombe sur Montmartre. En silence, je l'emmène dans ma chambre et plus tard dans la salle d'eau. Le temps se suspend quand nous ôtons nos vêtements, le regard soudé l'un à l'autre. Sous la douche, je contemple son visage, puis sa poitrine nue sur laquelle ses cheveux sont plaqués. Elle me sourit timidement et je l'imite en m'approchant. Ma main tatouée caresse la peau laiteuse de son cou et décale sa chevelure derrière ses épaules.

– Je ne veux plus que tu doutes de nous, Zoé.

J'ai dit « nous », pour ne pas dire « toi », afin de ne pas la brusquer et la replonger dans ses incertitudes. Elle ne dit rien, m'observe, son souffle se fait court.

– Je ne veux plus que tu penses qu'une autre femme pourrait être plus importante que toi à mes yeux.

De pudeur, elle baisse la tête, puis la redresse quand mes doigts descendent lentement jusqu'à son sein, s'attardant sur son téton. Des frissons perceptibles s'emparent d'elle sous mon toucher.

– Ne vois-tu pas comme je te désire ?

Ses yeux chocolat glissent plus bas sur mon anatomie, qui atteste que mes mots sont sincères. J'ai envie d'elle. J'ai constamment envie d'elle. Et d'aucune autre. Il faut qu'elle le sache. Il faut que je le lui prouve.

– Ne vois-tu pas comme je t'aime ?

Son regard se relève sur ma bouche qui s'approche de son oreille.

– Ne comprends-tu pas que je veux que tu sois la seule, Zoé ?

Mes phalanges glissent sur son ventre, avant de la caresser. Ses halètements m'encouragent, ses yeux s'arriment aux miens.

– Tu es à moi. Seulement à moi, dit-elle, se souvenant des paroles que j'ai prononcées, ce jour-là, sur une plage déserte.

Ces mots accélèrent les battements de mon cœur. J'insère deux doigts en elle et tourmente ses profondeurs. Le soupir dans sa bouche fait durcir mon érection. Nos regards se soudent et nos souffles se mêlent.

– Seulement à toi, murmuré-je.

Je plaque son corps contre le mien et écarte sa jambe, que je soulève, en m'emparant de ses lèvres. L'eau se déverse sur nous, tandis que j'entre en elle, rencontrant avec délectation la chaleur de son intimité. Son dos se colle à la paroi de la douche et j'entame mes assauts sans que nos bouches se quittent. Dans mes à-coups, je déverse mon amour pour elle, mon chagrin des derniers jours, ma crainte de l'avoir perdue, toutes ces émotions qui se mélangent, et j'accélère sous ses gémissements. Mon front se pose dans le creux de son cou, des larmes me montent aux yeux et je fusionne avec elle, ne contenant pas mes râles, tant je m'enivre de la quiétude de l'avoir retrouvée.

Sans elle, je suis vide.

Avec elle, je suis comblé.

Mon monde est repeuplé.

– Je t'aime, Zoé.

Le sourire qui éclôt sur son visage m'injecte une dose d'adrénaline si forte que j'en ai le vertige lorsque je jouis en elle.

Plus tard, alors que nous nous faisons face dans mon lit, je repense aux paroles douloureuses de Charlotte. Si je dois passer ma vie à redonner confiance à cette femme, alors je le ferai.

Chaque jour.

Chaque minute.

Chaque seconde.

Elle est à moi, et je suis à elle.

***

Un mois plus tard

Je passe les portes de l'aéroport et souris aussitôt que mes yeux percutent ceux de Zoé. Elle court vers moi, derrière la poussette tout-terrain de Lilou, puis s'élance dans mes bras. Je la serre fort et plaque une main sur ses fesses, tandis que l'autre s'empare de son visage. Je l'embrasse et nos langues se retrouvent dans une danse sensuelle.

– Ça, c'est de l'accueil ! déclaré-je, me mordant la lèvre au clin d'œil de Zoé.

Elle glousse, tandis que je me penche sur la poussette où Lilou dort tranquillement.

– C'est quoi, ce truc, dans sa main ?

– Le hochet que lui a offert ce matin Mme Bouillon. Depuis que tu lui as installé Internet, elle se fait livrer tout plein d'objets.

– Cette femme n'y voit pas clair, on dirait un plug !

– Un quoi ?

J'hésite à lui expliquer.

– Eh bien… ça ressemble à un sex-toy.

Zoé écarquille des yeux stupéfaits, et observe le soi-disant hochet niché entre les doigts de Lilou. Je ris quand je la vois le lui retirer et le fourrer dans son sac.

– On lui dira qu'elle l'a perdu !

– Ou qu'on a préféré le garder pour nous, susurré-je à son oreille.

Ses joues rosissent, sa bouche s'entrouvre, son regard s'embrase. *Bordel, on rentre quand ?*

Son geste a réveillé la petite que je m'empresse de prendre dans mes bras. Une fois que j'ai plaqué un baiser sur sa joue, nous avançons tous trois en direction de la file de taxis. Le chauffeur hallucine à la vue de la poussette de compet' qu'il va galérer à charger dans son coffre, en compagnie de ma valise. Zoé déclipse le siège cosy de l'engin et attache Lilou à l'arrière, avant de s'y installer. On se bécote jusqu'à Montmartre et on profite des bouchons pour s'octroyer quelques caresses discrètes. Elle m'a tant manqué durant mon séjour à New York.

– C'est officiel, je suis l'égérie de la marque ! lancé-je à l'approche de notre rue. Tu aurais dû voir la soirée en grande pompe qu'ont organisée Christopher et l'agence. J'ai halluciné. Mais je te préviens, la prochaine fois que j'y retourne, tu viens avec moi.

– Promis, dit-elle.

Zoé n'a pas pu m'accompagner, car elle a décroché un contrat important avec un magazine. *Citizen Men* souhaite désormais travailler avec elle en permanence. Je suis heureux pour elle, et je vois bien qu'elle est comblée par sa nouvelle carrière de photographe de mode. J'ai négocié avec Christopher pour qu'il cède quelques-uns de mes clichés pour Reynolds au magazine et Rod Rive, le directeur du *Citizen*, a accueilli cette nouvelle en augmentant Zoé. Je ne pensais pas posséder une telle influence !

Le taxi nous dépose en bas de notre immeuble.

– Je t'ai préparé un dîner aux chandelles, déclare Zoé, tandis que Lilou se met à brailler, parce qu'on l'a réveillée en la sortant du taxi. Mme Bouillon va la garder cette nuit et devrait venir la chercher d'ici quelques minutes.

Ma langue passe sur ma lèvre inférieure à cette nouvelle. Mon sourire laisse à Zoé tout le loisir de deviner ce que je compte bien lui faire durant cette soirée.

– Il me manque le pain, dit-elle, rougissante. Je vais chez le boulanger acheter une baguette et je te rejoins.

– Non, monte. Je vais prendre Lilou dans la poussette et y aller. Le trajet va la calmer et j'ai besoin de me dégourdir les jambes.

Du fait que j'ai dû pousser la voix pour couvrir le bruit des pleurs de Lilou, Zoé ne proteste pas et l'installe dans la poussette. Je pose un baiser sur les lèvres de ma voisine, songeant qu'après son dîner, c'est elle que je vais déguster.

Avant de me rendre à la boulangerie, je passe au Petit Montmartre saluer mon pote Axel qui s'extasie rapidement sur la frimousse de Lilou qui dort déjà. Matteo est là, en compagnie de Charlotte, Eliot et Gina.

– Et voilà le top model ! claironne mon meilleur ami.

Je secoue la tête d'amusement et vais les rejoindre.

– T'imagines même pas comment tu manques à toutes les actrices de Micka. Elles ne s'en remettent pas et je m'épuise, mon gars !

– C'est moi qui t'épuise, ouais, ricane Charlotte en sifflant son verre à la paille.

– Ta stratégie fonctionne, alors ? lui demande Gina.

– Quelle stratégie ? relève Matteo, l'air perplexe.

Sa sœur éclate de rire et plante les yeux dans ceux de son frère.

– Ta chérie a décidé de baiser si souvent avec toi que t'auras bientôt plus la force de le faire durant tes tournages. Qu'il est beau, son sacrifice, n'est-ce pas ?

Matteo affiche un visage choqué qu'il tourne vers Charlotte, qui sourit, l'air de rien.

– J'aurais dû faire du porno, réfléchit tout haut Eliot.

Je m'esclaffe tandis que Gina lui tape sèchement la main.

– Aïe !

Axel s'approche avec son plateau de barman.

– Tu bois quelque chose ? s'enquiert-il à mon intention.

– Non merci, je vais y aller. Je passais juste dire bonjour. Zoé m'attend.

Je les salue tandis qu'ils s'apprêtent tous à partir avec Eliot, qui les emmène assister à une course de voitures en banlieue.

Je file en direction de la boulangerie et ne suis pas surpris d'y découvrir la queue qui s'étire au-dehors, depuis l'entrée. Rares sont les Français qui se passent de leur baguette de pain aux repas. Je me poste dans la file, la poussette de Lilou devant moi. Il commence à pleuvoir, alors je tente de placer la capote au-dessus du corps de la petite. Je n'ai pas de capuche et me prends la flotte en pleine tronche. Quand je trouve enfin le dernier clip qui permet de boucler cet objet de malheur sur la poussette, je me sens violemment projeté en arrière.

– Putain ! crié-je en perdant l'équilibre.

Je finis le cul par terre et tourne la tête vers le type qui vient de me bousculer. C'est un jeune con qui me toise en ricanant.

– C’est quoi ton problème, bordel ?!

– Mon problème ? Il a un rapport avec ta bite, mon problème !

Puis il se marre, attirant tous les regards des clients qui patientent sous les trombes d’eau. Je me redresse, prêt à lui en coller une.

– Oh, oh ! L’acteur porno s’énerve ! raille-t-il en reculant.

Putain, encore un malade qui a vu une de mes vidéos...

Me souvenant de ma dernière altercation de ce genre, je soupire. Certains mecs, sans doute frustrés que d’autres aient la capacité de s’envoyer en l’air avec les femmes de leurs rêves, se plaisent à emmerder les acteurs de X. Je savais que ce genre de choses se reproduirait mais, merde, pas avec la petite qui est là tout près de moi ! À cette pensée, je me retourne et je pâlis. La poussette n’est plus là !

CHAPITRE 51

ZOÉ

Je dresse ma table d'appoint, dispose un vase rempli de fleurs au milieu, ainsi que deux chandelles. Les rares assiettes de mamie Jo, sauvées du déménagement, donnent une touche élégante sur la nappe blanche que j'ai achetée pour l'occasion. Quand on toque à la porte, je m'arrache à ma tâche et vais ouvrir en pensant trouver Kaël.

– Bonjour Zoé, me salue Mme Bouillon qui semble un peu essoufflée.

– Bonjour, vous allez bien ?

– Oui, c'est l'escalier. Il aura ma peau, un jour.

Je souris à sa remarque.

– Kaël est parti à la boulangerie. Il ne va pas tarder à arriver avec Lilou, je vous la dépose dans quelques minutes.

– Tant mieux. Mais pourriez-vous m'accompagner dans le hall ? On m'a livré un transat-balançoire pour la petite, mais il pèse lourd.

– Vous n'auriez pas dû, dis-je en soupirant, bien que mon expression renvoie toute la tendresse dont m'enveloppe cette attention.

– Tss… Tss… siffle-t-elle. J'ai craqué sur cet engin en allant sur Internet. Kaël n'aurait jamais dû m'installer cette chose, je n'arrête pas d'acheter des trucs sans importance. Au moins, celui-ci sera utile.

J'enfile mes chaussures et souris au souvenir de ce qu'elle et moi croyions être un hochet, puis m'apprête à la suivre.

– Le livreur aurait pu vous le monter !

– Comme d'habitude, il ne trouvait pas de place pour se garer. Faut dire qu'elles sont chères, par ici.

Je ferme la porte derrière moi et glisse les clés dans ma poche. Je m'aperçois que j'ai laissé mon portable sur le plan de travail de la cuisine, mais je n'en aurai pas pour longtemps, alors je décide de l'y laisser. Nous descendons les marches, mais lorsque nous parvenons dans le hall d'entrée, mon souffle se coupe. La poussette de Lilou est là, ma fille, profondément endormie dedans, et… seule. Mes yeux ont beau chercher autour d'elle, puis dans la cour, je ne trouve pas Kaël. Une goutte de sueur froide me glace soudain l'échine. Mme Bouillon semble aussi ahurie que moi. Puis une voix grave s'élève derrière nous. Le sang fuit mon visage au moment où je la reconnais.

– Voilà ce qui arrive quand on confie son enfant à un dépravé.

Mme Bouillon et moi faisons volte-face et découvrons une silhouette tapie dans l'ombre, derrière la rangée de boîtes aux lettres. Adam s'avance, la tête penchée sur le côté.

– Tu devrais avoir honte, Zoé, dit-il de sa voix rauque. Un acteur porno, sérieusement ?

Ma voisine recule, hébétée, puis passe l'entrée du hall. Me voilà seule avec celui que je redoutais de revoir un jour. Il s'approche et mes membres se mettent à trembler. Je fais quelques pas en arrière et me saisis de la poignée de la porte, avant de sortir dans la cour. Les gouttes de pluie s'écrasent sur les feuilles des peupliers et sur mon visage livide. Je n'arrive pas à penser, tandis que je l'examine. Il a toujours cet air charmant sur le visage. Ses yeux gris et sa chevelure sombre et rase. J'avais presque oublié qu'il était si grand. Ma respiration s'accélère lorsqu'il s'avance jusqu'à se trouver à moins d'un mètre de moi.

Derrière lui, et à travers la vitre de la porte du hall, je distingue Lilou qui s'agite dans sa poussette. Moi qui étais sortie pour l'éloigner d'Adam, je me vois obligée de revenir vers elle, espérant m'y accrocher comme à un rocher pour qu'elle me donne le courage d'affronter cet homme, alors que j'en ai toujours été incapable. En moi resurgissent les souvenirs de ses remarques, de son emprise, et ma confiance s'étiole. Mais ma fille commence à pleurer et je refuse de la laisser seule dans ce hall. Alors je me précipite pour la rejoindre. Adam m'arrête en m'attrapant le bras.

– Non.

Mon regard s'oriente vers lui. Mon cœur me martèle les côtes.

– Si ! craché-je, avec toute la vaillance que les cris de ma fille m'inspirent.

Adam écarquille des yeux étonnés.

– Alors parce que tu baises avec un pervers, tu penses que tu es devenue une femme de poigne. Laisse-moi rire.

– Ris tant que tu veux, je m'en moque, tu entends !

Je me défais de son emprise et m'apprête à ouvrir la porte, mais Adam plaque sa paume dessus et la referme devant moi. Lilou hurle dans son cosy et je sens mon cœur se fendre parce que je l'ai sous les yeux sans pouvoir la rassurer. Haletante, j'observe ma fille, tandis que ma tête se met à bouillonner. La colère que j'éprouve m'incite à me retourner et à pousser Adam, mais c'est à peine s'il bouge. Un rictus se forme au coin de ses lèvres quand soudain, il bascule sur le côté, plaqué contre le mur par Kaël, qui place son avant-bras sous sa gorge, les yeux emplis de larmes de rage, la respiration sifflante.

– Espèce de fils de pute ! hurle-t-il en lui assénant, de sa main libre, un coup de poing dans le ventre. Je vais te buter, putain !

– Zoé, venez, m'intime Mme Bouillon qui me tire par le bras.

Je comprends qu'elle est partie à la rencontre de Kaël. Au regard chargé de haine de ce dernier, je me fais une idée de la tournure des événements. Il devait être fou d'inquiétude, à chercher Lilou. Sans doute a-t-il voulu m'appeler, mais j'ai laissé mon portable dans l'appartement.

Le rire d'Adam, toujours sous l'emprise de Kaël, me glace.

– Alors c'est tout ce que t'as dans le ventre, le serial baiseur ?

Kaël relâche l'étau sur le cou d'Adam et lui colle un coup de poing sur le visage, puis un autre. Au troisième, du sang s'écoule de la bouche de mon ex et c'est à cet instant précis que mon voisin pose son regard sur la vitre du hall et aperçoit Lilou dans la poussette. Il stoppe aussitôt ses coups, pousse violemment Adam sur le côté et entre dans le hall pour la prendre dans ses bras. Au soulagement que je lis sur son visage, je devine que les dernières minutes qu'il a vécues ont dû lui paraître un calvaire. Je le suis à l'intérieur, désormais à l'abri de la pluie.

– Allô, la police ?

Je me tourne et vois Adam entrer, son smartphone sur l'oreille, un sourire aux lèvres, qui n'atteint pas ses yeux.

– On vient de m'agresser à Montmartre. Un homme m'a méchamment abîmé le visage.

Un silence. Je prends la main de Kaël qui le considère, éberlué. Les yeux de Mme Bouillon passent d'Adam à Kaël, avant de se figer sur moi.

– Pouvez-vous la garder, s'il vous plaît ? m'enquiers-je.

Elle hoche la tête et prend Lilou des bras de Kaël, avant de monter les étages et de s'enfermer chez elle. Mon voisin se place devant moi, dans un geste de protection.

– Oui, bien sûr, j'ai son identité, déclare Adam à son portable en nous toisant avec mépris.

Comme je sais Lilou loin de moi, un poids se déleste de mes épaules. Je lâche la main de Kaël et le contourne. Il tente de me retenir, mais je m'y refuse et approche Adam qui me fixe en souriant. Je m'empare de son téléphone et raccroche.

– Que veux-tu ? demandé-je, froidement.

– Parce que tu crois que je vais en discuter devant lui ?

– Que veux-tu ? répété-je.

Il lâche un soupir insolent.

– Ma fille, quoi d'autre ?

Ma gorge se noue.

– Va te faire foutre, putain ! lâche Kaël qui s'apprête à le frapper de nouveau.

Je le stoppe en tendant le bras devant lui. Son visage fou de colère m'observe avec stupeur. Je fais non de la tête, pour qu'il comprenne que ce n'est pas de cette manière que l'on va régler le problème. Un problème que j'aurais dû régler il y a bien longtemps, à l'instant où j'ai compris qui était cet homme et que j'ai refusé de l'admettre.

– Je ne te laisserai pas seule avec lui, pas question ! dit Kaël, qui a deviné comment je souhaite arranger cette situation.

– Je dois le faire.

– T'as entendu, le débauché, lance Adam après un rire. Elle doit *le* faire, et j'aimerais bien voir ça, tu vois.

Kaël serre les poings et approche sa bouche de mon oreille.

– Vous allez chez toi, tu laisses la porte de ta chambre ouverte et si j'entends quoi que ce soit d'alarmant, je débarque *illico*, c'est compris ?

Je hoche la tête et nous montons tous trois l'escalier, dans un silence oppressant. Arrivés sur le palier de notre étage, Adam affiche un visage choqué devant la photo encadrée sur le mur.

– Tu l'as laissé te toucher enceinte ! hurle-t-il.

– Ça t'en bouche un coin, hein connard ? lui souffle Kaël.

Adam le fusille du regard. Mon amant s'approche de lui et fait claquer sa langue sur son palais. Il est un peu moins grand, mais mieux bâti que lui. Ses yeux pénétrants se figent dans ceux de mon ex et lui crachent tout son mépris.

– Faut être un sacré trouillard pour abandonner la femme qui porte son enfant. Mais maintenant qu'on en parle, je devrais plutôt te remercier de l'avoir fait.

Le sourire méprisant qu'il lui adresse incite Adam à tourner son attention sur moi. Il respire fort et vite.

Constatant que ses nerfs sont à rude épreuve et me souvenant de ses paroles concernant Lilou, je l'invite à entrer chez moi sous les yeux haineux de Kaël. Je m'empare d'un double du jeu de clés et le lui tends. Dès que ma porte se ferme, je pose mon propre trousseau sur la console près de l'entrée et vérifie que la porte de la chambre est ouverte. Je m'en approche, sachant bien qu'avec la finesse de la cloison, Kaël m'entendra si j'élève la voix. Je me poste près d'elle et me tourne en direction d'Adam. Ce dernier parcourt mon salon du regard avant de le poser sur moi.

– Alors c'est dans cet appartement minuscule que tu élèves ma fille ? dit-il.

– Il fallait bien que l'un de nous deux s'en charge.

Un rictus gagne ses lèvres. Puis il inspire.

– Je comprends que tu sois en colère contre moi.

– Je ne le suis pas.

Ma réponse semble le surprendre.

– En réalité, continué-je, je suis heureuse que tu aies pris la décision de me quitter par texto. Ça aura eu le mérite de m'ouvrir les yeux sur la personne que tu es, et j'avais bien besoin qu'on m'éclaire à ce sujet. Aujourd'hui, je suis comblée par la vie que je mène. J'ai un travail, une fille adorable et un homme qui m'aime et qui me le dit chaque jour.

– Un putain d'acteur porno ! s'énerve-t-il.

– C'est donc ça qui te défrise, Adam, osé-je. Il ne l'est plus et si tu savais qui il est vraiment, je crains que tu découvres à quel point tu ne lui arrives pas à la cheville.

Il s'esclaffe, pas le moins du monde désarçonné par mes paroles, alors que je suis stupéfaite de réussir à les prononcer avec autant de facilité. Il s'approche d'un pas.

– C'est parce qu'il te baise bien que tu lui voues un culte ? On dirait qu'il a réussi à te décoincer à ce niveau-là.

Le coup bas ne m'atteint pas. Désormais, j'ai les yeux bien ouverts.

– Regarde-toi, dit-il en traînant un regard sur moi, la grossesse t'a vachement abîmée, Zoé. Ce mec ne va pas tarder à te lâcher, à moins que ce qu'il cherche soit une milf en mal de cul.

Pour la première fois, l'envie de lui coller une gifle me démange, mais je pense à Lilou et me retiens de faire un geste qui pourrait tout compromettre.

– Alors, c'est ce que tu vas faire, Adam ? M'insulter ? M'humilier car j'aime un autre homme que toi ?

– On sait tous les deux que ce que tu aimes chez lui, c'est sa queue.

– Donc c'est la jalousie qui t'amène ? T'aurais voulu quoi, que je reste seule toute ma vie ?

– En tout cas, je n'aurais jamais cru que tu t'abaisserais à fréquenter un mec tel que lui.

– Que veux-tu ?

– Tu sais ce que je veux.

– Lilou ? Vraiment ? dis-je. L'as-tu seulement regardée depuis que tu es ici ? As-tu seulement jeté un coup d'œil sur ta fille ? As-tu vu la couleur de ses yeux ? De ses cheveux ?

Il tique et je comprends que, bien sûr, il ne l'a pas fait. Il n'est pas là pour elle.

– Je ne laisserai pas ma fille partager la vie d'un dépravé, putain !

– Donc quoi ? Tu vas demander une garde partagée ?

– Pourquoi pas ?

– Je n'ai pas déclaré que tu étais son père et je suis prête à tous les sacrifices pour que jamais une telle chose n'arrive. Tu nous as abandonnées !

J'ai crié. Je n'ai pas pu m'en empêcher et je songe à Kaël qui a dû entendre mes paroles. J'espère en mon sein qu'il ne débarquera pas, car je n'en ai pas terminé. Je dois *le* faire.

– Je ne pouvais pas rester. C'était pas…

Adam baisse les yeux.

– J'ai merdé, mais…

– Tu n'as jamais voulu d'enfant, le coupé-je, loin de m'émouvoir de son expression soudain affligée. Tu voulais juste que je reste avec toi, bien sagement. Me quitter est la meilleure décision que tu as prise, pour elle, pour moi, et pour toi aussi. Tu le sais, Adam.

– Je veux revenir dans vos vies. Tu me manques, Zoé. Je te jure que tu me manques atrocement.

– C'est pas du manque. Et c'est loin d'être l'amour qui motive ta présence ici. Tu ne supportes juste pas l'idée que je refasse ma vie sans toi.

– Pas avec lui ! tonne-t-il, le visage revêtant sa fureur.

Mes poings se serrent. Ma respiration s'accélère et mon cœur bat plus vite.

– Lui ?! Mais sais-tu de qui tu parles ? Tu parles de l'homme qui était là, quand j'ai cru que j'allais accoucher seule sur ce canapé ! Un homme qui m'a accompagnée à l'hôpital quand j'ai perdu les eaux. Qui a patienté toute la nuit que je mette au monde mon enfant !

Ma voix forte devient chevrotante, mes sanglots m'étouffent. Mes souvenirs remontent, comme les larmes qui cernent mes yeux, débordant d'une colère trop longtemps contenue.

– Kaël a été là quand Lilou était malade ! Il a trouvé de quoi soulager ses douleurs aux dents. Il l'a baladée en poussette pour l'endormir quand j'étais épuisée. Il venait chaque jour la prendre dans ses bras pour me permettre de me reposer ! Toi, tu étais où, Adam ?

Mes larmes dévalent mes joues à présent, et devant moi, je ne vois plus Adam, car c'est l'image de Kaël qui s'imprime dans mes rétines. Tout l'amour que je lui porte m'envoie un courage que je n'ai jamais possédé. Adam me regarde, interloqué, et cette fois, je ne retiens plus ma voix étranglée quand je lui dis :

– Il était là… ET PAS TOI !

– C’est un putain d’acteur porno, Zoé ! T’auras beau me dire ce que tu veux, je m’en tape. Ce type ne sera pas celui qui élèvera ma fille. Je ne le permettrai pas !

– Parce que tu crois avoir le pouvoir de décider de ça ! Ce pouvoir, tu l’as perdu le jour où tu m’as envoyé un texto pour me quitter ! UN TEXTO !

Il grogne et serre les poings. Il ne m’a jamais frappée, mais je ne l’ai jamais vu aussi en rogne. Au moment où je fais un pas en arrière, je devine à ses yeux qu’il pense avoir gagné. Comme il se trompe !

– Je l’aime !

– Bordel, t’as pété les plombs, Zoé ! Enfin, ça ne t’a pas suffi de le voir en chair et en os en baiser une autre que toi !

Mon souffle se suspend. Mes yeux s’arrondissent de stupeur. Et enfin, j’y vois clair.

– C’est toi ! C’est toi qui m’as envoyé ce message pour que je me rende au studio, c’est ça ? crié-je.

À ces mots, j’entends une porte claquer depuis le palier. Adam se tourne aussitôt et s’empare des clés sur la console. Il tente d’en insérer une dans la serrure, mais ce n’est pas la bonne. On cogne sur la porte, puis je discerne le bruit des clés de Kaël, mais Adam réussit avant lui à trouver celle qui bloquera la serrure de l’autre côté. Son sourire me glace quand il se tourne vers moi. Je suis piégée.

Kaël tambourine sur la porte, après avoir compris ce qu'il se passait.

– Je pensais que tu serais plus intelligente que ça, crache Adam en s'approchant. Quand j'ai vu cette histoire d'expo dans les magazines, je suis devenu fou, Zoé ! J'ai eu un bol monstre lorsque mon boulot m'a envoyé à New York en même temps que lui. Je suis certain qu'il a apprécié le GHB[4] que j'ai glissé dans son verre. Mais là encore, il t'a bernée. Tu me dégoûtes, putain. Que j'en arrive à payer un mec pour qu'il l'agresse et te prouve qu'il est incapable de s'occuper de ma fille, ce n'est pas digne de moi !

– Digne ? répété-je, effarée. DIGNE ! Mais tu t'entends ? Tu m'as quittée, enceinte ! Tu as abandonné ta fille et tu me parles de dignité ! T'es qu'un lâche, Adam.

– Ferme-la, Zoé.

Les coups à la porte se sont arrêtés. Soudain, ce sont des bruits dans ma chambre qui m'alertent. De violentes charges contre le mur qui provoquent des tremblements jusque sous mes pieds.

– Je ne me tairai plus, Adam ! hurlé-je pour couvrir le vacarme. Tu m'as perdue et tu as perdu tes droits sur ma fille ! Et quand bien même tu intenterais une action en justice, j'ai suffisamment de témoins pour te débouter, sans parler de ton

---

4. Le GHB est une drogue de synthèse aux propriétés sédatives et amnésiantes.

pathétique texto. Enfin admets-le, tu ne veux pas de Lilou, tout ce que tu veux, c'est moi. Moi, qui ne te remplace pas !

Les coups contre le mur s'intensifient, mais je refuse de quitter le regard d'Adam que je soutiens avec force. Lui secoue la tête, refusant de se rendre à l'évidence.

– Je suis amoureuse de Kaël.

– Tais-toi !

– Que vas-tu encore faire pour m'empêcher de l'aimer ?

– Zoé…

– Tu pourras monter tous les pièges que tu veux, mon cœur est à lui. À JAMAIS !

– Ferme ta gueule !

– JE L'AIME PLUS QUE JE NE T'AI JAMAIS AIMÉ !

La gifle que j'encaisse me saisit par surprise. Ma joue me brûle aussitôt. Un hurlement de rage sur ma droite me désarçonne. Mes yeux noyés de larmes aperçoivent un trou dans le mur de ma chambre. Je porte ma main à mon visage cuisant. Adam observe la sienne, hébété.

Les charges contre la cloison reprennent plus vite, elles sont de plus en plus acharnées. Puis soudain, Kaël surgit devant moi, couvert de poussières de plâtre, tremblant de rage et tenant dans sa paume un burin.

– Casse-toi d'ici une fois pour toutes ou je te tue, putain !

Adam ne le regarde pas, ses yeux restent figés sur sa main. Il ne m'a jamais frappée quand nous étions ensemble, et je sais que malgré tous ses défauts, ce n'était pas un homme violent physiquement. Pas jusqu'à aujourd'hui, où je me rebelle. Mais la violence a toujours été présente dans ses mots, dans son esprit possessif et jaloux. J'ai depuis longtemps compris qu'il ne s'est jamais cru capable d'être père, qu'il ne serait jamais un compagnon aimant, qu'il se plaisait à me tourmenter, car c'est un manipulateur narcissique qui ne sait pas aimer. En prend-il conscience, à l'instant ? En voyant ses yeux épouvantés par son propre geste, j'ai dans l'espoir que oui. Puis il les relève sur moi, et enfin sur Kaël. Des sirènes de police s'élèvent dans la rue. J'en conclus que Mme Bouillon a dû avertir les autorités.

– T'as intérêt à prendre soin d'elles ! déclare mon ex à Kaël, le teint livide.

– Je le ferai mieux que toi.

Le regard d'Adam se baisse sur moi. Cela dure quelques secondes, avant qu'il ne recule et sorte définitivement de ma vie. *Enfin*.

Kaël me prend dans ses bras et me serre si fort que j'en étouffe. Puis il prend mon visage entre ses mains et dépose des baisers sur mes lèvres. Des baisers fougueux, chargés d'inquiétude, de soulagement et peut-être même de fierté. Puis il arrime ses yeux aux miens, essuie mes larmes avec ses pouces et caresse ma joue meurtrie.

– Mon amour, plus jamais aucun mur ne nous séparera.

Mon attention se tourne alors vers celui de ma chambre qui est éventré. Des particules de poussière volent dans les airs. Mes larmes s'estompent. Ma respiration s'apaise.

– T'as tout cassé, Kaël.

Ses doigts glissent sur mon cou. Ses iris bleus aux éclats dorés me contemplent.

– Il me gênait, ce mur, dit-il en esquissant un sourire.

Mes lèvres se courbent, nos prunelles se soudent et le temps se suspend, sous le regard du Sacré-Cœur.

ÉPILOGUE

ZOÉ

Huit mois plus tard

Sous les poutres qui soutiennent les murs en pierre du restaurant Au Rendez-Vous de Montmartre, Kaël s'incline sur le gâteau d'anniversaire. Il souffle ses bougies en retenant Lilou qui penche en avant. La peau tatouée de ses bras tranche joliment avec celle, laiteuse, de ma fille, déjà âgée d'un an. Je capture cet instant, puis pose mon appareil à côté de mes couverts. Matteo commande du Get 27 et de la Menthe-Pastille, la coutume lorsque Kaël prend une année. Je me rappelle avec émotion la dernière fois où nous avons célébré cet événement. Je crois que mon amant devine mes pensées au moment où son verre se remplit. Un sourire atteint ses lèvres.

– Du Get 27, Alain ? demande l'Italien à mon père.

– C'est de l'alcool, ça ? Non, merci.

– Moi j'en veux bien, Francesco, lance une voix sur ma gauche, sans crier gare.

– Oh, euh... très bien, madame Bouillon, dit Matteo qui pâlit.

Je pouffe pour deux raisons : la première, parce que Mme Bouillon ne s'est pas aperçue qu'elle a appelé Matteo par son prénom d'acteur, et vient de nous prouver qu'Internet ne lui sert pas uniquement à commander des objets sur la toile. La seconde, car « Bouillon », prononcé avec l'accent italien, ça sonne « Bouillonne » et que c'est très à propos, étant donné le regard subjugué dont ma voisine gratifie Matteo.

Kaël se planque dans le dos de Lilou, le temps qu'il se remette de son fou rire. Son meilleur ami se tortille. Mon père se racle la gorge, ma mère en pleure. Didier toise la septuagénaire avec stupeur.

– Bah, que se passe-t-il, *Francesco* ? le taquine Charlotte en plaçant une main sur le torse de son compagnon. N'est-il pas merveilleux d'être admiré par *toutes* les femmes ?

Matteo secoue la tête, le sourire aux lèvres, puis pose la bouteille de Get 27 et attrape Charlotte par une fesse.

– Tu me cherches un peu trop ces temps-ci, jolie rousse !

Papa se racle la gorge, puis fuit le spectacle en tendant son verre de whisky à Patrick pour trinquer. Axel murmure à l'oreille de Kaël, qui semble se dire qu'il est fort probable que Mme Bouillon ait déjà vu une vidéo de lui. Quant à Gina, elle se tourne vers Eliot.

– Alors, tu veux toujours faire du porno ? ricane-t-elle.

Mon frère, encore bouche bée de la remarque de ma voisine, a l'air de penser que *finalement*, ça demande réflexion.

La soirée avec nos proches se termine. Ma mère prend Lilou dans ses bras et plaque un baiser sur ma joue quand nous nous quittons. Nous sommes les derniers clients ; l'étroite ruelle pavée où se trouve le restaurant est déserte. Les embrassades s'achèvent et chacun part de son côté. Kaël et moi décidons d'accompagner Eliot, Matteo, Charlotte et Gina jusqu'au métro Anvers, au pied de la Butte. L'air est tiède dans les rues. L'effervescence dans les quartiers en contrebas remonte jusqu'à nous. J'ai souvent eu l'occasion d'aller à New York cette année et j'ai pu constater que Paris est comme la ville mythique américaine : elle ne dort jamais.

– On pourrait aller au Pachamama, suggère Matteo.

– Pas ce soir, mec, répond Kaël en posant une main sur son épaule. Zoé et moi n'avons pas Lilou cette nuit, alors on va en profiter, tu vois.

– J'avais pas besoin de savoir ça, marmonne Eliot.

– De toute façon, ils ne veulent plus de Matteo et de toi, depuis cette bagarre ridicule l'année dernière, lui fait remarquer Gina.

Matteo se tourne vers Eliot en grognant au souvenir de cette soirée.

– Tu vas vraiment remettre ça sur le tapis ? lui lance mon frère, l'air blasé.

– Je mets ce que je veux sur le tapis.

– J'en sais quelque chose ! commente Charlotte.

J'éclate de rire. À ces mots, Matteo l'attrape par la taille et la serre contre lui en lui chuchotant des mots à l'oreille. Ma copine glousse alors que je remarque Eliot se tendre sur ma droite.

– Je pensais le faire plus tard, mais je souhaite d'abord vous le dire, à vous.

Tout le monde se fige au milieu de la rue et observe mon frère, sans comprendre où il veut en venir.

– Je vais épouser Gina.

La mâchoire de Matteo en tombe. La mienne aussi. Puis, une fois certaine d'avoir bien entendu, je me jette dans les bras d'Eliot.

– Félicitations !

Kaël vient lui serrer la main et adresse une accolade à Gina. Charlotte l'imite, folle de joie. Le sourire qui éclaire le visage du fiancé, quand il plante un baiser sur les lèvres de la jolie métisse, m'attendrit.

– Tu vas vraiment l'épouser ? lâche Matteo à sa sœur.

– T'as devant toi la future Gina P. !

Il en reste ahuri. Après un silence, il lève le regard sur Eliot.

– Au moins, tu régularises la situation.

– Hey, allô ? s'insurge Gina en pointant un index sur son frère. T'es acteur porno ! À quelle heure tu donnes des leçons de morale ?

– Je t'ai déjà dit que c'était pas pareil !

Et c'est reparti pour une nouvelle dispute au refrain récurrent, dans leur langue natale ! J'entends Eliot souffler à Kaël :

– Putain, comme elle m'excite quand elle parle italien.

Ça n'a pas échappé à Matteo qui fusille aussitôt mon frère du regard.

– Je vais te tuer !

Mon rire secoue mes épaules. J'embrasse cette scène de nos vies avec bonheur. Mes tourments sont loin. Et mon sourire grandit quand je sens les doigts de Kaël se glisser entre les miens.

– On rentre chez nous ? murmure-t-il à mon oreille.

– Avec joie.

***

KAËL

La chanson dit : « Les escaliers de la Butte sont durs aux miséreux[5]. » C'est aussi valable pour les amoureux ayant sifflé quelques verres. Découragés par la chaleur de cette soirée, face aux deux cent

5. « Les escaliers de la Butte sont durs aux miséreux / Les ailes des moulins protègent les amoureux ». Refrain de la chanson « La Complainte de la Butte », paroles de Jean Renoir, 1955.

vingt-deux marches qui s'étendent depuis le Sacré-Cœur, Zoé et moi décidons de prendre le funiculaire. Ma main est lovée dans la sienne quand nous y pénétrons. Elle se poste devant la vitre, l'air dans le vague. Puis un sourire fleurit sur ses lèvres. Ses yeux coulent lentement vers moi. Je m'approche et l'attrape par la taille dans le calme de la cabine déserte. Nous sommes en pleine semaine et il est tard. Voyant qu'aucun touriste ne vient nous rejoindre, je contourne Zoé, me colle à son dos, et pose mes doigts sur son ventre.

Quand mes hanches rencontrent le haut de ses fesses, elle glousse et ça me fait rire.

– La montée est trop courte, Kaël.

– On n'est pas encore partis, remarqué-je.

Il a fallu que je prononce ces mots pour que les portes se ferment. La cabine s'apprête à monter, dissimulée par les arbres qui cernent les rails. Je décale la chevelure de Zoé et m'approche de son oreille.

– Tu savais que le trajet dure une minute trente ? susurré-je.

– Je l'ignorais, dit-elle en tournant la tête vers moi.

– Tu paries que j'arrive à te faire jouir avant qu'on parvienne en haut de la Butte ?

Sa bouche s'entrouvre, son regard me met au défi. La cabine bouge et entame son ascension.

– Tu perds de précieuses secondes, me taquine-t-elle.

Je me mords la lèvre à ces mots. Ma main serpente aussitôt sur sa cuisse, remonte sa robe d'un geste vif, et rencontre sa culotte, sous laquelle elle se glisse.

– T'es déjà trempée, soufflé-je à son oreille, tandis que mes doigts commencent à s'activer.

Le gémissement qui s'échappe de sa gorge se meurt dans un baiser. Je plaque ma main libre sur sa taille frémissante, mon sexe gonflant contre sa hanche. Mes doigts s'extirpent de son intimité et entament des mouvements circulaires sur sa zone sensible. Ma bouche au goût de menthe dévore ses lèvres. La respiration haletante, Zoé recule un peu la tête, les paupières mi-closes. Alors que nous approchons de l'arrivée, mes phalanges accélèrent, mes yeux sont arrimés aux siens, contemplant les expressions de plaisir qui traversent son visage. Lorsque son corps se tend et qu'un violent spasme la secoue, j'esquisse un sourire au moment où un air béat s'empare de ses traits.

Quand la cabine ouvre ses portes, Zoé éclate de rire, les joues joliment rosies.

– Tellement doué, chuchote-t-elle à mon oreille, avant de plaquer la main sur la braguette de mon jean.

Je passe la langue sur ma lèvre inférieure face à tant d'audace. J'adore quand elle fait ça !

– Ma bouche te promet plus d'une minute trente, souffle-t-elle encore.

Putain, faut qu'on rentre !

Je la prends par la main en lui disant qu'elle me rend fou, puis longe avec elle la rambarde qui donne sur le Sacré-Cœur. Plus loin, un chanteur élève la voix, face aux derniers touristes qui traînent dans le coin. Zoé stoppe soudain mes pas en attrapant mon bras.

– Je voudrais t'offrir mon cadeau ici, dit-elle en jetant son regard sur le panorama parisien.

Je la dévisage, tandis qu'elle sort une petite boîte en velours de son sac. J'y découvre un cadenas ouvert, sur lequel est gravé *Z + K*. L'attention me touche et me fait sourire. Je lève les yeux sur la femme qui partage ma vie et qui porte au cou la réplique miniature de cet objet symbolique.

Devenue une photographe incontournable, Zoé a pris tant confiance en elle ces derniers mois qu'elle se lance même dans de nouveaux projets. Quant à moi, je suis célèbre, et ce n'est plus pour mes talents en matière de sexe. Depuis que j'ai été nommé égérie de la maison Reynolds, tout s'est emballé. On vient même de me proposer un rôle dans une série. Contre toute attente, Christopher, l'assistant styliste de la maison haute couture, est devenu un ami proche depuis l'épisode du contrat. Il me pousse à accepter. Une aubaine pour la marque et pour moi, d'après lui. C'est avec son aide que j'ai pu changer d'agent et c'est aujourd'hui un homme qui se charge de ma carrière. Je préfère que ce soit ainsi, au regard de mon expérience avec Rébecca.

Le faste de ma nouvelle vie n'a pas eu d'autres effets que ma notoriété, si on laisse de côté celle de Micka dont les vidéos ont pulvérisé des records. Les films de cul où les hommes portent des capotes ont peut-être de beaux jours devant eux, finalement.

La célébrité n'a pas toujours été évidente à gérer, mais mon existence tranquille à Montmartre a rapidement découragé les paparazzi en mal de scoops.

Si je réussis à garder les pieds sur terre, c'est bien grâce aux deux seules femmes de ma vie, Lilou et Zoé. C'est d'ailleurs à elles que je pense lorsque je place le cadenas sur la rambarde, devant l'horizon nocturne aux lueurs vacillantes. D'ici, on aperçoit Notre-Dame, la tour Eiffel, le Panthéon, l'Opéra ou encore la tour Montparnasse. La vue de Paris me fascine, mais pas autant que Zoé. Mon regard glisse doucement vers elle quand je ferme le cadenas.

– Seulement à moi ?

– Seulement à toi.

Ma main s'empare de celle de la femme qui vient de sceller cette promesse. Aux paroles du chanteur de la Butte, nous rentrons chez nous, au dernier étage d'un immeuble à la façade couverte de vigne, dans un appartement qu'aucune cloison ne sépare plus.

Sous le ciel de Paris
S'envole une chanson
Elle est née d'aujourd'hui

Dans le cœur d'un garçon
Sous le ciel de Paris
Marchent des amoureux
Leur bonheur se construit
Sur un air fait pour eux[6]

6. Chanson « Sous le ciel de Paris », Édith Piaf, 1954.

REMERCIEMENTS

J'aimerais commencer mes remerciements avec les premiers lecteurs des *Amoureux de Montmartre*. C'est sur la plateforme Fyctia qu'ils sont nés, alors que je me lançais dans un concours d'écriture, sur un coup de tête. C'est grâce au soutien que j'ai reçu que l'histoire de Kaël et Zoé a vu le jour une première fois, avant d'être publiée dans son intégralité par Hugo Publishing, que je tiens également à remercier.

Je suis si fière, si reconnaissante…

Merci à Audrey Pasthi, mon alpha-lectrice et à mes bêtas, Yaya, Émilie, Steph, Ana et Doudou. Vous êtes des perles rares, les copines. Que ferais-je sans vous ?

Merci à Luce, mon éditrice, pour ton accompagnement dans cette aventure.

Merci, Paris, de tant m'inspirer…

Merci à tous ceux qui me lisent depuis des années…

Et merci à vous d'être venus à Montmartre, à la rencontre de Kaël et Zoé.

Composition et mise en pages
Nord Compo à Villeneuve-d'Ascq